Der weg ist steinig | Die Steine sind schön
Ein Mailwechsel über das Schreiben
zwischen Bae Suah und Werner Fritsch

Kulissen für das Theater unter meiner
Schädeldecke von Werner Fritsch

Moloko Print
Chapbook No. 14 | 2022
Gestaltung. Anneke Auer
Druck. BookPress.eu
Printed in Interzone

www.molokorecords.de

올빼미의

없음

올빼미의 없음

초판 1쇄 발행 • 2010년 6월 5일
개정판 1쇄 발행 • 2025년 8월 29일

지은이 / 배수아
펴낸이 / 염종선
책임편집 / 한예진 정편집실
조판 / 황숙화
펴낸곳 / (주)창비
등록 / 1986년 8월 5일 제85호
주소 / 10881 경기도 파주시 회동길 184
전화 / 031-955-3333
팩시밀리 / 영업 031-955-3399 편집 031-955-3400
홈페이지 / www.changbi.com
전자우편 / lit@changbi.com

올빼미의

없음

배수아 소설집

창비

차례

올빼미

그 집 앞에는 앰뷸런스가 한대 서 있었다. 움직이는 사물은 아무것도 없이 사방이 오직 희고 고요했으며 대기는 투명하고 뜨거운 벽과 같았다. 셀시우스 33도—지붕에 걸린 온도계의 떨리는 눈금이 가리키고 있는—의 정적을 뚫고 틱탁틱탁 하는 규칙적인 소음이 들려왔다. 못 박힌 눈동자 뒤편에서 기계장치 심장이 권태롭게 뛰고 있다. 그리고 녹으로 충혈된 세포들. 아니면 그것은 고무 밑창 운동화를 신고 복도를 일정한 보폭으로 달려가는 누군가의 발걸음, 혹은 내 귀에 매달린 유난히 큰 손목시계의 재깍거림이었던가? 일층에 사는 사람이 세탁기를 돌리고 있거나 아니면 고장 난 심전계에서 나는 소리일지도 몰랐다. 사람들이 들것에 실린 환자를 앰뷸런스 안으로 밀어 넣었다. 덮개 아래로 구두를 신은 환자의 발이 비죽 나와 있었다. 구두에서는 물이 뚝뚝 떨어졌다. 집은 난파선이었다. 나는 뱃머리의 초록빛 용을 연상시키는 커다란 산소마스크를 쓴 그 노인을 안다, 혹은 안다는 생각이 든다. 그에게 가까이 다가가고자 했으나 얼굴을 모르는 간호사들이 알아들을 수 없는 말로 나를 제지했다. 그림책의 페이지를 넘기자 두꺼비 한마리와 붉은 난초가 화분 속에서 흐물흐물 녹고 있었다. 뜨거운 철길을 따라 흐르는, 치유되지 않은 나직한 절망감의 열기. 계속 걸어가는 내 눈앞에 폐허의 성벽과 길이 나타났다. 돌이 깔린 길은 좁다랗고 경사가 급한 오르막이었다. 뜨끈한 풀과 마른 햇빛 냄새가 났다. 그때 땀으로 흠뻑 젖은 채 뒤돌아보니 축축하고 커다란 파충류 한마리가 소리도 없이 내 뒤를 따라오고 있었다. 그 형체는 기억이 나지 않는다. 이것은 꿈의 한 장면이다. 단지 높이 치켜든 그의 기다랗고 검은 꼬리가 햇빛을 받아 달아오른 한낮의 돌계단처럼 따뜻한 기운을 품고 있는 게 느껴졌다. 누군가 내 손을 잡았다. 그리고 갑자기 장면이 바뀌었다.

환기장치가 따로 설치되어 있지 않은 오래된 서점은 금방 담배연기로 가득 찼다. 에스프레소 잔이 놓인 탁자에 앉아 있으니 열린 문 밖으로 비스듬히 광장 한 귀퉁이와, 뜨거운 날씨에도 불구하고 길가에 내다놓은 테이블에 둘러앉은 사람들이 내다보였다. 벽을 가득 채우고 높은 천장에까지 닿아 있는 수많은 책과 그들의 이야기로부터 응시를 당한다는 생각이 들어 나는 좀 수줍으면서도 이상하게 벅찬 마음에 자리에서 일어나 고개를 쳐들고 서가를 이리저리 걸어다녔다. 우리들이 이 서점을 방문한 것은 이번이 두번째였다. 첫번째는 너무 늦게 왔었다. 그래서 문이 닫힌 서점 밖에서 진열창을 통해 한참 동안 안을 들여다보는 수밖에 없었다. 유리 진열창에 나와 있는 책들을 구경하면서 그중에서 알고 있는 책과 그렇지 못한 책들을 손으로 가리키면서 이야기를 나누었다. 그때는 겨울이었다. 바람이 노천카페의 야외 천막을 흔들고 지나갔고 자정이 지나자 조금씩 눈발이 날리기 시작했다. 그런데 이제 여름이 되었고, 우리는 서점 안으로 들어왔다. 그들은 작은 잔에 타르처럼 진한 에스프레소를 내왔다. 나무와 묵은 먼지, 종이와 마룻바닥의 냄새 그리고 담배연기가 이루는 고요하면서 집요한 소용돌이가 우리의 몸을 감돌고 있었다. 너는 서점에서 일하는 사람과 소규모 서점이 겪는 어려움에 대해서, 전망이 얼마나 비관적인지에 대해서 얘기를 나누고 있는데, 서가를 한참 돌아다니던 나는 서점 밖으로 나왔다. 서점 옆 상점은 화랑이었다. 나는 화랑 앞에 놓인 의자에 앉아 선글라스를 꺼내 썼다. 서점에서 나는 기쁘게도 책을 한권 선물로 받았다. 책에 첫번째로 실린 이야기는 다섯개의 도시에 관한 아주 짧은 이야기였다. 제목은 '보이지 않는 도시'. 나는 첫번째 페이지를 소리 내어 읽기 시작했다. 시간이 흘렀다. 파충류들이 주변을 둘러싸고 내가 읽는 소리에 귀 기울였다. 파충류들은 어떤 움직임도 없이 가만히 웅크리고 앉아 있는데, 그들이 치켜세우고 있는 검은 꼬리만이 가을로 다가가는 늦여름 햇빛 속에서 커다란 나비의 모습으로 허공에서 느릿느릿 흔들거렸다. 햇빛을 받아 따뜻해진 그들의 피부가 광장의 아스팔트와 함께 열을 뿜어내고 있었다. 늪처럼 서서히 가라앉는 이 오후. 잠들어 있는 나는 잠의 숨소리를 들었다. 숨소리는 숨소리를 더듬어갔다. 너와 얽히리라, 내 호흡이, 내 잠이, 그리고 내 꿈들이. 그리하여 나는 꿈을 계속하기를 원했다. 눈물과 땀이 흘러내려 얼굴과 손목시계와 베개를 적시고 있었다. 잠은 미지근한 물결 위를 흔들흔들 떠다녔다. 마취액이 혈관으로 스미듯이 잠의 환각에 사로잡혀…… 그 안에서 하나의 눈동자가 본 것을 동시에 다른 하나의 눈동자가 기록한다. 잠은 영혼의 젤라틴 성분, 보이지 않는 것이 가시화된 반(半) 형체. 언제나 둔하고 멍멍한 감각을 불러일으키는 꿈과 꿈의 포옹. 나의 잠을 건드리는 이것은 꿈의 숨결과 물결, 그 화음과 음표, 그리고 건반 위에서 침묵하는 노래이자 몰아의 아리아. 나는 다시 꿈속으로, 서점 안으로 들어갔다.

그런데 그들은 말했다, 네가 가버렸다고. 내가 사라진 것을 알고 놀라면서 서둘러 나갔다고. 나를 찾으러 간다고 말했다고. 네가 나가버린 지 이미 반시간도 넘었다고. 가버렸다고요? 그들이 말하는 동안 나는 갑자기 꿈의 이방인이 되어 어쩔 줄을 몰랐다. 모든 책들은 냉담하고 슬픈 표정으로 고개를 돌렸고 모든 작가들은 죽은 자로 되돌아가 입을 다물었다. 차갑게 식은 에스프레소 찌꺼기가 금이 간 찻잔 바닥에 얼룩으로 깔려 있었다. 정말 가버렸다고요? 선물로 받은 책을 손에 든 채 나는 멍청하게 반복했다. 그것밖에 할 수 있는 일이 없는 양. 그리고 그게 사실이기도 하므로. 나는 화랑 앞에 앉아 소리 내어 책을 읽고 있었다. 네가 나오는 것은 보지 못했다. 너도 내 모습을 발견하지 못했다. 나는 너를 기다린다고 생각하고 있었다. 너는 내가 떠나버렸다고 믿었다. 언제나 항상 말해온 것처럼, 그러나 진심이 아니었던 것은 모르는 채. 네가 나를 발견하지 못한 그 순간에 나는 보이지 않는 도시를 읽고 있었다. 나는 너의 집을 모르고, 너는 나의 집을 알지만 그것은 너무나 멀리 있다.

  꿈에 대해서 이야기하는 것은 즐거웠다. 프로이트는 연인을 위한 낭만과 관능의 집시이자 점치는 사람, 묘약의 제조인이면서 류트를 든 시인이었다. 나는 언젠가 내 손안에 쥐어진 작고 노란 아름다운 새에 대해서 이야기한 적이 있었다. 따뜻하고 맹렬한 삼각형 가슴의 온기, 가느다랗고 연약한 발가락과 부드러운 솜털로 덮인 피부가 연상시키던 거미줄처럼 여린 존재감을. 그럼에도 불구하고 깜짝 놀랄 만큼 힘차게 느껴지던 날갯짓과 피부 아래서 파르르 긴장하며 떨리던 근육의 감촉, 그 조그맣고도 폭발적인 꿈틀거림에 가슴이 갑자기 뛰어오르던 발그레한 기억에 대하여. 그러자 너는 그것이 매우 점잖지 못한 꿈이라면서 즐거워했다. 왜 그런지 나는 몰랐다. 나는 너처럼 프로이트의 학생이 아니었다. 그러나 네가 즐거워한 이유가 프로이트의 직접적인 가르침 때문은 아니었을 거라고 짐작할 수 있다. 그런 오직 관능적 암시를 위한 임의의 해석을 너는 '프로이트의 시작(詩作)'이라고 불렀다. 유희 넘치는 시간을 기대하는 상상의 시.

  내가 슬퍼하며 떠나가버렸다고 (잘못) 생각한 너는 갑자기 혼자가 되었다. 너는 아마도 배가 고플 것이며 ―어느새 시간이 꽤 늦어 있었으니까 —— 그래서 혼자서라도 식당에 들어가 밥을 먹고 있을지도 몰랐다. 광장 주변에는 식당이 아주 많았고 광장을 중심으로 뻗어 있는 작은 거리들도 마찬가지였다. 그곳은 사람들에게 저녁의 약속과, 특히나 패셔너블한 금요일 저녁 약속과 아주 어울린다고 믿게 만드는 그런 장소인 것이다. 몇몇 식당을 둘러본 나는 네가 그 광장 주변 어딘가에서 혼자서 밥을 먹고 있을 거라는 생각은 오산임을 곧 깨닫게 되었다. 그곳은 너무 떠들썩하고 명랑했다. 그곳은 흔히들 말하는 교제를 위한 장소였다. 마주치는 사람들의 뺨은 모두 약간씩 분홍빛으로 달아올라 있었고 표정들은 저마다 꿈의 주인공이 된 듯이 유쾌해 보였다. 식당마다 빈자리라고는 찾아볼 수가 없었으며 혼자서 한 테이블을 차지하고 있는 사람도 없었다. 헛되이 몇개의 식당을 기웃거린 다음 나는 식당에서 너를 찾는 것을 포기했다. 자존심이 강한 네가 이 무리들 속에서 외톨이로 떠돌고 있지는 않을 게 분명했기 때문이다. 마지막 식당을 나오자 그다음에는 어디로 가야 할지 몰랐다. 택시정류장의 불빛이 보였다. 너는 택시를 탔으리라. 그리고 어딘가로 향했으리라.

너를 만나고 있는 동안 나는 두번의 연애 감정에 빠졌었다. 첫번째는 지나가버렸고, 두번째는 아직도 진행 중이다. 그 두명은 모두 작가였고 나는 그때까지 그들을 직접 만난 일은 한번도 없었다. 그런데 그중의 첫번째 작가와 너는 어느 정도 안면이 있다고 했다. 정확하게 말하자면 아주 오래전에 잠시 알게 된 인연이 전부지만, 그래도 언젠가 그를 다시 만나러 가겠다고 약속을 했다는 것이었다. 우리는 그것을 빌미로 함께 첫번째 작가를 만나러 갈 계획을 꽤 구체적으로 세웠다. 첫번째 작가는 먼 곳으로 이사가 살고 있었다. 그의 주소를 구하고 약속을 잡기는 했으나, 그곳에 가려면 여권이나 비자가 따로 필요한지 어떤지 우리는 정확히 알지 못했다. 우리는 항만으로 배를 타러 나갔다가 그곳에서야 여권이 필요하다는 말을 들었다. 내 여권은 손가방 속에 들어 있었지만 너는 여권을 가져오지 않았다. 페리는 우리의 눈앞에서 떠나버렸다.

그후로 나는 첫번째 작가를 만나러 가는 꿈을 간혹 꾸었다. 너는 아주 오래전에 그 도시, 첫번째 작가가 지금 살고 있는 그곳으로 여행을 간 일이 있다고 했다. 사람의 그림자라곤 거의 보이지 않는, 도시 한가운데의 폐허에서 먼 종소리를 듣고 왔다고 했다. 기묘한 경험이었다. 반쯤 허물어진 높다란 계단 가운데 앉아 있으니 폐허의 벽돌 틈 사이로 부는 바람이 종소리를 싣고 왔다. 근처에 있는 아파트먼트의 창문이 바람에 삐걱거리는 소리도 아니었고 관광객을 싣고 돌아다니는 마차의 바퀴가 포도를 긁는 소리도 아니었다. 아, 그때는 아직 그런 전형적인 관광 상품이 그 도시에 등장하기 한참 전이다. 어쩌면 광둥어와 파투아어를 번갈아 사용하던 담장 뒤편 연인들의 속삭임이 네게 종소리처럼 들려온 것일지도? 그러나 그건 가능성이 희박한 추측일 뿐이다.

내 꿈의 내용에 대해서 한번 글을 써달라고 너는 말했다. 지나가는 말로 일부분만 언급하는 게 아니라 처음부터 끝까지, 기억할 수 있는 것 전부를 한편의 글로 작성해 보내달라고. 나는 아무 대답도 하지 않았다. 그러나 속으로는 그렇게 하지 않을 생각이었다. 꿈의 어떤 한 장면이나 강렬한 인상을 주었던 일부 내용에 대해서만 말하기는 비교적 쉬웠다. 그러나 전체를 처음부터 끝까지 — 만일 꿈에 처음이나 끝이 있다고 한다면 — 기록하는 것은 다른 문제였다. 꿈의 줄거리는 연속적으로 이어지지도 않을뿐더러, 당연한 얘기지만 앞뒤 논리도 맞지 않았다. 어디가 처음이고 끝인지 판단할 수가 없었다. 아니, 기억할 수가 없었다. 일단 지나간 꿈은 금방 잊혀졌다. 한밤중에 눈을 뜨고 생생하게 기억하는 꿈의 수명은 그리 길지 않았다. 일단 의식의 표면에 닿은 꿈의 모자이크는 슬프게도 급격하게 산화하며 허물어져 내렸고, 스스로 만들어낸 색채와 타일이 그 빈자리를 메웠다. 내가 지금까지 일부라도 기억하는 꿈들은 모두 네게 말해준 것들뿐이라는 점은 특이하다. 너에게 말함으로써 꿈은 의식 속에서 고정되고 자리를 찾았다. 그러나 그렇게 의식으로 진입하는 도중에 꿈은 어쩔 수 없이 변형되면서 분명 의도적인 작위가 들어갔을 것이다. 꿈은 꿈 아닌 것으로 변질했다. 그것이 꿈이었는지, 아니면 잠자면서 상상을 한 것인지 구별되지 않았다. 그리고 무엇보다도 내 믿음에 의하면, 꿈은 근본적으로 처음부터 아무것도 아닌 경우가 많았다. 꿈속에서 나타나는 모습들은 대개의 경우 낮의 눈동자가 상상하거나 기억해놓은 잔영들이 시간이나 의지에 상관없이 무작위로 재현되는 것에 불과했다. 그러므로 꿈은 신탁도 예언도 될 수 없었다. 꿈은 나에 대해서 아무것도 말해주지 않았고 너에 대해서도 마찬가지였다. 꿈은 중국식당의 행운의 과자 속에 들어 있는 점괘만큼이나 현실과 무관했다. 설사 그 내용을 믿는다고 해도, 그것이 아무것도 아니라는 사실에는 변함이 없는 것이다. 그러므로 내가 스스로 나 자신의 스파이가 되어 기꺼이 나를 누설하고자 내 꿈의 전모를 기록한 다음 너에게 보낸다 해도, 그것은 나에 관해서 아무것도 누설하거나 배신할 능력이 없음은 분명했다. 꿈이 아무것도 아니라는 내 의견에 너는 강하게 반발했다. 언제부터 꿈이 아무것도 아닌 게 되었지? 꿈은 분명히 어떤 것이다. 암시나 역설, 동굴이나 파충류, 뭐라고 불러도 상관없을 어떤 심리적인 의미를 분명히 갖고 있다. 단지 그 해석을 위해서는 꿈을 꿈 자체로만 기계적으로 풀이하는 게 아니라, 당사자와 해석자가 함께 작업을 하는 상담 과정이 필요할 뿐이다. 꿈이 아무것도 아니라고 단언하는 사람들은 그걸 믿고 싶지 않거나, 믿기를 두려워하는 것뿐이지.

내 생각에, 그 심리적 의미는 꿈을 꾼 자보다는 해석하는 자의 심리적 의미라고 하는 편이 더 적당할 것 같았다. 그러므로 자신을 효과적으로 누설하는 방법은 꿈을 고백하는 게 아니라 그 꿈을 해석하는 데 있으리라. 시간이 얼마 흐른 후에야, 나는 꿈을 말하고 꿈을 해석하는 네 방식이 일종의 도발을 불러일으키기 위한 유희임을 이해하게 되었다. 어쩌면 너는 내가 꿈을 고백하는 일에 겁을 먹지 않도록 일부러 더욱 유희적인 분위기를 조성한 것일 수도 있다. 내 꿈을 단편적 조직이 아니라 하나의 완성된 작문, 에세이의 형태로 갖고 싶다는 그것.

꿈은 아무것도 아니었지만, 또한 동시에 꿈은 나였다. 꿈은 나의 허위이자 거짓말이었기 때문이다. 나는 그 사실을 알고 있었고 너에게도 숨기지 않았다. 나는 내 꿈을 그대로 말하면서도, 그것이 자의식의 통제를 벗어난 거짓말이라는 것을 네게 지속적으로 암시함으로써 도피구를 마련해놓는다고 믿었다.

내게 끊임없이 반복되는 꿈 중의 하나로 물과 뱀에 관한 꿈이 있다.

하지만 내 이론에 따라서 계속해본다면, 그 꿈이 의미하는 숨겨진 심리는 물과도 뱀과도 구체적인 관련이 없어야 했다. 물이나 뱀은 오직 우연한 상징일 뿐이다. 아무것에도 들어맞지 않는 즉흥적인 열쇠일 것이 분명했다. 그러므로 우리가 꿈의 형상, 꿈속의 얼굴에 집착하는 것은 잘못된 열쇠로 문을 열려고 하는 것과 마찬가지이리라.

신문 지면에 나의 두번째 작가의 인터뷰 기사가 실렸다. 네가 그것을 우편으로 나에게 보내주었다. 봉투 속에는 인터뷰 기사가 전면에 실린 신문의 17페이지가 —— 따라서 뒷면인 18페이지도 어쩔 수 없이 함께 —— 한장 통째로 뜯어진 채 네모나게 접혀 들어 있었다. 다른 메모나 네가 적어놓은 글귀 같은 것은 보이지 않았다.

H씨, 글을 쓸 때 당신은 주로 어떤 것에서 영감을 얻는 편입니까?

지난날에는 거의 언제나 나를 탄복시키는 아름다운 여인들이 그 대상이었죠. 하지만 지금은 다릅니다. 지금은 그 자체가 무엇이냐 하는 것은 의미가 옅어졌어요. 그것이 우체통이나 쓰레기 컨테이너도 될 수 있는 거죠. 이제 나에게 영감을 주는 존재는 바로 나를 혼란에 빠뜨리는 대상인 것입니다…… 결코 예상하지 못한 방식으로 나를 엄습하는 것들입니다. 나는 그것을 미리 대비하거나 계산할 수 없어요. 마치 꿈처럼……

마치 꿈처럼, 그 부분에 밑줄이 그어져 있었다. 네가 밑줄 긋는 방식은 나에게 너무나 익숙하다. 그것은 항상 화살표를 그리려다가 만 것처럼, 가차 없고 성급하면서 필요 이상의 힘이 불규칙하게 실려 있곤 했다. 연필을 사용하는 경우란 없었다. 때로는 단어 하나에 커다랗게 동그라미를 쳐놓거나 밑줄이 글자 위를 덮치는 바람에 문장을 알아볼 수 없게 되는 경우도 있었다. 그러다가 갑자기 다른 일이 생각났으므로 미련 없이 펜을 떼어버린 흔적인 양 불완전하고 뭉툭한 모양으로 어색하게 끝나곤 했다. 밑줄 곁에는 대개 삼각형을 닮은 느낌표가 하나 강하게 찍혀 있었다. 그것은 오랜 세월을 에고이스트로 살아온 사람만이 할 수 있는 밑줄 긋기였다.

어느새 나는 이미그레이션의 기나긴 줄에 서 있었다. 사방 어디를 둘러보아도 눈에 띄는 것은 커다란 입국장을 가득 채우고 정신없이 와글와글 떠드는 사람들뿐이었다. 이미그레이션 카운터가 어디쯤에 있는지 보이지도 않았다. 사람들이 한꺼번에 밀려들어 사고가 생기는 것을 방지하려고 줄의 중간중간에는 제복의 (아마도) 경찰관이 다리를 벌리고 버티고 서 있었다. 승마복 모양의 바지를 입은 그 경찰관들은 단순한 경찰관이라기보다는 식민지 감옥의 교도관이나 수용소의 경비병을 연상시켰다. 시멘트로 지어진 부두의 입국장 건물은 소리가 증폭되는 구조였다. 사람들의 와글거리는 말소리는 그래서 내게는 마치 뎅뎅 울리는 두꺼운 쇠종 속에 머리통을 들이밀고 있는 듯한 기분을 느끼게 했다. 갑자기 앞사람이 뛰기 시작했다. 모두들 짐을 짊어지고, 역시 등에 어린아이용 배낭을 멘 올망졸망한 아이들의 손을 잡고 마구 앞으로 달리는 것이었다. 나도 영문을 모르면서 달리는 무리에 합류했다. 모퉁이를 돌자 저 앞에 이미그레이션 카운터가 보였다. 이제야 도착했구나 안심이 되는 찰나, 사람들이 달리던 발걸음을 딱 멈추었다. 또다시 경찰관이 앞을 차단하고 있었다. 더이상은 카운터로 다가갈 수 없었다. 다른 게이트로 빠져나온 사람들이 카운터로 갈 차례였던 것이다. 그제서야 나는 이 통제 시스템을 이해하게 되었다. 내가 서 있는 줄뿐만 아니라 이곳저곳의 다른 게이트를 통과한 사람들의 무리도 사방에서 반원형으로 줄지어 포진한 채 이미그레이션 카운터를 뚫어지게 쳐다보며 기다리는 중이었다. 식민지풍 복장의 군인을 연상시키는 경찰관들이 매서운 눈초리를 하고 군중들을 노려보는 것이나, 그런 통제를 익숙하게 생각하고 받아들이는 사람들이나 나름대로 그럴 만한 이유가 있었던 것이다. 내 가방 속에는 첫번째 작가의 주소가 적힌 수첩이 있었고, 그 사실을 상기하자 용기가 되살아났다. 만일 그가 아직도 이 도시에 살고 있다면, 그리고 과거에 했던 그 약속을 기억하고 있기만 하다면 나는 그를 만날 수 있을 것이다. 너의 이름을 대면, 어쩌면 조금은 환영을 받을 수 있을지도 모른다. 그는 나에게, 그리고 나는 그에게 너의 안부를 물을 것이다.

나는 그 도시가, 비록 도시이기는 하나 어딘지 모르게 전원적이면서 국제적인 이방인들을 위한 변두리의 표정을 하고 있을 거라고 생각했다, 이국적인 특별구답게. 네게서 전해들었던 짤막하면서 동화적인 인상 때문이었을 것이다. 항만을 빠져나가 버스를 타고 몇개의 정류장을 지나면 어딘가에서 종소리가 들려오는 도시 한가운데의 광장과 폐허가 모습을 드러내리라고, 정확한 거리 이름을 몰라도 분명히 한눈에 아, 이곳이구나 하고 느낌으로 금방 알 수 있으리라고 막연히 기대했었다. 그리고 그 주변의 어느 아파트먼트에 나의 첫번째 작가가 살고 있는 것이다. 창가에 붉은 난초 화분이 놓여 있고, 대나무 발이 쳐진 창밖 발코니 너머로는 폐허가 펼쳐지는 그 방에서.

그러나 네가 말해준 것은 사실과 많이 달랐다. 네가 이 도시를 방문한 지 꽤 여러 해가 흘렀다는 점을 감안했어야 했는데. 항만을 빠져나온 나는 어마어마한 인파에 밀리면서 간신히 정류장으로 가 운전석이 오른편에 있는 버스를 탔다. 버스는 작고 사람들이 많아서 손잡이에 매달리다시피 불안하게 서 있어야 했다. 차창 밖으로 보이는 거리마다 깜짝 놀라 눈이 휘둥그레질 정도로 많은 인파가 붐비고 있었다. 항만에서 보았던 엄청난 입국자들이 생각났다. 이미그레이션을 통과한 그 수많은 사람들이 지금 이 순간 전부 구시가지의 경사진 좁다란 골목길과 시내의 쇼핑가, 혹은 기념사진을 찍기 위해 손바닥만 한 분수대 광장을 향해 가고 있다면 도시 전체가 분주하게 꼬물거리는 개미떼에게 점령당한 것처럼 보이는 건 당연한 결과일 수도 있었다. 버스는 백화점과 쇼핑센터가 밀집해 있는 도심 풍경을 가로질러 갔다. 나는 어디에서 내려야 할지 알 수 없었다. 도심의 정류장에 버스가 정차할 때마다 사람들이 꾸역꾸역 버스 안으로 올라탔고 나는 점점 뒤로 밀려갔다. 열심히 차창 밖 풍경을 기웃거렸지만 구시가지처럼 보이는 거리는 하나도 나타나지 않았다. 게다가 결정적으로 나는 첫번째 작가가 살고 있다는 그 폐허의 이름을 몰랐다.

오래전과, 그리고 더욱 오래전에 내가 아는 두 사람이 각각 이곳으로 여행을 왔다. 그들은 폐허의 계단 위에 앉아 있었다. 그들이 본 것은 고적하게 남아 있는 식민지의 잔해들과 어린 싹같이 부드러운 산들바람, 그 한가운데 빛 속에서 그들을 향해 가만히 고개를 돌리던 아름답고 젊디젊은 연두색 여인, 그리고 어느 아파트먼트의 이름 없이 열린 창문이었다. 그 창가에는 붉은 난초 화분이 놓여 있었다. 바람이 불 때마다 창밖 발코니에 널어놓은 빨래들이 흰 손수건이 되어 흔들렸다. 모든 발코니는 항구를 떠나는 배였다. 그것은 항상 그 자리에 있었지만, 언제나 떠나기만 했고 돌아오는 법은 없었다. 모두 1999년이 되기 훨씬 이전의 일이다.

나는 오래전부터 그가 무척 늙은 사람일 거라고 생각하고 있었다. 흔히들 쉽게 생각하는 대로 '한 발을 이미 관 속에 넣고 있는' 사람. 그러나 그 생각은 틀렸다. 첫번째 작가가 늙었다는 생각이 아니라, 그처럼 늙은 사람들은 한 발을 미리 다른 세상으로 내딛고 있으며 다른 세상으로부터의 목소리를 듣고 그것을 글로 쓰고 있으리라는 환상 말이다. 나중에 그와 마찬가지로 나이 들게 되어서야 나는 그 선입견이 틀렸다는 걸 알 수 있었다. 첫번째 작가가 사람들 사이에서 걸어오고 있었다. 몇년 동안이나 그를 많이 연모하고 있었지만, 사실 나는 그의 얼굴을 정확히 알지 못했다. 내가 가지고 있는 그의 얼굴 사진이라곤 어떤 책에 실려 있는 이십년 전쯤에 찍은 것이 전부였다. 그밖에는 몰개성해 보이는 신문의 인터뷰 사진들뿐이다. 신문에 실린 그는 백발에 검은 선글라스를 쓰고 지팡이를 든 모습이었다. 그 사진에서 사람들이 알아낼 수 있는 건 그가 나이가 많이 들었다는 것, 그리고 볼품없이 허름한 코듀로이 양복을 입고 몸이 약간 구부정하여 지팡이에 몸을 의지하고 있다는 것 정도였다. 그러나 내가 첫번째 작가를 한눈에 알아본 것은 그가 들고 있는 지팡이나 여전히 쓰고 있는 검은 선글라스 때문은 아니었다. 광채를 뿜고 있는 것은 바로 그의 템포였다. 그것은 한때 내가 그의 글에서 읽고 사랑하게 되었던 그 템포였기 때문이다. 진짜 작가는 자신의 글을 몸으로 발산한다. 그러므로 그의 템포는 그가 쓰는 글의 호흡이나 마찬가지이다. 그의 템포는 다른 사람들보다 더 빠르거나 느리지 않았다. 그러면서 더 빠르지 않거나 느리지 않은 것도 아니었다. 그것은 자부심으로 빛나는 비현실의 오차였다. 수백만의 사람들과의 미세하지만 분명하고 지속적인 가상의 오차. 그는 언젠가 어느 잡지와의 인터뷰에서, 만일 작가가 되지 않았다면 당신은 무엇을 했을 것인가 하는 질문에 "미치광이가 되어 오십 년 전에 자살했을 것"이라고 대답한 적이 있다. 분열시키고 분열되는 파장, 미치광이의 파장. 병과 초월을 동시에 드러내는 템포. 사전과는 조금씩 다른 의미를 갖는 단어로 이루어진 그의 문장과 맥박과 템포. 그리고 그제서야 나는 사람들로 가득한 그 조그만 공터가 내가 내려야 할 폐허의 입구라는 것도 알아차렸다. 나는 사람들 사이를 헤치고 나가 입구의 정차 벨을 눌렀다.

젊은 시절, 그는 도박을 좋아했다.

그는 걸 수 있는 것을 모두 걸었다. 맹장 수술을 받은 뒤 포르말린에 담긴 자신의 맹장을 걸고 도박을 하다가 사람들에게 쫓겨났고, 며칠 후에는 가족들에 의해서 정신병원으로 끌려간 적이 있다.

이름이 꽤 알려진 후에도 한참 동안이나 그는 늘 돈에 쪼들리는 편이었다.

인터넷 위키피디아에서 읽은 내용. 그는 여자친구와 함께 이곳으로 여행 왔다가, 그대로 계속 눌러살면서 다시는 고향으로 돌아가지 않았다. 그때 고향에는 그가 진 빚이 당시로는 상당히 큰 액수였던 이만 달러 이상 남아 있는 상태였다. 채권자가 소송을 걸지는 않았지만 그는 작가로서 명성을 쌓은 다음에도 도박 빚에 몰려 도피했다는 오명을 벗을 수 없었다. 채권자는 그가 1970년대 말 안드레아스 그리피우스 상을 수상했을 때, 유명 작가를 후원한다는 유쾌하고 관대한 의미로 공식적으로 그의 채무를 탕감해줄 테니 고향에 돌아와도 좋다고 말했다. 상금을 받았고 그간에 작가적 성공도 거두었으므로 빚을 해결하는 것이 가능했지만, 그는 그렇게 하지 않았고 물론 고향에 돌아가지도 않았다. 그의 옛 친구이기도 한 그 채권자는 얼마 전에 아흔살의 나이로 법정상속인 없이 죽었다.

"카지노에서 가진 돈을 다 잃어버린 다음 날 아침 이슬에 젖은 폐허의 길을 산책하고 있는데, 순교자들의 무덤 사이로 푸르스름한 종소리가 들려온다는 생각이 들었습니다. 정말로 들려오는 것인지 아니면 독특한 기후가 만들어내는 환청일 뿐인지 정확히 설명할 길은 없었지만, 우리는 둘 다 거의 동시에 걸음을 멈추었습니다. 함께 있던 그녀는 가벼운 한숨을 내쉬더니, 그것을 초록방울새가 짝을 찾으며 우는 소리라고 표현하더군요. 그러나 그것이 무엇이든, 우리는 그것을 이곳에서 동시에 들었던 겁니다. 그리고 그녀는 나를 돌아보면서 '이곳에서 살면 어떨까요……?' 하고 혼잣말처럼 물었습니다. 당시에 나는 이런

저런 일에 다 실패하여 언제나 마음이 갈기갈기 찢겨 있는 데다가 돈도 없었으니, 그야말로 기분은 날마다 재앙의 가장자리를 간신히 떠도는 느낌이었습니다. 심지어는 그토록 사랑하는 그녀조차도 언제 내 곁을 훌쩍 떠나버릴지 모른다고 속으로 생각하곤 했죠. 그녀는 부유한 집안의 딸로 아름다웠고 게다가 갓 스물을 넘은 젊은 나이였던 반면에 나는 좌절이란 좌절은 두루 다 겪어본 사십대의 빈털터리 작가였으니까요. 그런데 그녀의 그 말을 듣는 순간, 나는 불현듯 내가 혼자가 아니라는 확신이 처음으로 들었습니다. 이곳에 있으면 나는 모든 걸 다 가질 수 있겠구나, 하는 생각이죠. 바로 그녀와 글쓰기, 둘 다를. 그러자 안도감이 밀려와 나를 가득 채웠습니다. 태어나서 처음 느껴보는 그런 충족감…… 그때 이후로 오랜 세월이 흘렀고, 지금은 보시다시피 사정이 그때와는 아주 많이 달라졌어요. 그녀와는 헤어졌고 1999년 이후에 이곳에 온 만다린어를 말하는 여자와 결혼도 했습니다. 아내는 시를 쓰는 사람이죠. 내가 묘사하는 당시의 내 생활이나 이곳의 풍경이 지금 당신에게는 생소하게 들릴 거예요. 최근 몇년 사이는 본토에서 밀려오는 관광객들의 숫자도 엄청나게 늘어났답니다. 이곳을 떠날 생각이 없는 건 사실이지만 이곳이 어느새 내게 고향이 되어버렸다는 말은 하고 싶지 않습니다. 고향이란 단어는 적어도 나에게는 오래전부터 사어(死語)에 불과하니까요."

언제인가부터 나는 첫번째 작가를 사랑하기를 멈추었다. 그리고 두번째 작가가 '나의 작가'가 되었다. 우리는 두번째 작가도 찾아 나설 계획이긴 했었다. 이번에 너는 두번째 작가가 살고 있는 고장을 잘 알고 있었다. 너는 그곳을 지상 최고의 땅이라고 불렀다. 물론 자연환경이 아름답다는 뜻으로 한 말이다. 한동안 나는 기대에 잔뜩 취해 있었다. 기대는 내 몸과 혀를 부풀게 했고 내 꿈속에 촉촉한 비가 한없이 내리게 했다. 잠을 자다가도 나는 이마와 뺨에서 흘러내리는 풀 냄새 나는 빗물을 손바닥으로 닦아내야만 했다.

어느 날 너는 두번째 작가를 만나게 된다면 어떤 질문을 하고 싶으냐고 물었다. 나는 두어가지를 말했는데, 그중의 하나가 글을 쓰는 것과 엑스티시스의 관계에 대한 것이었다. 물론 합성 약물 엑스터시가 아닌, 명상에 의한 종교적 법열의 상태에서 유래한 단어를 가리킨 것이다. 그리고 나는, 그 단어에서 사람들이 일반적으로 연상하는 모든 것과 내 질문은 아무런 상관이 없다고도 덧붙였다. 그러자 너는 신앙심을 비롯한 종교적 열망의 상태는 원래 인간이 갖고 있는, 일면 외설적이기도 한 굴종의 욕구에서 비롯되었다고 하면서, 그러니 엑스타시스와 엑스터시를 ──어차피 하나가 다른 하나의 그리스어, 라틴어 근원으로서 둘이 같은 뜻이기도 하지만── 굳이 구분하려고 애쓰는 것 또한 우스운 짓이라고 맞섰다. "그리고 구별할 수 없게 애매한 것 또 한가지 더. 나는 너의 '첫번째 작가'와 '두번째 작가'가 과연 진정으로 각각 다른 사람들일까 하는 의심이 든다. 네가 어느 날부터인가 너의 두번째 작가를 그토록 서둘러 갈망한 이유는, 그를 첫번째 작가와 효과적으로 겹쳐둠으로써 그들이 각각 실제로 존재하는 인격체라는 사실을 스스로에게 은폐하려는 게 아닌가 하는 생각이 들기 시작했어. 즉 너는 첫번째 작가도 두번째 작가도 한번도 만나본 적이 없는, 둘 다 너무나 유명하므로 너 개인의 입장에서 보자면 그 교제라는 것이 간접적일 수밖에 없는 대상으로 골랐고, 그들은 반드시 복수여야 하며, 운명적으로 멀리 있으되, 네 입으로는 항상 그들을 만나보는 것이 꿈이라고는 되뇌지만 마음속 깊이는 살아 있는 피와 살의 존재로 직접 대면하여 그 관계의 불완전성을 구축하고 있는 거리감과 일방성이 거두어지는 게 두려울 뿐인, 오직 불특정하게 남아 있어야만 하는 어떤 시선에 대한 욕망을 채워주는 대상일 뿐이라고 말이야. 분명 개인으로서는 평범한 인간일 그들이 모호함과 신비함으로 그토록 무장하고 있어야만 하는 이유는, 그로 인해 증폭되고 완성되는 가상의 위대성을 네가 간절히 필요로 하고 있기 때문이지. 너의 첫번째 작가가 어느 인터뷰에서 말한 거 기억나? 그는 자신과 같은 작가들이 위대함을 획득한 시점은 인간이 더 이상 신을 믿지 않게 되면서부터, 그리하여 신성의 대체물을 원하게 되면서부터라고 한 적이 있지." 대개의 보통 사람들은 그것을 간단하게 막연한 선망이라고 부른다. 선망은 원래 몽상의 성격을 가진다. 그리고 집요한 선망은 자기 안에 있는 무엇인가로부터의 도피이다. 너는 계속했다. "그렇다면 네게 그들은 엑스타시스로부터의 도피인가, 아니면 엑스타시스로의 도피인가?" 나는 네가 꿈을 이용하는 추잡한 외설의 중독자라고 비난했다. 그러자 너는 나로부터 그런 말을 들었다는 사실에, 비록 수줍음 때문에 드러내지 않으려고는 했으나 내심으로 기뻐하는 기색이 역력했다.

나는 입안에 든 것을 뱉어냈다. 독하고 쓸쓸한 맛이 너무나 견딜 수 없게 느껴졌다. 그것이 무엇인지는 모르지만 절대로 먹을 수 없는 것임은 분명해 보였다. 내가 뱉어낸 그것은 꽤 큰 배설물 덩어리였다. 나는 충격을 받았다. 그

덩어리는 활짝활짝 잔뜩 벌어져 커다랗게 피어난 꽃잎 위로 툭 떨어졌다. 발코니는 화려한 색채의 꽃들로 가득했으나 나는 여전히 토할 것 같은 기분이었다……라고 생각된다. 얼마 전에 나는 침대 바로 곁 벽에 포스터를 한장 붙여놓았다. 그늘과 양지의 명암 대조가 확연한 사진 포스터였다. 그늘은 어둠이 너무 진해서 걸쭉하고 끈적끈적해 보이는 검은색이고, 햇빛이 비치는 부분은 설탕을 쏟아놓은 것보다 더 밝고 살짝 노란빛이 돌면서 하얬다. 밤에 잠을 자다가 순간적으로 깨어나면 언제나 그 포스터가 바로 눈에 들어왔다. 물론 잠에서 완전히 깨어나지 않은 몽롱한 가운데 그것을 포스터라고 인식한 적은 한번도 없다. 포스터의 사진이 아닌 뭔가 다른 것이라고 생각하게 된다. 매번 다른, 다른 어떤 것. 대개의 경우 그것은 꿈에서 본 광경과 관련이 있거나 아니면 그대로 꿈속 장면의 연장이기도 했다. 여전히 어느 정도는 꿈을 꾸고 있는 상태로 문득 눈을 뜨면, 사진 속의 밝은 부분이 더욱 하얗게 빛나며 매번 다른 존재가 되어 눈앞으로 가까이 다가오는 것이었다. 그날 밤 그것은 발광하는 우물의 형체로 보였다. 빛을 쏘아대는 우물은 점점 허공으로 솟아오르며 희고 커다란 입술이 되어 나를 빨아들일 듯했다. 두려워하면서도 나는 우물을 향해서 손을 뻗었다. 왜 그랬는지는 모른다. 그러자 불현듯 차고 딱딱한 벽이 만져졌다. 아니, 그것은 너의 손목시계였다. 크고 둥근 문자판을 가진 손목시계. 내가 그것을 잡자네 손목은 나비의 더듬이처럼 쑥 빠지며 어느새 발코니 꽃밭으로 나를 쫓아왔다. 나는 서둘러 꽃잎을 모아 내가 토해놓은 끔찍하게 흉한 배설물을 덮어 숨기려고 애썼다. 그러나 아무리 해도 완전하게 다 감추지는 못할 거라는 생각이 들었고, 네가 결국 이것을 보게 될 것이며, 그러면 나는 수치와 절망의 나락으로 떨어질 것이다…… 재앙을 막는 방법은 오직 하나, 다시 입안으로 삼켜 숨겨버리는 수밖에 없으리라. 나는 입을 새의 부리 모양으로 만들고 두 팔을 벌린 채 허리를 굽혀 그것을 향해서…… 그때 첫번째 작가가 주방에서 찻물을 끓여 발코니가 있는 방으로 가지고 들어왔다.

만일 책이 금지되는 세상이 온다면, 그래서 인간이 책을 통째로 암기하는 것밖에는 문학과 관계할 그 어떤 통로도 없다고 한다면 어느 작가의 작품을 암기할 것인가, 혹은 어느 작가가 지금으로서는 엄청나게만 보이는 그런 수고의 가치가 있는 작가일 것인가—이것은 레이 브레드버리의 소설에 관련된 이야기이다—하는 문제가 화제에 올랐을 때, 나의 첫번째 작가는 조금도 주저하지 않고 셰익스피어와 제임스 조이스라는 두 이름을 들었다. 그러나 자신이 개인적으로 정말 흠모하는 작가는 괴테라고 했다. 하지만 유감스럽게도 그는 이미 죽었기 때문에 우리가 함께 그를 방문해서 이렇게 차를 마시는 일은 불가능해 보이는군요, 하고 말하면서 첫번째 작가는 낮게 웃었다. 그리고 지금은 박물관이 되어 있는 괴테의 집에 대해서 잠깐 언급했다. 내가 그 집을 방문했을 때 나도 그 서재를 보았고 그곳에 앉아서 작품을 쓰는 작가의 모습을 연상했다고 말하자 그가 여전히 웃으면서 덧붙였다. 그곳에 살 당시 괴테는 직접 펜을 들고 글을 쓰기보다는 주로 서기를 고용하여 구술 내용을 필기시켰다고 말이다. 나는 조금 놀라면서 대꾸했다. 그렇다면 나는 괴테의 모든 문장을 온전히 그 자신의 것이라고 믿기 어렵다, 왜냐하면 괴테의 서기가 괴테의 구술을 받아쓰면서 약간의 수정을 임의로 가했을 수도 있고, 괴테가 자신의 모든 문장을 토씨까지 그대로 다 기억하지는 못했을 테니 서기가 쓴 내용을 점검한다 해도 알아차리지 못했을 가능성이 있기 때문이다. 그러나 내가 놀랐던 진짜 이유는 창작 작업에 다른 인격이 끼어든다는 그 방식이 낯설었기 때문이다. 그러자 첫번째 작가는 그런 일은 절대 있을 수 없다고 즉시 반박했다. 왜 있을 수 없다고 단정할 수 있는 건지? 당신은 괴테 자신이 아니잖아요. 그리고 어떻게 작가가 '다른 사람의 펜을 통해서' 글을 쓸 수가 있을까 상상이 가질 않아요. "그런 서기이자 조수의 하나라고 할 수 있는 '방구석의 남자'는 괴테의 원고 정리를 도맡았죠. 하지만 사람들이 흔히 생각하는 것처럼 괴테의 수발이나 들어주는 단순한 비서나 조수는 아니었습니다. 괴테와 관련해서 그의 역할이나 의미가 오늘날까지도 논란에 싸여 있는 인물이기는 합니다만…… '방구석의 남자'는 그 자신이 시인이기도 했고, 괴테를 만나기 이전부터 시를 썼습니다. 물론 어떤 사람들은 그의 시를 '괴테의 앵무새'라며 평가절하하기도 했지만. 그는 가난한 행상인의 아들이었고 그 자신도 일생 동안 가난하게 살았습니다. 그의 동료들은 비천한 출신인 그를 동급의 시인으로 대우해주지 않았던 거지요. 하지만 그가 괴테의 원고에 임의로 손을 댔다거나 하는 일은 있을 수 없습니다. 그는 괴테의 조력자이지만 동시에 친구이기도 했어요. 나는 그가 하찮은 속임수를 쓰면서 괴테 곁에 붙어 있던 인물이라는 생각은 들지 않는군요. 그리고 그런 생각을 하다니 당신은," 첫번째 작가는 여기서 잠시 말을 끊고 과연 자신의 생각을 솔직하게 입 밖에 내어서 말해도 좋을지 생각하는 듯했다. "당신은 아마도 괴테의 오리지널 문장을 진지하게 읽어본 적이 없을 거라는 생각이 듭니다. 괴테와 관련한 책들, 예를 들면『괴테와의 대화』도요. 어떤 작가에 대해서 말할 수 있으려면 그의 책을 읽지 않고서는 안 되는 일이지요. 그의 글이 얼마만큼의 엄밀함과 정확함을 추구하고 있는지 당신이 알았더라면,"

그러면서 첫번째 작가는 머쓱해하는 나를 향해 실망을 숨기지 않는 시선을 던지는 것이었다. 그는 아마도 내가 고전에 충실한 지식인인 줄 알았던 것이리라. 나는 그에 관해서 많이 안다고 생각했지만, 그가 괴테의 열혈 숭배자라는 사실만은 까맣게 몰랐다. 그의 성향과 이력을 볼 때 도리어 그 반대일지도 모른다고 짐작했던 것이다.

"그렇다면, 그 당시의 직업적인 조수는 항상 방 한구석에서만 작업을 할 수 있었단 말인가요? 그래서 그들을 '방구석의 남자'라고 불렀겠군요!" 나는 좀 빗나간 화제로 도피했다. "아니, 아니, 그건 우연한 일치일 뿐입니다." 그가 서둘러 손을 내저었다. 그리고 나에게 잠시 까다롭게 군 것을 사과하는 의미인 듯, 이번에는 내 엉뚱한 대답을 문제 삼지 않는 너그러운 표정을 지었다. "그 사람의 이름은 정말로 '방구석의 남자'였던 거예요. 그의 아버지의 아버지의 아버지로부터 물려받은 진짜 이름인 거지요." "오." 나는 짧은 소리를 내고 입을 다물어버렸다.

우리는 그의 서재에서 레몬잎차를 마셨다. 길쭉한 연두색 레몬 이파리들이 찻잔에 떠 있었다. 그는 서재를 침실

겸 작업실 겸 식당 겸 거실로 쓰고 있었다. 그곳은 방 하나에 발코니와 화장실, 작은 주방이 붙은 아파트먼트였다. 그와 그의 아내는 서로 독자적인 창작 공간을 갖기 위해 같은 건물의 다른 아파트먼트에서 살고 있다고 했다. 방 가운데는 서로 다른 크기와 모양에 높이까지 약간씩 차이 나는 세개의 길쭉한 책상이 ㄷ자 형태로 배열되어 있고 그 위에 책과 우편물, 서류와 타이핑한 종이들을 비롯해서 사진, 탁상시계, 타이프라이터와 재떨이, 펜꽂이, 안경집과 수첩, 램프, 알약, 녹음기와 꽃병, 촛대, 포도주잔, 만년필, 연고와 잉크병, 바람이 부는 날 두른다는 목도리와 열쇠꾸러미에 파리채가 널려 있었으며 팩스와 전화기 곁에는 신다가 던져둔 양말 한짝도 놓여 있었다. 책장이 점령하지 않은 벽면은 천장이 경사진 한 귀퉁이뿐이었는데 그곳에 침대가 있었다. 첫번째 자가이 인상은 책에서 본 사진과 많이 다르지 않았다. 비록 자신의 입으로 그 사진이 이십이년 전의 것이라고 하기는 했지만 말이다. 사진 속에서도 그는 이미 백발이었고 짧고 건장해 보이는 목에 불만스럽게 휘어진 입술, 그리고 기다랗게 자란 숱 많은 눈썹을 가진 남자였다. 내 앞에서 그가 처음으로 검은 선글라스를 벗었을 때, 마른 지푸라기를 겹쳐놓은 듯 깊게 주름진 얼굴 가운데서 회색과 흐릿한 청색이 섞인 조그만 두 눈동자가 드러났다. 사물을 비스듬히, 그러나 깊게 지켜보는 눈동자였다. 희미한 저녁 빛에도 눈이 부신지 그는 눈을 여러번 깜박거렸다. 찻잔을 손에 든 채로 이번에는 첫번째 작가가 나에게 질문을 했다. 그런데 당신은 무슨 일을 하는 사람인가요? 당신은 저널리스트입니까, 아니면 작가입니까? 갑작스러운 질문에 나는 매우 당황했다. 나는 기자도 작가도 아니었고, 이런 질문에 대비해서 그 어떤 인상적인 답변도 미리 마련해놓지 못했기 때문이다.

기대와는 달리 너는 첫번째 작가의 집을 다시 방문하지 않았다. 화분의 난초 꽃잎과 빈 새장이 바람에 흔들리고 있었다. 빨래가 널린 발코니, 탁자 위에서 달그락거리는 놋쇠 촛대와 열린 창으로 밀려 들어오는 낯선 언어의 지저귐, 골목길을 메운 관광객들과 오토바이의 소음이 그곳의 풍경을 이루었다. 그 풍경이 암시하는 것은 기묘한 기다림이었다. 약속이나 형체가 없는, 길고 어스름한 낮잠 속의 기다림. 첫번째 작가는 네 이름을 기억하고 있었다. 그러나 너를 마지막으로 본 것이 언제인지는 기억해내지 못했다. 몇년 전, 아니, 몇십년 전인지도 모른다고 했다. 그는 너를 라디오방송과 신문을 위해서 글을 쓰는 활달한 저널리스트로 기억하고 있었다. 그러나 내가 아는 한, 네가 그 신문에 기사를 쓰지 않은 지는 오래되었다.

당신은 무슨 일을 하는 사람인가요? 당신은 저널리스트입니까, 아니면 작가입니까?

나는 첫번째 작가의 눈을 똑바로 쳐다보며, 당신의 글을 읽고 오래전부터 좋아했으며, 사실은 단순히 좋아한 것 이상이며, 그래서 당신을 꼭 한번 만나보고 싶었고 가능하면 당신의 글을 번역할 수 있기를 오랫동안 소망해왔다, 왜냐하면 그것이야말로 나를 당신과 가깝게 만들어주는 유일하고도 가능한 방법일 테니까, 더이상의 다른 것은 감히 요청할 수 없는 거니까, 하고 말했다. 그를 사랑한 것은 사실이지만 그의 작품을 번역하겠다는 건 즉흥적으로 떠오른 생각이었다. "오, 그러니까 당신은 번역가란 말이군요! 어쩐지 그런 분위기를 많이 느꼈습니다. 그래, 내 추측이 맞았어요" 하고 첫번째 작가가 얼굴을 활짝 펴고 반가워했다. 나는 번역가가 아니었고 정식 번역이라곤 한번도 한 적이 없었지만, 그런 말을 하고 나니 어쩐지 내가 그의 책을 번역하기를 소망하고 있었다는 것이 사실로 느껴졌다. 나는 고향에 돌아가면 반드시 그의 작품을 내 모국어로 번역해 출간할 만한 출판사를 찾아보겠노라고 약속을 했다. 나는 정말로 그렇게 할 생각이었다.

우리는 많은 편지를 교환했다. 이메일까지 합한다면, 적어도 내 편에서 보자면 일생 동안 가장 많은 편지를 교환한 상대가 바로 너일 것이다. 우리가 알게 된 지 일년이 조금 지났을 때 이미 우리들의 편지는 책 한권으로 묶고도 남을 분량이 되어 있었다. 물론 그중에는 단지 "고마워" 혹은 "괜찮아" 하는 단 하나의 문장으로 이루어진 짧은 편지와 엽서 들도 있다. 특히 너는 편지 쓰는 일을 매우 즐기는 사람이었다. 여행지에 갈 때마다 너는 친구들에게 여러 통의 엽서를 썼는데, 일년의 반 이상을 여행지에서 보내는 입장이었으니 나의 우편함은 네가 보내온 편지와 엽서, 그리고 음반과 사진 혹은 시집과 에세이 들로 분주하게 되었다. 한번은 여행지의 호텔 식당에서 아침밥을 먹다가 발견한 신문 광고를, 그 자리에서 향긋한 차 냄새가 밴 그대로 찢어 보내주기도 했다. 그것은 우리가 예전에 함께 갔던 관광지 광고였다. 광고의 사진에 나온 한 벤치에 볼펜으로 화살표를 그려놓은 다음, "바로 이 자리에 우리가 앉았었지!" 하고 써놓았다. 첫번째 작가와 두번째 작가의 인터뷰 기사도 보내주었다. 내가 베를린에 여행 가 있을 때도 너는 머무는 곳의 주소를 물어 그곳으로 우편물이 도착하게 했다. 그러다가 어떤 우편물들은 내가 이미 떠난 다음에야 베를린 셋집으로 도착하기도 했다. 네가 잡지에 발표한 에세이 원고를 보내온 것이 기억난다. 네가 아메리카에서 베를린에 있는 나에게 보낸 그 에세이는 아메리카를 출발한 후 내가 떠나고 없는 베를린에서 셋방 집주인의 손을 거쳐, 그다음 다시 편지를 전달해주기로 되어 있던 사람의 가방 속에 든 채 —— 그 사람의 사정상 —— 상하이에서 몇달을 머문 뒤에야, 거의 팔개월이 지나 나에게 도착했다. 우리는 그것을 세계 일주를 마친 에세이라고 불렀다. 심지어 우리가 그렇게 헤어진 다음에도 너는 몇번 편지를 보내왔다. 마지막 편지의 말미에 어떤 영화를 한편 추천하면서 꼭 보라고 권했다. 그리고 나의 두번째 작가에게 자기가 미리 알려놓을 테니 그를 한번 찾아가보라는 말도 들어 있었다. 그때 두번째 작가는 이미 병을 앓고 있는 중이었다. 그가 죽기 직전 마지막으로 인터뷰한 사진을 잡지에서 보았는데, 거기서 그의 얼굴은 커다랗고 움푹 들어간 눈에 음울과 병색이 완연했다. 사진 속의 그는 두 손으로 양어깨의 바지 멜빵끈을 꽉 쥐고 있었다. 마치 그것이 그에게 마지막으로 유일하게 남은, 삶을 지탱해주는 최후의 가냘픈 생명 줄인 것처럼.

　H씨, 당신이 암을 앓고 있다는 기사가 나오는 걸 보면 기분이 어떤가요? 혹시 평정을 잃거나 패닉에 빠지게 되

지는 않는가요?

물론 기분이 유쾌하지는 않습니다. 첫눈에 몸에 전율이 흐르게 하는 그런 기분 나쁜 기사인 것은 맞아요. 하지만 그렇다고 내가 패닉에 빠지거나 하지는 않습니다. 패닉에 빠지는 것은 내 아내입니다. 그럴 때면 나는 아내를 위로하려고 하죠. "여보, 이건 다 자연의 일부분이야" 하고.

나는 그 영화를 첫번째 작가와 함께 보았다.

내가 일생 동안 두려워한 건 혼자가 되는 것과 글을 쓰지 못하는 것, 이 두가지였답니다, 하고 화면 속의 남자가 말하는 것이 들렸다.

우리는 극장에 앉아 있었다. 주인공 남자가 그 대사를 끝내자 첫번째 작가가 내 손을 잡았다. 그리고 나를 향해 얼굴을 돌리고 말했다. "저 문장은 가엾은 나 자신의 대사입니다. 나는 일생 동안 저 문장에서 해방되지 못했습니다." "하지만 난 당신이 부러워요. 당신은 인간과 작가로서 모든 걸 이루었고, 게다가 자유롭기까지 하니까요. 그리고 지금은 더이상 두려워할 것이 남아 있지 않은 듯이 보이니까요. 그런 당신의 세계가 미칠 듯이 부러워요." "제발 '모든 걸 이루었다'란 표현은 하지 말아주십시오. 그건 마치 '모든 것이 끝났다'는 말로 들리니까요." "아무런 성취

감 없이 공허한 가운데서도 종말은 다가온답니다. 나는 그런 삶에 대해서 아주 긴 글을 쓸 수 있어요.""당신은 자신의 미래에 대해서 너무 비관적이군.""당신은 아니란 말인가요?""이제 나에게 더이상의 미래가 없다는 것만은 분명히 알고 있지요. 하지만 난 그 때문에 비관하지는 않아요.""내 미래가 바라는 것은 오직 한가지예요. 질식해 죽어가는 내 영혼을 진창에서 해방시키는 거죠! 하지만 하루하루 시간이 흐를수록 영혼도 해방도 모두 불가능하다는 것만 분명해지는 거예요."

"영혼이란 얼마나 불확실하고 정처 없는 존재인지 당신이 알 수만 있다면, 마지막 그날까지도 우리가 그것을 어떻게 돌봐야 할지 모를 수밖에 없다는 것을!"그가 내 얼굴로 더 가까이 다가와 음성을 더 낮고 작게, 거의 속삭임으로 만들어 말했다. "이렇게 해요, 일년에 한번 정도 날 찾아와요." 스크린 속의 얼굴들이 광선과 먼지로 이루어진 불안한 어둠 속에서 일렁였다. 꿈의 파장이 번져나갔다. 번개처럼 번득이는 백색의 엑스타시스. 금속성의 그 꿈이 나를 뚫고 지나갔다. 그러자 더이상 고통이 아닌 어떤 고통이 느껴졌다. "일년에 한번 정도 날 찾아와요. 당신을 위해서, 그리고 나를 위해서. 매년 이맘때 이 도시를 방문해서 이 집의 문 앞에 적힌 내 이름을 읽어줘요. 내 이름이 있으면, 나는 여기 살고 있는 거니깐. 그러면 망설일 필요 없이 문을 열고 들어와 가방을 내려놓고 여기서 한두 주일 지내요. 내게는 낡은 타이프라이터가 한대 더 있으니 그걸 사용해서 내 방에서 번역 일을 해도 좋아요. 이 집 부엌은 비좁긴 하지만 간단한 아침식사나 수프 정도는 만들어 먹을 수 있죠. 그리고 바로 아래 골목에는 관광객을 위한 식당이 많고 상점에서는 언제든지 과일과 빵과 만두, 맛있는 커피를 살 수 있답니다. 이곳은 일년 내내 창문을 열어둘 수 있어요. 저녁때는 폐허로 산책을 가요. 원한다면 이 방에서 당신의 난초나 새를 길러도 좋아요. 당신의 난초나 새에게 당신의 언어로 이름을 붙이고 아침마다 말을 걸어도 난 조금도 상관하지 않겠어요. 나도 몇시간이고 난초와 새와 나란히 앉아 당신이 모국어로 말을 걸어주기를 기다리고 있겠어요. 당신은 난초에게 물을, 새에게 모이를, 그리고 내게는 당신의 언어를 주는 거죠. 내게 그것은 가사 없는 사랑의 노래처럼 들릴 거예요. 당신의 가방을 일년 내내 이곳에 놓아두어도 괜찮아요. 그런 유행가를 알고 있나요, 가방을 놓아두면 이듬해에도 다시 찾아오게 된다는? 우리는 많은 시간을 함께하지는 못하겠지만, 당신이 놀랄 만큼 많은 일을 함께할 수는 있을 겁니다. 그리고 밤에는 둘이 나란히 앉아 레몬차를 마시면서 내가 쓴 글을 당신에게 읽어주겠어요. 그러면 당신은 나의 첫번째 독자가 되는 거죠. 그건 내가 당신에게 해줄 수 있는 작은 선물이에요. 그렇게 일년에 한번 정도 날 방문해요. 이 도시에서 휴가를 보내요. 이 도시에서 당신이 가보지 못한 다른 도시를 꿈꿔요. 가보지 못한 도시들에 관한 글을 써요. 함께 꿈으로 여행해요. 그러다 어느 해 이 집의 문 앞에 내 이름이 없으면, 그때는 내가 더이상 당신을 맞아들이지 못하고, 그리고 더이상 당신을 기억도 할 수 없게 된 걸로 생각해요. 당신에게 읽어줄 것도 없고, 당신의 말을 들을 수도 없어요. 그때부터는 해가 바뀌어도 날 찾아올 필요가 없어요. 난 마침내 아무것도 쓸 수 없게 된 것이고, 그리고 정말로 너무나 혼자가 되었을 테니까. 그래서 당신조차 더이상 필요하지 않게 된 것일 테니까."

너는 택시에서 내려 조그만 정원이 딸린 집 안으로 들어간다. 집은 교외의 주택단지 가장자리에 자리 잡고 있는데 정면이 좁고 기다란 모양이다. 입구의 현관은 새로 칠을 한 지 얼마 지나지 않았다. 집 곁에는 가문비나무가 한그루 서 있고 그 나무 위에는 어린 올빼미가 한마리 눈을 반쯤 감고 앉아 있다. 벌써 몇주일째 그 올빼미는 하루 중 이맘때가 되면 가까운 측백나무숲에서 날아와 너의 집 바로 곁에 있는 그 나무에 와 있었다. 해 질 녘이었다.

우리가 함께 배 위에 있었던 날이 기억난다. 흐릿한 안개로 자욱한 회색빛 대기 사이로 항만의 풍경이 젖은 그림이 되어 펼쳐졌다. 많이 춥지는 않았으나 진눈깨비까지 간간이 내리고 있는 그런 날씨에 항구 풍경을 보기 위해 유람선을 타는 관광객은 많지 않았다. 갑판 위에는 우리뿐이었다. 너는 부산의 한 노점에서 산 야구 모자를 썼고 나는 외투에 달린 두건으로 머리를 감싸고 있었다. 외투의 방수천과 유람선의 소속 회사를 나타내는 깃발이 펄럭펄럭 거친 소리를 냈다. 깃발에는 방패 모양의 문장이 그려져 있었다. 안개 속에서 화물선의 출발을 알리는 고동 소리가 길고 무겁게 퍼져나갔다. 갈매기들이 회색빛 허공에서 끼룩거리며 빙빙 돌고 있었고 항구 근처 언덕에 자리 잡은 부자들의 창문에는 불빛이 가물거렸다. 시간상으로는 한낮이었지만 늦은 저녁처럼 사방이 흐리고 어둑어둑했다. 배는 커다란 몸집의 화물선들을 지나 철썩거리는 물소리를 단조롭게 내면서 마주 보이는 오렌지색 등대를 향하고 있었다. 화장실을 다녀와야겠다는 생각이 들었다. 내가 갑판 아래로 내려가려고 하자 너는 나에게, 자기를 홀로 내버려두고 떠난다면 결코 용서하지 않겠다고 말했다. 물론 화장실을 가기 위해 자리를 뜨는 걸 두고 한 말이었다. "홀로 내버려두고 떠난다면" 하고 너는 힘주어 말했다. 마이 디어, 네가 나를 이 황량한 곳에 홀로 내버려둔 채 떠난다면, 나는 그걸 영원히 잊지 않을 거야, 그리고 절대 용서하지도 않을 거야, 하고 너는 갑판 위에 우뚝 선 채 내 등 뒤에다 대고 좀 연극적으로 말했고, 나는 계단을 향하면서 단지 화장실에 잠시 가는 것뿐이라는 대답을 던졌다. 그때 나는 어째서 그 말에 화내지 않는지 스스로를 이상하게 생각했다. 언제나 상대를 홀로 남겨두고 떠나는 것은 네가 아니었던가. 파란 철제 층계는 물에 젖어 미끄러웠다. 유람선의 텅 빈 바에서 커피 끓이는 냄새가 새어나왔다. 물방울이 맺힌 흐릿한 유리창 너머로 바의 종업원이 작은 주방 벽에 기대서서 담배를 피우는 모습이 보였다. 배가 크게 출렁거리면서 입자가 큰 축축한 안개가 한가득 목구멍과 폐로 밀려들었다. 나는 기침을 했다. 예외적인 감정의 충동과 슬픔을 상기시키는 날씨였다.

이층으로 올라간 너는 서재의 창문을 연다. 그리고 창턱에 걸터앉은 채 올빼미가 있는 나뭇가지를 물끄러미 쳐다본다. 나무줄기에 몸을 찰싹 붙인 올빼미는 꼼짝도 하지 않고 있다. 가벼운 바람이 불어왔지만 깃털 하나도, 정말로 하나도 움직이지 않는다. 어린 올빼미는 어디서 저런 육체의 정적을 배웠는가, 마치 쇠붙이로 된 잠과 같은. 올빼미의 몸은 나무와 거의 비슷한 색이고 늘어진 잔가지들에 가려서 네가 그 사실을, 올빼미가 언제나 일정한 시간대에 그 나무에 와서 너의 방을 한참 동안 향하고 있다는 사실을 모른다면 알아차리기가 쉽지는 않은 모습이다. 한동안 올빼미에게 시선을 고정하고 있던 너는 서랍에서 오래된 필름카메라를 꺼낸다. 그리고 올빼미를 최대한 가깝게 줌인 한 다음 사진을 찍는다. 너는 결코 사진을 잘 찍거나 즐기는 타입이 아니었다. 거의 누구나 다 가지고 있는 디지털카메라도 없었다. 그러나 그 어떤 막연하면서도 계시적인 한순간, 꿈속에서인 듯 갑작스레 특별하여 고래처럼 육중하고 느리게 존재 자체를 깊이 숨 쉬고 싶은 순간, 그런 순간이 다른 일상의 짧은 영감과 마찬가지로 몇가지 추상적 개념의 단어들 속으로 사라져버리는 것이 아쉬운 너는 바로 그때 네 앞에 나타난 올빼미의 모습을 찍고, 그리고 아래층에서 저녁식사 준비가 다 되었다고 부르는 소리가 들려온다.

옷을 모두 벗고 완전히 나체가 되어 변기 위에 걸터앉은 너는 욕실 창문을 열어놓고 느릿느릿 이를 닦는다. 입안에서 부글거리며 팽창한 치약의 흰 거품덩어리가 바닥에 떨어진다. 발저 시의 한 구절, "밤, 꿈의 딱정벌레가 열린 내 입안으로 기어들어온다."

꿈속에서 거울을 들여다보는 것은 소름이 끼친다. 거기 너를 쳐다보는, 위협을 느낄 만큼 낯설고 탐욕스런 텅 빈 검은 구멍들.

침대에는 강이 흐르고 강가에 나무가 한그루 자라나고 있다. 옆으로 길게 내뻗은 가지에는 너의 손목시계가 매달려서 재깍재깍 소리를 낸다. 그것은 우리들이 지상에서 이미 사라지고 없을 시간까지도 가리키게 될 것이다. 우리, 지금 흑백의 몸으로 서로의 구멍 속으로 깊숙이 파고들어가 누워 있는. 그리하여 우리들 자신이 마침내 껍질만 남은 나무풍뎅이의 화석으로 변할 때까지.

꿈의 페이드아웃.

오랫동안 내 우편함에는 광고지와 청구서만 들어 있었다. 내가 청구서의 요금을 제때에 지불하지 않으면 그들은 점점 더 크고 화려한 활자가 찍힌 우편물을 역설의 선물인 양 보내왔다. 어느 날 우체부가 다녀간 후에 우편함을 열어본 나는 그 안에서 나를 쳐다보는 올빼미 한마리를 발견했다. 나뭇가지 사이로 까맣게 내려뜬 올빼미의 눈과 얼룩덜룩하게 음영이 진 둥그런 몸통이 보였다. 그것은 직접 찍은 올빼미의 사진을 인화해서 엽서 겉면에 풀로 붙인 것이었다. 사진 속의 올빼미는 투박한 입자로 확대되어, 솜을 너무 많이 채워 넣은 박제처럼 부자연스럽게 부풀어 있었다. 매끈거리는 사진 표면의 한 귀퉁이에는 살짝 긁힌 자국이 있고 가지 사이로 떠 있는 허공은 흐릿한 보랏빛, 아마도 해 질 녘이리라. 엽서에는 항공우편임을 알리는 우체국의 스티커와 우표, 날짜 스탬프, 그리고 내 주소가 인쇄되어 있었다. 스탬프는 둥그런 날인 곁에 가지런한 물결무늬가 네줄 들어간 것이었다. 항공우편이란 글자 위에 찍혀 있는 그것은 올빼미의 왼쪽 날개로, 거리와 연속성을 한꺼번에 의미하는 근대의 상형문자로 보였다.

침대는 경사진 천장 아래, 방 한구석 그늘 속에 놓여 있다. 가방을 입구에 그냥 놓아둔 채로 나는 신발과 겉옷도 벗지 않고 곧장 침대로 다가가 벽을 향하고 눕는다. 무릎을 가슴 쪽으로 바싹 끌어당기며 몸을 깊이 구부리고 눈을 감는다. 오랫동안 익숙하며 내가 가장 잘 알고 있는, 친근한 이 느린 기다림의 자세로. 햇빛과 라디오가 그들의 뜨거운 소음을 멈추지 않는 몬순의 어느 날 오후 한때이다. 자전거에 조롱을 실은 새 상인이 골목길을 지나가고 있다. 어떤 이들은 죽은 자들을 만나러 가기 위해 지금 페리 선착장에서 표를 사고 있으리라. 어떤 이들은 꿈에 대해서 에세이를 쓰기 시작할 것이다. 그러나 나는 모든 것과 상관없이 잠들기를 원한다.

양의 첫눈

살아오면서 양은 주변의 사람들로부터 수많은 비난의 말을 들어왔는데, 대개는 그의 존재를 저주하는 것으로 끝나기 일쑤였으므로, 마침내 양이 주변에서 완전히 사라지고 난 다음에도 그들이 이전과 조금도 다름없이 여전히 불행해하고 있는 것을 알게 되고 나서는, 물론 그 불행의 이유는 그 이전이나 마찬가지로 양의 존재 혹은 부재와는 아무런 관련이 없었고 그러한 무관함이야말로 어쩌면 애초부터 양과 그들 사이에 가로놓인 유일하게 인정할 만한 사실이었는지도 모르는 거지만, 양은 조금 당황하면서도 소심한 마음으로 이상하다는 느낌을 받기도 했다. 예를 들자면 그런 사람들 중의 한명인 미라는 어느 날 그에게 편지를 보냈는데 자신의 생활이 — 그녀의 전생애와 조금도 다름없이 — 폐허와 같다고 한탄하면서, 며칠 동안 그가 살고 있는 도시를 방문할 예정인데 그때 그를 한번 만나고 싶다고 요청했던 것이다. 나의 전생애와 조금도 다름없이, 아무렇지도 않게 써내려간 이 표현이 양에게는 마치 밑줄로 강조되어 그에게 일부러 큰 소리로 들려주고자 하는 미라의 자존심 강한 최후의 욕망처럼 느껴졌고, 그러자 그것이 노골적으로 암시하는 바를 그가 알아차리도록 명령하는 미라의 목소리가 들려오는 듯했다. 그러나 미라의 목소리라니, 그는 이미 그것을 잊은 지 오래되었으며 사실은 그녀의 모습마저도 희미하고, 과연 그녀의 어머니와 구별할 수 있을지 의심스러울 정도로 모호한 정도로밖에 기억하지 못한다는 것을 인정해야만 했다. 그렇다고 해서 그가 미라라는 존재 자체를 완전히 잊은 것은 물론 아니지만, 지금 그 기억이라는 것은 인간에 대한 보편적이고 상투적인 표현 정도의 가치만 있을 뿐이었다.

전생애와 조금도 다름없이. 이것은 양에게, 그가 미라의 전생애에 대해서 마치 자신의 것인 양 잘 알고 있어야 한다는 당위를 부과하는 것과 같았고, 설사 모른다 할지라도 알고 있는 것처럼 행동해야 함에 어떤 의문이 있어서도 안된다는 경고로 받아들여진데다가, 더 나아가서 그는 그 안에서 일종의 은근한 비난과 조롱마저도 읽을 수 있었는데, 왜냐하면 그는 그녀의 전생애라고 할 만한 것에 대해서 사실 조금도 아는 바가 없었으며 게다가 그녀의 생애가 폐허라는, 좀 멜랑콜리한 전(前) 세기적 서정의 풍경으로 명명될 수 있는지에 대해서는 전혀 짐작도 할 수 없었기 때문이다. 시간이 많이 흘러갔기 때문에 그들의 관계가 유효성을 잃었고 ── 그들은 이미 지난 팔년 동안 한번도 만난 적이 없고 어떤 연락도 취하지 않았으며 심지어 간접적인 소식을 우연히 전해들을 수 있는 공통의 친구조차 갖고 있지 않았다 ── 그렇기 때문에 그가 그녀에 대한 세세한 내용을 잊은 것이 아니라, 원래부터가 그들은 자신과 관련되지 않은 서로의 생애라는 문제에 대해서는 전혀라고 해도 좋을 정도로 관심을 기울이지 않았는데 ── 이 부분에 대해서 양은 자신의 기억에 자신이 있었다 ── 그렇다고 해도 그것이 서로가 상대편에게 관심이 없었다는 의미는 결코 아니었다. 단지 이전의 미라는 양에게 '전생애'라는 표현을 쓰지 않았다는 것뿐이다. 양은 미라에게 있어 ── 그 누구에게도 마찬가지이리라고 생각하지만 ── 그런 표현이 요구되는 사람은 아니었다. 미라는 이전에 '내 일생'이라는 표현도 쓰지 않았고 삶이 어떠어떠하다는 경구식의 말도 하지 않았다. 그런 식으로 인간과 시간을 하나의 전체

로 파악하는 표현은 무수한 다원(多元)의 현재를 살고 있
는 그녀라는 개인에게는 결단코 적절하지 않을뿐더러 전
혀 — 이 점이 특히 용서될 수 없었는데 — 창의적이지 못
함이 분명했다. 양은 미라의 길지 않은 그 편지를 여러번
읽었는데, 의례적인 문장들 사이에서 오만하고 초조하게
고개를 내미는 그 과시적 표현 — 나의 전생애, 그리고 여
전한 폐허 — 이 양에게 자신의 전생애에 관해 들려줄 준
비 작업이 드디어 모두 끝났으며, 그러므로 그가 그녀와
관련해서 앞으로 할 수 있는 일은 오직 미라가 창조해낸
세계인 돌연한 그 폐허의 풍경 안으로 뛰어들어 진지하게
경청하는 것뿐이라는 식으로 해석되어, 마치 강압적이고
무신경한 표현에 의해서 수갑이 채워진 듯 거북함과 부자
연스러운 어색함에 사로잡혀 승낙도 거절도 아닌 어정쩡
한 답장을 쓸 수밖에 없었다.

　양온 얼굴을 하늘로 향한 채 초숫가에 누워 있었다. 바
람은 찼으나 물은 의외로 따뜻했고, 사실은 비릿할 정도
로 뜨끈뜨끈했으며, 익숙하지 않은, 기묘하게 미끌미끌한
상한 풀 냄새가 났다. 구름 사이에서 해가 잠시잠시 얼굴
을 내밀었기 때문에 타월로 몸을 감싸고 있으면 춥다는 생
각까지는 들지 않았다. 서늘한 여름이었기 때문인지 그해

는 호수에서 수영을 하는 사람들의 수가 많지 않았다. 야생 오리 몇마리가 양의 근처에서 꼼짝 않고 몸을 웅크리고 있어서 양은 시험 삼아 점심으로 먹다 남은 빵 조각을 던져보았으나, 그들은 그깟 빵 조각 때문에 움직이기는 몹시 귀찮다는 듯 거들떠보지도 않았다. 간혹 제법 강한 바람이 불었고, 그럴 때마다 그들 몸통의 깃털이 더욱 둥그렇게 부풀어 오르고 짧게 웅크린 목덜미의 솜털이 회색 담요처럼 반짝거리면서 한 방향을 향했다. 양은 가능하면 이곳에 오래 있고 싶었다. 그의 피부와 건강이 그 소망을 최대한 지탱해주기를 바라면서 그는 눈을 감았다. 머리칼에서부터 발가락 끝까지 오리의 목덜미 솜털처럼 가벼워져서 바람에 날리는 기분, 그렇다, 마치 꿈속에서처럼 ─ 지상을 낮고 미지근하게 날면서 오랫동안 그윽하게 평평한 들판과 납작한 집들과 장난감처럼 다정해 보이는 사람들과 자전거들로 이루어진 아래를 낮은 한숨을 쉬면서 내려다보는 꿈 말이다 ─ 그런 기분을 유지하려고 애썼다. 마치 꿈속에서처럼 그는 자신의 한숨의 강도를 조심스럽게 조절해서 갑자기 지상으로 추락하거나 아니면 방망이에 맞은 야구공처럼 궤도를 잃고 원심력의 허공으로 날아가버리지 않도록 주의하고 있었다. 그는 날고 있었고 그러는 사이에 어느 정도 겁먹고 정체 모를 슬픔에 잠겼는데,

그것은 기분 좋을 정도로 미미하고도 막연한 네거티브였으므로 정말로 눈물을 흘리고자 하는 충동이 일기도 했다. 가을날 저녁의 가벼운 열과 같이 그렇게 따뜻한 눈물을, 11월의 허공에 고요히 떠도는 거미줄같이 무해한 그런 눈물을. 그는 어떤 구체적인 슬픈 일을 떠올림으로써 눈물을 흘려보려고 시도했으나 뜻대로 되지는 않았다. 그는 몇개의 시구를 떠올렸다. "오늘, 단지 오늘만 나는 아름다우리/내일이면 모두 사라지고/죽음, 죽음이 온다." 그는 항상 이 시구를 아름답고도 슬프다고 느꼈으나, 그렇다고 해서 눈물이 흐르지는 않았다. 그러나 그는 아쉬운 중에도 계속해서 슬프고도 평온한 기분을 느꼈다. 그가 알고 있는 슬픔 중에는, 이른 아침 막 깨어났을 때의, 준비되지 않았으면서 아무런 방어도 없이 만나게 되는 그런 슬픔이 가장 시적이었다. 창밖에는 새가 울고 입안에는 비린내 나는 눈물이 가득 찼으며 아주 멀리서 자동차의 소음이 이제 막 시작했다는 듯이 그렇게 들려오고 창 아래로 난 길에는 이른 시간에 일하러 가는 사람들의 자박거리는 발걸음 소리, 부엌에서는 개가 신음하고 나뭇잎과 햇빛과 바람, 발코니의 꽃들은 어제와 조금도 다름이 없는데, 그는 침대 속에서 몸을 웅크린 채 마치 그가 바로 어제 심장이 쨍하고 깨어질 만큼 치유되지 못할 슬픔을 가졌는데 오랜 잠 때문에 그 일을 잊어버리고, 마치 종이가 물속에서 녹아버리듯이 자기 자신마저 잊어버리고, 망각의 강을 따라 먼 곳으로, 더 먼 곳으로 흘러 여기에 있게 된 듯한 그런 막연한 슬픔을 느끼곤 했다. 눈을 뜬 순간 이미 잊어버린 꿈속에서 그는 슬픔에 대한 암시를 받았으나, 하지만 그것은 깨어 있는 상태에서는 결코 기억의 윤곽으로도 다가가지 못할 가설의 슬픔일 뿐이었다. 자신에게 속하며 자신에게 무관심한 슬픔과 평온. 양은 그렇게 의도적인 이완의 상태에서 저녁을 기다리고 있었다.

시간이 흐른 뒤 양이 문득 눈을 떴을 때, 그의 곁에는 젊은 남녀가 나란히 누워 있었다. 그들은 누운 채 몸을 쭉 뻗고 있었는데 둘 다 키가 몹시 컸다. 사실은, 깜짝 놀랄 만큼이나 큰 키였다. 아마도 190센티미터에 가깝거나 혹은 그 이상일 것이라고 양은 짐작했다. 일광욕을 하면서도 그들은 둘 다 테가 굵고 검은 근시용 안경을 벗지 않고 있었고, 그들 몸에서 수영복으로 가려지지 않은 부분은 비인간적으로 느껴질 정도로 광택 있고 희고 크면서도 단단해 보였는데, 여자는 다리에 면도를 하지 않아서 흰 피부에 찰싹 달라붙은 물에 젖은 갈색의 털이 허벅지에 조그맣게 올라온 소름과 함께 선명하게 눈에 띄었다. 양은 언제나 키가 큰 사람들을 좋아했다. 물론 그들 쪽에서 양을 어떻게 생각했는지는 모른다. 그래서 양은, 언제나 그렇듯이 키 큰 그들이 마음에 들어서 가능하면 실례가 되지 않는 범위 내에서는 오래도록 바라보고 싶었다. 키가 크다는 점 외에도 그들은 양이 실제로는 한번도 느껴본 적이 없는, 아마도 문학적인 독특함이라고 불릴 수 있는 요소를 그들의 육체에 간직하고 있었다. 그것은, 그들의 나란히 누운 두 육체가 마치 미지의 언어로 이루어진 것처럼 양에게 이해할 수 없는 말을 걸어온다고 느껴졌기 때문이다. 사투리로 부르는 방심한 노래, 말 없는 질문, 웃는 당나귀처럼. 그러나 동시에 눈을 감고 누운 그들의 표정과 자세에는, 표면적으로는 특별한 경계의 몸짓을 하고 있지 않음에도 불구하고 자신들의 테두리를 강하게 의식하고 배설물로 그것을 지키려는 동물다운 원시적인 신호 또한 드러나 있어서, 아마도 예를 들자면 그들이 파티장에 손을 잡고 나타난다면 문지방을 넘는 순간 아무도 그들 주변으로는 다가오지 않을 정도로 그들의 육체는 확실하고도 배타적인 어떤 별개의 영역을 스스로 말하고 있기도 했다. 그들은 말랐다고는 할 수 없으나 분명히 매우 금욕적이고 검소한 몸매를 가진 것은 맞았다. 남자의 경우는 숨을 쉴 때마다 갈빗대가 선명히 드러날 정도였고, 그들의 길고 튼튼한 뼈대는 몹시 우아하기는 했으나 어쩔 수 없이 기묘하게 보이게 되는 운명을 타고난 듯했다. 그들은 남매처럼 닮아 있었는데 실제로 이목구비가 비슷하다기보다는 태도와 표정, 움직임과 스스로 만들어놓은 정신적인 차림새에서 닮아 있었다. 그러한 후천적인 육체의 언어는 그들을 남매 정도를 넘어서서 마치 쌍둥이처럼 느껴지게 했다. 익숙함과 동질성과 공통된 배타성과 극도의 수줍음의 육체. 호숫가의 투명한 검은테 안경, 검고 두꺼운 천 위에 희미하게 반짝이는 물방울무늬가 있는 여자의 수영복, 마치 오리의 깃털처럼 짧게 자른 머리칼과 두 손으로 단정하게 감춘 배꼽, 작고 뾰족한 턱과 장갑이라도 낀 듯이 크고 밋밋한 손, 그리고 의지와 수줍음이 복잡하게 뒤엉켜 서로 꽉 붙어 있는 긴 발가락 사이들. 예민함으로 치자면 남자 쪽이 한층 더했다. 그는 안경 아래의 두 눈을 감고 빛이 일렁일 때마다 그 일렁임의 정도와 바로 비례하는 속도로 눈꺼풀을 일정하게 떨었다. 눈을 감고 옷을 벗고 누워 있는 상태였으나 그의 모습은 '잠자는 사람'이라기보다는 '불안을 생각하는 사람'에 가까웠다. 그는 습관적으로 아주 약간씩 턱을 당기면서 눈을 감은 채 깜짝 놀라는 표정을 지어 보이기도 했다. 그것은 마치 눈을 감은 상태에서만이 발견할 수 있는 추상적인 놀라움을 마주쳤다는 은밀한 표시처럼 보였다. 여자 쪽은 가끔 눈을 뜨고 햇빛의 상태와 자신의 몸을 살펴보고 있었다. 그녀는 다리를 쭉 펴고 그러면서도 가능하면 발이 모래에 닿지 않도록 주의하면서 일정하게 조금씩 몸을 움직였다. 그들이 가지고 온 비치 타월은 양이 이제껏 본 적이 없는 아주 큰 것임에도 불구하고 그들의 발은 이미 모래에 닿아 있는 상태였다. 그때 갑자기 커다란 개 두마리가 주인의 재촉에 신이 나서 헐떡거리면서 물속으로 뛰어들어가고 놀란 오리들이 건너편 언덕으로 헤엄쳐 가기 시작했다. 여자는 몸을 움직이지 않은 채 눈을 뜨고 그 짧은 소요를 빤히 응시하기만 했다. 양이 그들을 바라보고 있는 것을 충분히 느꼈을 테지만, 그녀는 양을 쳐다보지 않았다.

그때 양은 그들을 언젠가 한번 만난 적이 있다는 생각이 들기 시작했다. 그 생각은 처음에는 마치 꿈속에서 가깝고도 희미한 지상을 내려다보듯이 그렇게 막연하게 상상과 기대가 뒤엉키며 시작되었으나 점차 사실일지도 모른다는, 메아리치는 의심에 침범당했다. 양이 착각하고 있는 것이 아니라면, 그들은 어느 해 겨울 지붕 밑 방에 사는 사람의 생일 파티에 초대되어 다른 사람들과 말 한마디 없이 조용히 벽에 붙어 나란히 서 있다가, 음악이 나오자 둘이서 손을 잡고 폴카를 좀 추다가, 그리고 자정이 막 지나서 돌아간 그 키 큰 기묘한 커플이라는 생각이 들었다. 그렇게 키가 큰 이들을 흔히 만날 수 있는 것이 아닐 테니까 서서히 양은 자신의 생각이 맞다는 확신을 하기에 이르렀다. 당시 그들은 스웨터 차림이었고 여자는 그 위에 소매 없는 조끼를 겹쳐 입었으며 검은 스타킹에 주름이 진 무릎 길이의 회색 스커트 차림이었다. 비록 그들은 다른 손님들과 모르는 사이였고 그래서 그들이 돌아간 다음 아무도 그들이 누구인지 모르고 있었지만, 양은 그들이 집주인과 인사를 주고받는 것을 옆에서 들었기 때문에, 여자는 도서관에서 일하는 보조 사서이고 남자는 대학생이라는 것을 알았다. 그때 밖에는 막 눈이 내리기 시작했다. 그해의 첫눈이었다. 파티가 열린 집은 건물의 가장 높은 층에 위치하고 있었는데, 담배를 피우기 위해서 열어놓은 베란다 문 사이로 예민한 어둠의 광선으로 이루어진 밤과, 그 속에서 어둠과 더한 어둠의 농담(濃淡)만으로 이루어졌으며 낮에는 자신의 개성을 드러내지 않으면서 천박한 햇빛 속에서 시치미를 떼고 있다가 밤이 되면 이윽고 아주 다른 존재가 되어 모습을 드러내는 굴뚝들과 지붕들의 실루엣으로 이루어진 도시 하늘의 풍경이 빤히 방 안을 보고 있었다. 엄숙하고 아름다운 각도로 기울어진 지붕들은 밤의 바다 위에서 침몰하고 있는, 지나치게 공들여 만들었으나 이미 백년도 더 지나 절망적으로 낡은 철제 군함들을 연상시켰다.

양은 겨울밤의 그런 지붕 그림자를 매우 좋아하여, 언제나 그렇듯이 좋아하는 일을 만나면 그 희열에 비례하여 추상적인 동시에 육체적 감각을 동반하는 희미한 공포가 엄습하는 것을 느끼게 되므로, 아니, 사실은 언제나 참을 수 없을 정도로 아름다운 것은 어느 정도 공포스러운 경험 ── 이 경우에는 사람들로 가득 찬 방과 겨울의 지붕이 내다보이는 베란다 ── 과 함께 오게 되므로 그럴수록 가능하면 몸을 눈에 띄지 않게 만들어서 푸르스름해진 자신의 살갗이 남들을 놀라게 하지 않도록 주의해야만 했다. 남자는 그해 겨울, 대학 사무실에서 눈 치우기 아르바이트에 등록해놓았기 때문에 지금 떠나야 한다고 말했다. 그렇다. 양의 기억은 뒤엉킨 무의식의 먼지 속에서 곰팡이처럼 조금씩 살아나기 시작했다. 떠나기 전 여자는 자신의 가방에서 책 한권을 꺼냈다. 양은 방 귀퉁이의 그늘에서 벽에 등을 붙이고 선 채 꼼짝 않고 그것을 보았다. 그들을 관찰하기 위해서 거기 있었던 것은 아니지만, 우연히 그들은 바로 양이 기대 서 있던 벽과 열린 베란다 문 사이에 있었던 것이다. 양은 그때 음악 소리에 섞여 들리는, 단단하고 뾰족한 발톱으로 문의 금속 손잡이를 긁는 기분 나쁜 소리에 홀로 진저리 치고 있었다. 그 소리는 음악이 커지면 따라서 커지고 음악이 잦아들면 저절로 사라지고는 했다. 양은 몇번이나 남몰래 방문을 열고 어떤 짐승이 문안으로 들어오기 위해서 발버둥 치고 있는지 살펴보고자 했으나 그럴 때마다 짐승은 날쌔게 달아나버려서 오래된 복도의 묵은 냄새만이 축축한 찬 공기와 함께 양의 얼굴을 소름 끼치게 커다란 혓바닥으로 핥고는 했다.

여자가 꺼낸 책은 그녀가 일하는 도서관에서 직접 대출한 것이고 모서리에 도서관의 분류 코드가 붙어 있었다. 그녀가 누르스름한 책장을 넘기자 도서관 이름의 푸른 스탬프가 찍힌 첫 페이지가 나왔다. 그때는 책 제목이 무엇인지 보지 못했다. 그들 남녀는 둘 다 매우 수줍어하는 편이어서 파티장 같은 장소를 즐기지 못하는 것이 분명했다. 그들은 사람들의 미소 속에 스며들어 눈에 띄지 않는 소극적인 미소를 머금은 표정을 만들었고, 아무도 쳐다보지 않으면서도 어느 누구도 시선에서 제외시키지 않으려는 노력을 하고 있었다. 양은 설탕이 들어간 음료수로 끈적거리는 손가락을 몰래 벽에다 대고 문질렀다. 그러자 서걱거리는 소리가 비명처럼 크게 들려와 양은 소스라치듯이 놀랐다. 음료수를 많이 마신 자신의 뱃속에서 불현듯 꾸르륵거리는 소리가 너무 크게 나서 사람들이 동시에 자신을 쳐다볼까봐 지레 두려워진 양은 무언가, 예를 들자면 캐스터네츠 같은 도구로 사람들의 흥을 돋우는 척하면서 그 소리를 감추어볼 작정으로 집주인 아들의 장난감통을 아무도 눈치 채지 않게 뒤져보았으나, 캐스터네츠는 보이지 않고 누르면 삑 소리가 나는 노란 고무 오리와 장난감 화살만 보였다. 시간이 지나고 밤이 깊어갈수록 양은 점점 불안해졌고 점점 더 정체 모를 공포에 사로잡혔는데, 그런 비밀스러운 불안과 공포의 와중에서 베란다와 그 너머로 마치 그 한 사람에게만 보이는 듯이 존재하며 눈에 덮여가는 지붕들의 풍경에 압도당한 채, 심장이 장난감 화살에 의해서 날카롭게 관통되듯이 기분 좋게 얼얼하면서 축축해지는 이율배반적인 쾌락 속으로 더욱 빠져들기 위해서 의도적으로 더욱 자신을 불안의 한가운데로 밀어 넣기를 멈추지 않았다. 그러는 가운데서도 혹시 양이 지붕 쳐다보는 것을 모르는 사람들이 베란다 문을 닫아버려서 자신이 누리는 이 비밀스러운 쾌락이 종말을 고하지 않을까 걱정이 되었으나, 다행히 그런 일은 일어나지 않았다. 여자는 책을 집주인에게 건넸고 주인은 고맙다는 인사를 했다. 그들은 모자를 쓰고 코트를 걸쳤다. 그들은 주인과 뺨을 맞대고 감사와 이별의 인사를 나누었다. 그들은 문을 나섰고 그리고 최대한 조용히 문을 닫았다. 양은 부르르 몸을 떨면서도 시선을 베란다 쪽에서 거두지 않았다. 조금 진정이 된 후에 그는 담배를 피우는 척하고 베란다로 나갔다. 거리에는 눈이 쌓이고 있었고 양이 서 있던 지붕 없는 베란다에서 내려다본 그들의 그림자는 놀라울 정도로 키가 컸다.

양을 파티에 초대한 사람은 얼마 후 갑작스러운 이사를 떠나기 전에 자신이 도서관에서 대출한 책을 대신 반납해 줄 것을 양에게 부탁했다. 이미 대출 기한을 넘긴 책이었 으나 중간에 도서관 직원을 통해서 한번에 한달씩 두번 연 장 신청을 했으니 문제는 되지 않을 것이라면서, 그래도 혹시 만일 중간 의사소통에 문제가 생겨 연체료를 물어야 한다면 자신이 나중에 갚겠다고 했다. 그는 급하게 이사를 서둘러야 하는 사정이 생겼기 때문에 도서관으로 갈 시간 을 내기가 힘들었고 양은 그 부탁을 들어주기로 했다. 도 서관은 집에서 양이 일하는 호스텔로 가는 중간에 있었고 책을 반납하는 데도 그다지 많은 시간이 걸리지 않을 것이 므로 거절할 이유가 없었다. 양이 도서관에 간 것은 며칠 뒤 어느 날 아침이었다. 그는 그 전날 밤 호스텔의 접수대 에서 새벽까지 일을 했고 전차 안에서 아침을 맞았다. 도 서관에 도착하자 아직 문이 열리려면 반시간 정도 기다려 야 한다는 것을 알았다. 다음 날 반납해도 문제될 것은 없 었지만 다음 날은 시간이 또 어떻게 될지 모르고 그가 잊 어버릴 수도 있으며 도서관이 문을 여는 시간과 그가 퇴근 하는 시간이 맞지 않으면 ― 그가 일하는 호스텔의 임시

직원들은 근무시간이 고정되어 있지 않고 상황에 따라 달라졌으므로 — 집으로 돌아갔다가 일부러 다시 나와야 하는 문제도 있기 때문에, 그는 그냥 근처의 카페로 가서 밥을 먹으면서 기다리기로 했다. 아침식사를 할 수 있는 카페는 좀 떨어진 곳에 있었지만 배도 고프고 게다가 너무 추워서 그냥 도서관 문 앞에서 기다릴 수는 없었기 때문이다. 하지만 사람들이 얼마 없는 카페 안은 바깥 날씨와 크게 다르지 않을 정도로 추웠는데, 인색한 주인이 난방을 하지 않아서였을 것이다. 커피와 빵을 주문하고 책을 꺼내든 다음 제목을 읽고, 그리고 책장을 펼치니 — 그는 그때까지 그 책을 펼쳐본 일이 없었다 — 도서관 이름의 푸른 스탬프가 나왔는데, 그때 양은 이미 파티에서 그들을 만난 일을 까맣게 잊어버린 다음이라서 도서관의 이름과 푸른 스탬프는 그에게 아무 기억도 불러일으키지 못했다. 양은 빵에 버터를 바르면서 처음 몇 페이지를 읽다가 커피를 마셨고, 다시 책의 중간쯤을 펼쳐 아무 구절이나 읽다가 문득 생각난 듯이 가방에서 펜과 수첩을 꺼내 즉흥적으로 구절들을 옮겨 적었다. 특별히 인상적이어서 그랬던 것은 아니고 양은 그런 식으로 문장 수집하는 것을 좋아해서 눈에 띄는 것들은 가능하면 무엇이든지 적어놓으려고 하는 편이었다. 하지만 그는 정리정돈에는 전혀 취미가 없었기 때문에 그렇게 적어놓은 문장들을 잘 쌓아두는 일에는 서툴렀다. 그는 이곳저곳 노트와 수첩에 출처가 불분명한 문장들을 적어두었으나 그것들이 일정하게 한 장소에 모여 있는 것이 아니고 여기저기 흩어져 있었으므로 그후 한번이라도 다시 들여다보는 일은 거의 없었고 그냥 무의미하게 버려지는 경우가 대부분이었다. 시간이 흐른 다음 양은 자신의 소지품에서 이미 오래전에 직접 적어놓았던, 그러나 이미 그 내용이나 원래 그것이 속해 있던 책은커녕 자기가 그 문장을 읽었다는 사실조차 까맣게 잊어버린 그런 문장들을 간혹 만나곤 했다. 기록하는 순간부터 이미 마음에 담거나 새기지 않고 잊혀져버릴 운명인 그런 문장들을 수집하는 일은 단지 습관 때문에 계속 되풀이되는 단순하고 무익한 노동에 지나지 않았으나, 양은 그런 식으로 비록 자신의 필체로 기록되어 있기는 하나 너무나 의외인 문장들을 예상치 못한 장소에서 발견하는 일을 내심으로 남몰래 신비스럽게 느끼고 있었기 때문에 그 일을 굳이 중단하지 않았다. 항상 가지고 다니는 지도의 뒷면, 잘 모르는 사람들의 명함, 해가 지난 비망록의 귀퉁이, 방랑에 가까운 산책 중에 우연히 들렀기 때문에 이름도 생소하고 위치는 짐작조차 할 수 없는 그런 식당 영수증의 여백, 자주 보는 잡지의 이곳저곳, 신문, 버스에서 집어온 광고지나 팸플

릿에, 그리고 결코 보내지 않을, 구체적인 대상도 없는 엽서들에 그가 메모하는 문장들은 그러나 특별하고 큰 의미가 있는 경우는 거의 없었고, 단지 그가 그런 식으로 메모하기 자체를 즐겼으므로, 또한 우연하고도 즉흥적인 행위 자체에 더 중점을 두었으므로, 일상적이고 평이했고 간혹 너무나 평범하고 간결해서 도리어 더욱 의미 있는 수수께끼처럼 보이는 경우조차 있었다. 당연하게도 그때 카페에서 그 책의 몇몇 문장들을 메모한 수첩을 양은 지금 가지고 있지 않다. 그러나 그 책에 대해서는 지금 기억해낼 수 있다. 그것은 볼테르와 프리드리히 대왕 간의 서간집이었다. 유감스럽게도 양은 그 책의 내용을 거의 이해할 수 없었는데, 프랑스어로 되어 있었기 때문이다. 그러므로 양이 옮겨 적은 것은 제대로 된 완전한 문장이라기보다는 미사여구와 영웅의 이름을 빌려온 단편적인 외마디 칭송이었을 가능성이 높다. 양은 그가 알고 있는 단어 — 예를 들자면 구체적인 어떤 이름 — 가 포함된 문장의 단편들을 별 의미 없이 옮겨 적었던 것이다. "젊은 솔로몬이여…… 소크라테스가 여기 있다고 한들 나에게 그가 무엇일까, 내가 프리드리히를 사랑하는데." 물론 양이 이해한 내용은 솔로몬과 소크라테스, 사랑, 그것이 전부였을 테지만.

이른 아침의 도서관은 생각보다 분주했다. 방문객들이

얼마 없는 자그마한 규모의, 지방 관청에서 운영하는 프랑스 문화교류 도서관이었으나 두서넛 있는 직원들은 뭔가에 매우 바쁜 듯이 서류를 정리하느라 양에게 눈길을 돌리지 않았다. 양이 서서 기다리는 동안 사각사각하고 기분 좋게 종이가 스치는 소리가 났고 열람실과 접수대가 분리되지 않은 소규모의 도서관이 흔히 그렇듯이 짙은 책 냄새가 풍겼다. 양은 그것이 마음에 들었다. 양이 책을 반납하고 싶다고 말하자 접수대의 직원은 옆 창구를 가리키며 그쪽으로 가보라고 했다. 양이 파티에서 보았던, 말이 없던 그 키가 큰 여자는 보이지 않았다. 워낙 소규모라서 그런지 사용자를 위한 안내 팻말은 없었고 직원이 가리킨 곳에는 아무도 앉아 있지 않았다. 양은 특별히 바쁜 일도 없었으므로 누군가 올 때까지 기다리기로 했다. 창구를 통과하면 바로 서가였고 그곳에는 책들을 분류하고 제자리에 다시 꽂는 일을 하는 젊은 남자가 있었다. 양은 그야말로 특별히 할 일이 없었으므로, 그의 일하는 모습을 지켜보았다. 그는 매우 젊어 보였고 그래서 도서관의 정식 직원이라기보다는 견습생 정도로 보였다. 사실 그 젊은이는 서툴게 일하고 있었고, 책의 위치나 간편하게 일하는 기술을 아직 터득하지 못한 것이 분명한데다 뭔가 사소한 실수를 할 때마다 아무도 그것을 지적하지는 않았지만 스스로 몹시 당황하는 것이 느껴졌다. 그가 이쪽으로 몸을 돌리자 얼굴이 드러났는데 양은 그가 열여덟살을 넘기지 않았으리라 생각했다. 그것은 정말이지 어린아이 같은 얼굴이었다. 양은 그런 인상을 주는 얼굴을 예전에 지하철에서 만난 적이 있다. 초등학생 몇명이 지하철에 올라타더니 곧 숨 쉴 틈도 없이 빠른 속도로 컴퓨터게임과 만화영화에 대해서 재잘대기 시작했다. 아니, 재잘댄다기보다는 이제 막 피어나기 시작한 어린아이 특유의 맹목적인 공격성으로 있는 힘껏 상대편을 향해서 소리를 지른다고 하는 편이 맞았다. 양이 서 있던 곳에서 대각선으로 마주 보이는 구석에는 유난히 인상적인 소년이 친구들과 함께 뒤엉켜 있었는데, 양은 곧 그 소년에게 시선을 빼앗겼다. 소년은 빛으로 가득한 동화의 나라에서 태어나 이 지하철의 세계로 막 추방당한 요정 같았다. 소년의 모습은 살과 뼈와 피 같은 물질이 아니라 오직 빛남과 먼 곳에서 오는 광선과 울림으로 이루어진 듯이 보였다. 소년이 그만큼 아름다워서라기보다는, 그가 간직한 아름다움이 자의식 제로 상태의 그것이었기 때문이다. 나이가 어려서이기도 하겠지만 소년은 특별히 아름다움이 무엇인지, 뽐냄이 무엇인지, 자신의 모습을 거울에 비춰보는 것이 무엇인지 전혀 알지 못하는 태도를 가지고 있었던 것이다. 그 소년은 아직 아무것으로도 다시 태어나지 않은 존재였고 무지하고 어리석었으며 신의 저울 위에서 경망스럽게 까불었으며 가치를 판단할 줄도 몰랐고 사색의 고뇌는 알 바 아니었고 적어도 그 순간까지는 자신을 세상의 다른 사물들과 어떻게 분리해야 하는지를 모르고 있는, 바로 그런 순간을 살고 있는 단지 가슴 아플 정도로 무심하게 아름다운 한 존재일 뿐이었다. 그러나 그의 이런 자의식의 진공 상태는 길지 않을 것이다. 바로 그렇기 때문에 양에게는 가슴이 조여들 정도로 안타까운 감정의 홍수가 북받쳤다. 그 소년이 내려서 친구들과 어깨동무를 하고 깔깔 웃으면서 사람들 사이로 사라질 때까지 양은 줄곧 그 소년을 바라보았다. 그리고 지금 다시, 양은 어깨를 움츠리고 숨을 죽였다. 만일 그때 그 지하철의 소년이 순식간에 나이를 먹어 양의 앞에 선다면 바로 이런 모습이리라. 아무런 무게나 내용도 없이 어떤 효과나 침투도 없이 시간이 인간의 표면 위를 지나서 그대로 흘러갈 수 있다면 말이다. 혹은 시간이 오직 무심함만으로 이루어진 어느 한 이미지를, 그야말로 비밀스러운 빛의 반사만을 이용해 허공에다 만들어놓고 마치 장난치듯이 금가루를 뿌려놓은 다음 깔깔 웃으면서 멀어져간다면, 그런 다음엔 이런 형상이 공기 중에 남으리라. 어떤 사람도 그 형상에 손댈 수 없으리라. 왜냐하면 그것은 오직 형상일 뿐, 실제로 존재하는 물질이 아니기 때문이다. 그것은 오직 빛남과 울림과 광선으로 이루어진, 망각된 기억과 가설의 슬픔과 대상이 없는 미련으로 이루어진 시간의 어떤 작용일 것이기 때문이다.

젊은이는 양을 발견하자마자 얼굴이 귀밑까지 붉어지면서, 겨우 몇걸음에 불과한 거리인데도 거의 달리다시피해서 양에게 다가왔다. 그리고 자신이 서고에 있느라 창구를 비우고 양을 발견하지 못한 것을 사과했다. 그의 사과는 사실 매우 드문 태도로, 그 정도의 일은 직원이나 손님이나 서로 개의치 않는 경우가 일반적이므로 양은 도리어 자신이 말없이 창구 앞에 서 있음으로 해서 젊은이에게 쓸데없는 심리적 부담을 준 것에 미안함을 느꼈다. 양이 볼테르와 프리드리히 대왕의 서간집을 반납하고 나자 젊은이는 양에게 더 필요한 것이 없느냐고 싹싹하게 물었다. 양이 볼테르와 프리드리히 대왕의 서간 교환에 관한 다른 자료를 찾는 중이라고 대답하자 젊은이는 얼굴이 눈에 띄게 밝아지면서, 그런 종류라면 프랑스어 자료들이 이곳에 많고, 또 정기 구독하는 잡지들도 많으므로 문학이나 역사 간행물을 뒤져보면 도움이 될지도 모르겠다고 했다. 아무래도 이곳은 프랑스문학 관련해서는 대학 도서관을 제외한다면 가장 실속이 있을 것이고, 그러니 간행물에 대해서

혹시 필요한 것이 있으면 자신이 도움을 줄 수 있으리라고
했다.

"하지만 그런 자료를 원하신다면 대학 도서관쯤은 이미
다 살펴보셨겠죠?"

하고 젊은이는 물었다. 그의 뺨에는 아직 홍조가 완전히
다 가시지 않았다. 그 홍조는 그의 눈동자에도 번져 있어
서, 마치 해가 지고 있는 하늘을 파란 유리구슬 안에 담아
눈앞에서 바라보는 듯한 느낌이 들었다. 양은 그의 소개대
로 정기간행물실로 가서 그가 산더미처럼 안아서 가져다
주는 잡지들을 껴안고 읽기 시작했다. 사실 양은 프랑스어
를 해독하지 못했는데, 그 젊은이가 가져다준 자료는 전부
프랑스어로 되어 있었으므로 그림이 있는 페이지를 펼치
고 오래 그림을 들여다보는 것으로 시간을 때웠다. 젊은이
는 원래 성격이 상냥한 편인 듯했다. 방문객들은 대개 그
에게 먼저 말을 걸었고 그에게서 예외 없이 친절한 안내를
받았다. 그것은 그의 천성이기도 하겠지만 어느 기업체에
서든지 정식 직원으로 일하는 게 아닌, 연수를 하는 직업
학교 학생들의 한결같은 태도일지도 몰랐다. 그곳에 머물
면서 양은 처음의 짐작대로 젊은이가 정식 직원이 아니라
졸업을 앞둔 직업학교 학생이며 그 도서관에서 견습으로
일하고 있다는 사실을 알게 되었다. 그리고 그의 이름이

에드문트인 것도 알게 되었다. 그날 양은 자신에게는 전혀 필요하지 않은 몇장의 사진이 든 자료를 복사했고 볼테르의 전기를 대출했다. 대출 카드를 작성해서 에드문트에게 내밀자 그는 미소를 지으면서 양? 특이한 이름이군요, 하고 말했다.

양은 사흘 동안 계속해서 그 도서관으로 가서 가능한 한 오래 머물렀다. 사흘 동안 에드문트는 양에게 이것저것 자료를 열심히 날라다주었고 양은 이해하는 척하면서 그것들을 읽었다. 자신이 날라다준 자료에 양이 그다지 관심을 보이지 않으면 에드문트는 좀 실망하는 듯이 보이기도 했다. 그는 정말로 열성적인 견습생이었다. 어떤 일이든지 하려고 했으며 책이나 자료에 관해서는 누구의 어떤 부탁이든지 거절하거나 무시하는 법 없이 들어주려고 애썼다. 그러나 그가 양에게 날라다주는 잡지나 소논문들이 실린 책들 자체가 실제로 그의 관심을 끄는 것 같지는 않았다. 에드문트는 볼테르나 프랑스문학이란 단어에 대해서 전혀 열광하지 않고 평범하고도 직업적인 미소를 보낼 뿐이었다. 랭보나 아라공, 초현실주의, '파리에서의 릴케'에 대해서 말할 때조차 조지 부시나 루치아노 파바로티를 발음할 때와 아무런 차이가 없이 무심하고 냉담했다. 그러나 "그…… 잡지 1986년도 10월판이 필요한데……"라는 요청에는 진심으로 기쁨을 가지고 볼을 발갛게 물들인 채 서고 꼭대기로 금방 기어 올라갈 듯했다. 사흘째 되는 날, 양은 도서관 직원이 지나가면서 에드문트에게 "생일 축하해!" 하고 인사하는 것을 듣게 되었다.

"오늘이 생일인가요?"

양도 역시 지나치듯이 에드문트에게 물었다. 이미 그들은 손님과 직원으로서의 의례적인 인사말 외에도 조금 더 다른 것을 물을 수 있을 정도로, 물론 도서관 안에서만의 이야기지만, 친근해져 있었다.

"아니, 사실은 내일인데, 헬라 부인은 휴가로 내일 나오지 않기 때문에 미리 인사를 하는 거지요."

"아, 그렇다면 나도 생일 축하한다고 말하고 싶군요. 몇 살이 되는 건가요?"

"열아홉살요. 고맙습니다."

"그런데 뭔가 생일 선물을 주고 싶은데요. 그동안 나를 많이 도와주었으니까."

에드문트는 진심으로 깜짝 놀라면서, 그러나 여전히 미소를 띤 채 그럴 필요가 없고 자신은 단지 자신의 일을 한 것뿐이라고 했다.

"그래도 혹시 괜찮다면 주소를 가르쳐주겠습니까? 선물을 보내드리고 싶은데요."

에드문트는 잠시 망설이더니 "정 원한다면" 하고 양이 내민 수첩에 주소를 적어주었다. 양은 수첩을 접어 주머니에 넣었다. 에드문트는 미소도 없이 조금 멍한 얼굴로 양을 바라보았다. 그러다가 눈이 마주쳐서 양이 "그럼 안녕" 하고 인사하자 매우 당황하면서 "안녕" 하고 조금 손을 들어 인사했다. 양은 뒤돌아보지 않고 뚜벅뚜벅 걸었다.

그 선물가게를 지나칠 때마다 양의 눈길은 도자기인형들을 향했다. 양은 그런 물건들을 일생 동안 한번도 가져본 일이 없고, 자신이 가지기 위해서 사게 되리라고는 생각해보지 않았다. 선물가게가 있는 거리는 서쪽을 향한 커다란 길이었다. 그 반들반들한 우윳빛 이마 위로 저녁 해가 지면 그것은 마치 얼굴을 붉히며 어쩔 줄 모르고 서 있는 당황하고 수줍은, 그러나 열성적이고 따뜻하며 놀랍게도 친근하기까지 한 어떤 존재로 느껴졌다. 양은 자신이 항상 소심하고 어느 정도는 겁에 질려 있음을 너무나 잘 알고 있었다. 학교에 다니던 어린 시절부터 항상 그래왔는데, 정작 그 자신은 익숙해서 왜 자신의 그런 상태가 남들에게 불편함이나 거북함, 더 나아가서는 적대감마저 불러일으키는지 잘 알지 못했다. 양은 자기 마음의 그런 방어 상태를 어느 정도는 아름답게 느끼기까지 했다. 그것은 자신만이 감지할 수 있는 예민한 또 하나의 감각이기도 했기 때문이다. 그 상점에서 파는 도자기인형들을 처음 보았을 때 양은 까다로운 의붓자식처럼 다루기 힘들고 신경 쓰이지만 또한 희고 연약하고 아름다우며, 겁에 질린 하나의 인격의 형상을 본 듯했다. 양에게 그것은 결코 낯설지 않았다. 동유럽산 채색유리 인형의 현란한 교태보다도 그 도자기인형들의 어느 정도 염세적으로 주저하는 포즈가 더욱 그의 마음을 끌었다. 양은 자신이 당장 쓸 수 있는 현금을 몽땅 털어 마이센의 잠자는 비너스 인형을 샀다. 그토록 아름다우나, 그토록 아름다웠던 다른 존재들과 마찬가지로 접근과 소유의 욕망을 불러일으키지는 않았던, 그 잠든 비너스를 양은 잠시 아주 가까이서 바라볼 수 있었다. 점원이 비너스를 상자에 넣고 선물용으로 포장하여 붉은 리본을 달았다. 리본에는 "에드문트, 진심으로 생일 축하해"라고 써 넣었다. 다음 날 그는 열아홉송이의 노란 장미를 샀고, 천천히 걸었고, 그리고 주소를 들고 에드문트의 집으로 찾아갔다.

저녁이 가까워오고, 햇빛은 거의 온기를 느끼지 못할 정도로 창백하게 희미할 뿐이고, 오리들도 어딘가로 모두 사라지고 바람이 더욱 싸늘해지자 사람들도 담요를 걷고 호숫가를 떠나기 시작했다. 그들 키 큰 남녀는 양과 함께 가장 늦게 호숫가를 떠나는 사람들에 속했다. 그들은 나란히 몸을 일으키고 아직 남아 있는 물기를 닦고 안경을 고쳐 쓴 다음, 수영복 위에 티셔츠와 바지를 겹쳐 입고 일어나서 신발을 신은 뒤 타월을 걷어 어깨에 걸쳤다. 양은 그들에게 간단히 작별 인사를 하고 싶었고 그녀는 더이상 도서관에서 일하지 않는 건지 묻고 싶기도 했으나, 막상 생각이 떠오르고 나니 그것을 실천에 옮겨 입을 여는 것이 힘들고 귀찮은데다가 또 그들이 무시할 것 같기도 해서 그냥 가만히 있었다. 시계를 보니 집으로 돌아가야 할 때가 가까워지기는 했다. 미라가 8시에 찾아오기로 했으니 그 시간까지만 집에 도착하면 되는 것이고 그 이상은 아무것도, 전혀 서둘 이유가 없었다. 양은 그동안 시간을 질질 끌면서 가능하면 미라가 스스로 지쳐서 양을 만나기로 한 결심을 변경하기를 기다리고 있었으나 그것은 결국 허사로 끝났다. 초조한 시간이 흐르는 가운데 어느새 양은 미라가 정작 자신을 다른 사람과 혼동하고 있는 것은 아닌지 터무니없이 걱정되기 시작했다. 그럴 수 있는 일이었다. 그들은 팔년 동안이나 만나지 않았고 아무리 생각해봐도 양으로서는 미라가 굳이 자신을 만나러 이 먼 곳까지 온다는 것이, 미라는 단지 지나가는 길의 방문이라고 했으나 결국 그를 만나기 위해서 온다는 점은 분명했기에, 도저히 믿기지가 않았다. 양이 그러한 것과 마찬가지로 미라 또한 양을 알아보지 못할지도 몰랐다. 그들은 서로 오랫동안 만나지 못했고 목소리도 듣지 못했으니 그럴 수 있는 일이다. 양은 시험 삼아 자신이 팔년 전과 외모가 어느 정도나 달라졌는지 거울 앞에서 점검해보기도 했으나, 정작 그 자신이 팔년 전에 어떠한 외모였는지 짐작조차 할 수 없었다. 그것은 미라의 경우도 마찬가지일 터였다. 양은 미라가 하나의 구체적인 인간, 여자라는 사실을 스스로에게 반복해서 상기시켰는데, 어느 순간에는 그것이 당황스럽고 낯설다가 어느 순간에는 비웃고 싶을 정도로 서툰 농담으로 생각되었고 한번은 허리가 비틀릴 정도로 웃음이 나기도 했다. 팔년 전에 양은 그녀를 두려워했다. 그것은 지금도 마찬가지일 것이다. 미라는 의지가 강하고 외모가 뛰어났으며 자기주장이 드물게 선명했고 고집이 대단했다. 하지만 양이 그녀를 두려워한 것은 그녀의 지배욕이나 강렬한 에고 때문만은 아니었다. 그녀가 그것을 원했기 때문이었다. 그녀가 자신을 떠날지도 모른다는 생각에 지레 두려워하던 시절이 있었다.(그것은 예상만으로도 가슴이 폭발해버릴 듯한 공포였고 또 꽤 오랫동안 지속되었기 때문에 실제로 미라가 자신이 창조한 극적인 장면 속에 양을 버려두고 떠났을 때는 도리어 차라리 덜 고통스러웠을 정도였다.)

그러면 미라는 상냥하게 양의 머리를 자신의 가슴에 대고 지그시 누른 채 속삭이고는 했다. 우리는 서로 첫눈에 사랑에 빠졌어, 그 누구도 이전에 그러지 않았던 방법으로 말이야. 그런데도 넌 두려워하고 있군. 도대체 뭘 두려워하는 거지……? 8시에 찾아오기로 한 미라는 9시가 지나도 도착하지 않았다. 양은 단칸방의 침대에 앉아서 시계를 바라보면서 기다렸다. 양은 그녀가 제시간에 도착하지 않은 것을 의아해하면서도, 그녀가 마지막 순간에 마음이 변해 기차에서 내리지 않고 이 도시를 그냥 지나쳐주기를 간절히 바라고 있었다. 양은 라디오도 틀지 않았고 전등을 밝히지도 않았고 촛불을 켜거나 커피를 끓이지도 않았다. 양은 단지 기다릴 뿐이었으며 자신도 모르는 사이에 어떤 막연한 대상에게 순종하는 자세를 취하면서 자신의 수줍은 영혼의 세계에 침략자를 받아들일 준비를 하고 있었다. 그것은, 단지 아무것도 하지 않으면서 기다리는 것뿐이다. 그는 어느새 잠이 들었다.

그러다가 그는 어느 순간에 잠이 깼는데, 자신이 잠든 사실도 인식하지 못했기 때문에 잠시 동안 어리둥절한 상태에서 자신이 왜 옷을 입은 채 신발까지 신고 침대에 쓰러져 있으며, 그리고 무엇 때문에 도중에 잠에서 깨었는지 파악하는 데 시간이 걸렸다. 지친 상태에서 신발을 질질 끄는 소리, 그릇이 달그락거리는 소리가 괴로울 정도로 오래 들렸다. 동전이 양철 그릇 속으로 떨어지듯이 터무니없이 크고 못된 기억을 되살리면서 신경을 거스르는 무례하고 불쾌한 소리들이었다. 그리고 불도 켜지 않은 방 안을 가로질러 걸어가고 있는 저 사람은 누구인지. 미라가 도착했다. 그녀는 잠기지 않은 문을 열고 들어와—그가 잠들어 있었으나 개의치 않고—마실 것을 스스로 만들어 부엌에서 나오는 길이었다. 그것은 그가 마음속으로 숨 막혀하면서 여러번 상상하고 또 상상한 순간이었으나, 실제로 일어나는 모양을 보니 현실은 역시 별것 아니며 고작 모든 예상된 상상의 평범한 아류에 불과하다는 확신이 들었다. 그는 서둘러서 일어날 생각을 하지 않고, 사실은 움직이려 해도 몸이 말을 듣지 않았고 마치 열병에 걸렸을 때 흔히 꿈속에서 그러는 것처럼 공기에 결박당한 듯 고개조차도 돌릴 수 없었으므로, 그대로 누운 채 미라가 찬장에서 빵을 꺼내 칼로 자르고 마가린을 바르는 것을 지켜보고 있었다. 어둠 속에서 보이는 미라의 몸은 바람이 빠져나간 것처럼 더욱 홀쭉해졌고 긴 머리칼을 하나로 묶은 채 등 뒤로 평범하게 늘어뜨리고 있었다. 그녀는 허리에 벨트가 있는 연한색 울 원피스를 입고 있었는데, 그다지 크지 않아 보이는 옷인데도 허리 부분이 몸 위에서 헐렁헐렁하게 느껴졌다. 마치 허기지고 나이 든 여인처럼 그녀가 줄어들었다는 사실은 양에게 놀라움을 불러일으켰다. 그녀는 배가 몹시 고팠는지 불도 켜지 않고 창으로 비쳐드는 달빛에 의지해서 서둘러 빵을 베어 먹었다. 꿀꺽하고 음식물이 그녀의 목을 넘어가는 소리가 커다랗게 들렸다. 그러고 나서 그녀는 꽤 긴 시간 동안 기침을 했다. 오래전 그들은 기차표를 사는 열 안에서 서로 마주쳤고 그리고 첫눈에 이끌림을 경험했다. 그들은 서로 각자의 행선지가 적힌 문 뒤에 주저하면서 서 있었고 서로 상대방을 듣기 위해서 귀를 문에 가까이 가져다대고 있는 사이, 기차의 출발을 알리는 종이 울렸다. 문이 열리고 문이 닫히고, 장례식에 참석한 듯 예절 바른 사람들이 조용히 왔다가 사라졌으며 거기에 호응하듯 초청받은 피아니스트가 쇼팽의 「장례식의 행렬」을 연주했다. (음악이 양의 마음을 뒤흔든다. 그 음악이 없었다면 슬픔은 오직 슬픔이었을 뿐인, 그런 음악이다.) 방구석에 놓인 촛불은 전장에 닿을 듯이 기 큰 남녀의 그림자를 반대편 벽에서 서성이게 만들었고 열린 베란다로 들어온 바람이 책장을 넘겼다. 양은 그렇게 불현듯 나타난 이해하지 못하는 언어인, 그러나 그렇기 때문에 더욱 아름다운 문장들을 그림자들이 일렁이는 벽에 연필로 옮겨 적었다. 지붕 위로 눈이 쌓이고 있는데, 신비하게도 하늘에는 별이 빛나고 있었다. 허공에 고독하게 솟아오른 굴뚝 곁에는 빗자루를 손에 든 마르고 검은 사람이 하나 앉아 있고, 그것을 바라보는 이가 정작 양 혼자뿐이라는 사실에 양은 놀라고 감탄했다. 눈은 점점 더 많이 내릴 것처럼 보였다. "나는 슬픔의 굴뚝 청소부지요, 나는 울어요, 울어요, 울어요……" 연필을 든 양의 손이 벽을 머뭇거리며 스쳐갔다. "나는 울어요, 울어요, 울어요……" 양은 철자를 틀리지 않도록 주의하면서 반복해서 썼다. "울어요, 울어요, 울어요……"* "눈 치우기 아르바이트는 쉬운 일은 아니지만" 하고 키 큰 남자의 그림자가 양의 뒤에서 방문을 스쳐지나가는 말투로 소곤거리고 있었다. "그런 것은 아니지만" 하고 미안한 마음에 망설이는 듯한 목소리가 촛불빛에 타들어가듯이 사라지면서 멀어져갔다. 그 여자는 남자의 손을 잡고 함께 문지방을 넘어갔다. 양은 그림자처럼 벽에 입술을 가까이 대고 자신이 적은 문장들을 찾아 작은 소리로 읽었다.

"이십년 동안 나는 어떤 장소를 찾아 헤매고 다녔다. 그 누구도 나와 가까운 곳에 살지 않는 그런 장소를. 바라보이는 풍경은 아득히 멀고 아름다우며 풀밭과 늪지, 숲과 고독이 있는 곳. 마을이 아니라 교회조차 없는 하나의 외딴집, 그런 장소를 —— 보토 슈트라우스."**

미라가 자리에서 일어서서 양에게 다가왔다.

그리고 양은 마침내 자신이 눈물을 흘릴 시간이 다가왔음을 알았다.

* 영국의 시인 윌리엄 블레이크(William Blake)의 시「굴뚝 청소부」에서 인용.
** 독일의 작가 보토 슈트라우스(Botho Strauss)의 에세이『아래 있는 사람이 발끝으로 서서』에서 인용.

북역

내 비단거미이며 누에나방, 책상 위의 내 잉크병, 프라터 공원의 나무, 잠든 아이이면서 내 저녁 빛이자 그토록 잊음이 많은 사람, 그리고 나의, 거꾸로 숫자를 세는 이여.* 기차가 도착하기 전에 그는 긴장 속에 잔뜩 갇혀 있는 이 숲달팽이 여인에게 입맞추어야 하리라. 그러나 어떻게? 잘못 흘러내린 촛농처럼 당황한 여인의 시선은 어색하게 아래쪽으로 비스듬히 깔린 채 더이상 움직이지 않았고 플랫폼의 시계는 자정을 막 넘기는 중이었다. 그들의 몸은 나란히 기차가 들어올 방향을 향하고 있었는데, 둘 다 모두 지나치게 긴장해서 넋이 완전히 나간 나머지 눈먼 비둘기가 허공을 낮게 날아간 뒤라고 해도 그 흔적을 ──그들이 타지 못하고 놓친 — 기차라고 믿을 수 있을 정도였다. 덥고, 습기가 많고, 발코니에서 내려다보이는 거리는 거의 언제나 현기증을 유발할 정도로 몽롱하기만 한데다가 공기 중에는 강한 탄산수 냄새가 났던 1970년대 어느 여름 한 도시의 기억이 그의 머릿속을 지배했다. 요가 깔린 대나무 침대와 손잡이가 십자 모양이었던 커다란 놋쇠 수도꼭지와 타일 욕조와 함께. 그가 가지고 있는 단 하나의 것, 그것은 여인의 주소였고 여인은 그 도시에서 살았다. 여인이 처음 그에게 주소가 적힌 쪽지를 내밀었을 때, 그들이 이제 서로의 주소만으로 서로를 기억하게 될 운명이 막 시작될 즈음에, 그는 자신이 이미 잊었다고 생각했던 그 도시의 회상이 습한 무지개가 되어 머릿속에서 외마디 울음소리와 함께 피어오르는 것을 느꼈다. 마치 한마리 늙은 공작새가 어느 이른 아침 인도의 숲에서 날아오르는 것처럼. 그가 일주일 동안 낯선 발코니에서 모기떼와 함께 늪처럼 얕고 끈적거리는 잠을 견디고 있을 때, 그때 바로 어린아이의 형상을 한 여인의 발걸음이 그 아래의 골목길을 지나갔고, 골목길은 소음의 연무로 자욱한 시장으로 연결되며, 여인의 모습이 골목의 모퉁이를 돌자마자 곧 수십년이 걸리는 기나긴 저녁의 박명(薄明)이 시작되었고, 그 이후 사물들은 바람이 넘기는 페이지처럼 하나하나 시간의 책 속으로 사라져 모습을 잃어갔다. 그 밤의 희미함을 따라 모든 정류장마다 발자국을 남긴 여인은 그토록이나 오랜 시간이 걸려서 여기 이곳에, 마지막 기차를 기다리는 이곳에 모습을 나타내고 있는가. 그는 겨우 이주일 전에 여인을 처음 보았을 뿐인데 계속해서 혼돈하고 있으며, 그가 일생 동안 여행 허가서를 들고 이리저리 돌아다녔던 여러 도시들이, 여인이 남긴 발자국을 따라 더듬어가는 방랑의 정거장이었던 것처럼 착각하는 상상에 시달리는 중이었다.

지금 여인의 어깨와 머리 너머로 펼쳐지는 것은 거미줄로 뒤덮인 밤 그리고 어지러운 전신선으로 이루어진, 기차의 출발을 기다리고 있는 이 세계의 어느 한구석이었다. 여인의 주머니에 들어 있는 기차표가 그 세계를 말없이 증명하고 있었다. 그것은 외면적으로는 플랫폼에 내걸린 기차 시간 안내판과 초침이 재깍거리는 커다랗고 둥그런 시계와 맥주와 감자칩 광고판과 기찻길 옆으로 늘어선 불 꺼진 발코니들의 세계였다. 노인들처럼 웅크린 인내심 많은 그 세계. 또한 파이프들의 세계. 전선과 수로와 측정기와 통신선의 송수신장치, 배수와 통풍과 무당벌레의 밤 산책을 위해, 그리고 비둘기의 집이나 시각 장애인 길 안내 표시를 위한 것처럼 어둠 속을 더듬거리며 존재하는 파이프들의 세계. 그러나 조금 더 깊이 들여다보면 그것은 아침이면 텔레만을 연주하던 목욕탕의 미니 라디오와 잃어버린 안경과 장갑과 펜촉 들, 그에게 건네졌던 여러 사람들의 주소, 그 주소가 말없이 가리키던 여러 도시와 수많은 거리, 그리고 비밀스러운 골목들과 얼굴을 알 수 없는 이웃들의 세계로 연결되었다. 일생 동안 그가 더할 수 없이 무심히 지나쳐온 풍경들인 모든 사소한 세계의 조각들이 이 시간 그의 기억을 사로잡고 의식 속으로 한꺼번에 침범해 들어왔다. 그것들은 삶과 생활의 모든 것으로, 그것은 곧 그가 무의식중에라도 항상 메모지에 쉼 없이 적어놓곤 하던 수없이 많은 기억과 인상과 떠오름의 기원, 그리고 일생에 걸친 모든 영감의 비밀스러운 박물관이었다. 그것은 그 자신을 동시에 바라보는 무수한 전체 사물들의 눈동자였다. 그러면서 동시에 한가지 선율로 이루어진 매우 단순한 행위, 바로 세계의 잠이었다. 눈을 감고 마음을 감는다는 오직 한가지 선율로. 눈을 감는 것은 세계에 자신을 바치는 행위, 그리고 잠은 눈꺼풀 아래의 공작새 그늘. 잠자는 행위, 그것을 인식함은 너무나 순수하고 절대적인 것에 가까이 가 있기에 '제발, 이대로 멈추어!' 하고 마음속으로 말할 만하다. 마치 이 순간 그가 플랫폼의 시계를 올려다보면서 '시간이여, 그대로 멈추어라!' 하고 소리 내서 명령하고 싶은 것과 마찬가지로.

　여인의 차고 딱딱한 손이 플랫폼의 벤치 위에 놓였고 그 손등은 그의 손바닥 바로 아래에 있었다. 그들은 그 상태로 꼼짝하지 않고 기차가 들어올 방향을 향하고 있었다. 여인의 발코니에서의 하룻밤 잠을 그는 그토록 원했었던가. 다시 한번, 그가 머물렀던 발코니의 대나무 침대가 떠올랐다. 그 깊고 뜨겁던 모기들의 밤, 시큼한 냄새가 지상에 낮게 가라앉은 안개의 밤…… 그는 눕는다. 여인의 숨소리를 들이마시고 여인의 목덜미에 자신의 얼굴을, 자신의 잠을 묻은 채로. 발코니 지붕 위에는 버석거리는 방수천으로 덮개를 씌워놓아서 바람이 불 때마다 서걱거리는 소리가 요란했다. 한번쯤 소나기가 내렸던 것도 같다. 그는 눕는다. 방수천 아래 간이침대 위에서 두 손을 배 위에 얌전히 올리고 벌떼처럼 잉잉거리며 피어오르는 외국어, 가까운 시장에서 들리는 소음과 모기향의 연기, 부엌에서 풍기는 뜨겁고 강한 낯선 향신료의 냄새에 감각을 반쯤 열어둔 채로. 만일 실제로 그런 일이 또 한번 일어난다면, 그때는 '이대로 멈추어!' 하고 입 밖으로 분명히 소리 내어 말한 다음 잠들게 될지도 모른다. 잠결에 그는 여인의 가슴에 매달려 먼 거리를 날고, 잠든 그의 발가락을 여인의 눈꺼풀과 밤이 간질이리라.

귓속에서 시계태엽이 차르륵거리며 오랫동안 감긴다. 커다란 바퀴가 돌 깔린 가로수 길을 지나고 그 가을의 발걸음을 따라 잎새들이 얼굴을 붉히며 죽어간다. 바퀴의 축 안에 물속에 고인 듯한 그의 얼굴이 보인다. 물속에 고여 있으면서 주머니 속의 나침반처럼 일정하게 빙글빙글 돌아가고 있는 생각에 잠긴 사람의 표정으로. '11월 나뭇잎들이 바람 속에서 지금 열중하고 있는 저 태도가 무엇인지. 그들은 소리 내어 울지 않는다. 흐느끼는 것도 아니다. 속삭이지도 않으며 소곤거리지도, 속살거리지도, 춤추지도, 노래하지도, 수런거리지도, 웃거나 키득이지도, 부르르 떨면서 경련하거나 긴장이 풀린 채 바람에게 입맞추는 것도 아니다.' 나뭇잎들은 애수에 잠기거나 생각에 몰두한 채로 간혹 생각났다는 듯이 그들의 우울한 집을 떠난다. 그는 나뭇잎들의 몸짓과 말을 알아듣는다. 그는 그들의 슬픔의 언어를 이해한다! 그러나 그것을 무엇이라고 부르는지, 그는 알 수 없다. 그래서 그는 다시 시작한다. '나뭇잎들은 소리 내어 울지 않는다. 흐느끼는 것도 아니다. 속삭이지도 않으며 소곤거리지도 않고······' 바퀴는 덜컹거리고 길은 앞으로 계속된다. 규칙적으로 반복되는 진동과 일정한 방향, 그리고 생각에 잠겨 일생 동안 찾아 헤매지만 결코 모습을 드러내지 않는 어느 한 결정적 단어. 어느 때부터인지 명확하지는 않으나 이미 오래전부터 그는 그것을 인생의 요소로 받아들였다. '자작나무 잎새들이 무엇을 하는지, 나는 그것을 영영 모르는 채 무덤으로 가게 되리라. 나는 그것을 알지만, 명명할 단어를 모르기 때문이다' 하고 그는 한 추방된 망명자이자 우울증 자살자—사람들은 그를 쿠르트 투홀스키라고 불렀다!—의 문장을 머릿속에 다시 떠올린다. '나는 그 단어를 모른다. 그 단어가 떠오르지 않는다.' 그러자 저 어느 편인가 있는 숲의 기슭에서—실제 그들이 있는 곳은 거대한 역사(驛舍)의 한가운데 플랫폼으로, 그 어디에서도 숲 따위는 보이지 않는 곳이기는 했으나—자작나무 잎새들이 바람에 흔들리며 내는 소리가 그의 귓가에 들려오는 듯해서 그는 순간 귀를 기울이지 않을 수 없었다. 젊은 시절 항상 그는 자살한 사람들을 어느 정도 질투하고 선망해왔다. 종종 강하고 날카로운 인식 속에 있을 때면 특히, 그는 자살한 사람들의 글만을 신뢰했다. 자살하지 않은 사람은 인간의 절대적인 어떤 상태, 혹은 자유에 대해서 말할 수 없으리라. 그들은 어떤 해석으로든 타협자이며 공동의 방식의 선택자이기 때문이다. 그는 자신이 망명지 스웨덴에서 수면제 과다 복용으로 숨진 그 자살자처럼 실상은 아무것도 쓸 수 없고 말할 수 없는 상태에 이미 오래전부터 도달해 있는 것은 아닌지, 모두에게서 거부당하고 추방당했는지, 그리하여 돌이킬 수 없는 어떤 병적 상태에 이르렀는지 한때 곰곰이 생각해본 적이 있었다.

다시 언젠가 그를 사로잡았던, 덩치 크면서도 우아한 고전적 양식의 시계의 기억. 그것은 고물상의 진열장 안에 이 빠진 찻잔들과 재봉틀을 연상시키는 녹슨 수동 타자기와 함께 놓여 있었고 그 곁에는 수십년 전의 공립학교 교과서와 인쇄 상태가 좋지 않은 투홀스키의 산문집 ― 그렇다, 또다시 투홀스키다! ―이 결코 팔려나가지 않을 1960년대 사진집과 함께 쌓여 있었다. 그가 고물상의 진열창 안을 깊이 몸 기울여 들여다볼 때 길 건너편에서 비둘기들 몇마리가 보도 위의 빵 조각을 향해서 낙하했고 그때 수로에는 경찰의 보트가 기슭에 멈추어 서 있었다. 그것은 일반적인 경우가 아니었으므로 몇몇 호기심 많은 산책객들이 경찰이 수로 속에서 뭔가를 건져내지 않을까 하고 기대에 찬 얼굴로 모여들었다가 아무 일도 일어나지 않자 실망해서 흩어지는 중이었다. 그는 고물상을 지나쳐 계속해서 걸었다. 백조와 진창의 수로 옆으로 난 산책길을 따라 발걸음을 옮겼다. 은퇴 후 그곳으로 이사한 다음 정기적으로 산책을 하기에 가장 알맞은 길을 찾아낸 그는 지도 위에 색연필로 자신의 코스를 표시해둔 지 오래였다.

그것은 고물상들과 헌책방들이 모여 있는 수로 옆 오래된 골목들을 통과하는 코스였다. 대량생산이 일반화되기 이전인 오래전 과거에는 수공업자나 장인 들이 그 골목의 시작부터 끝까지 상점을 열고 있었다. 색유리 공예품을 만드는 상점과 책에 가죽장정을 입히는 상점 사이의 모퉁이에 이르러 그는 멈춰 섰다. 자전거와 바람이 그를 앞질러가고, 묘지에서는 아이들이 떠드는 맑은 소리가 싸늘하고 파란 겨울 하늘을 향해서 빙글거리며 수직으로 솟구치고 있었다. 그의 시선도 따라서 하늘을 향했다. 거기서 그의 기억은 점점 팽창하여 그의 현재를 앞질러갔다. 투홀스키와 백조를 지나고 그리고 여인의 잠과 입술을 앞질러 마침내 북역(北驛)으로, 여인의 집으로.

그는 이 도시에서도 살고 있고, 동시에 급행열차로 다섯시간이 걸리는 다른 도시에서도 살고 있었다. 그리고 간혹은 더 먼 다른 곳으로 떠나기도 했는데, 그런 곳에서 그는 아는 사람의 집에 머물렀다. 대학 시절 그가 머물렀던 아는 사람의 집이 지금 이름도 표정도 없이 단지 어느 한 방, 지붕 밑 방이면서 유난히 천장이 낮고 욕실이 아래쪽 계단참에 있던 그 방과 거기 놓인 소파 — 침대로 사용하던 — 와 그곳에서 보낸 더할 수 없이 조용한 시간들로 나타났다. 그가 아는 사람의 집에서 그는 거의 언제나 절대적으로 혼자였고 그래서 더욱 예민하게 외부의 환경, 빛과 온도와 기류를 느낄 수 있었다. 하루 중 한번도 똑같은 정도와 느낌으로는 비쳐들지 않았던 빛과 그곳에서는 항상 이른 가을 황금빛 구릉지대에서 불어오는 듯하기만 했던 바람, 혹은 매 순간이 서로 다른 일몰처럼 저마다 부드러우면서 따뜻한 감자 요리를 먹고 난 뒤처럼 충만했던 대기와 수업이 없는 날 편지를 쓰면서 보냈던, 너무나 독특했던 길고 긴 내적인 시간들. 창밖으로는 뾰족한 지붕과 길쭉하거나 사각형의 창문을 가진 경사진 벽들이 그에게 등을 돌리고 바람을 맞으면서 서 있었다. 그 얼룩지고 낡은 벽들의 기억. 원래는 진한 노란색으로 칠해졌으나 오래되어 퇴색되고 때때로 그 표면이 곰팡이 같은 녹색의 이끼로 뒤덮였던 벽들. 그러나 간혹 짧고 날카로운 겨울 햇빛이 구름 사이로 우연히 내리비칠 때면 판화가가 일부러 약품으로 긁어놓은 듯이 벽돌 조각 하나마다 저마다 다른 색채와 농담으로, 향기로운 오렌지와 가슴이 아릿한 장미, 반들반들한 올리브와 어린 완두콩, 빗물에 젖은 석탄재나 윤기 흐르는 콜타르 색으로 일순간 반짝거리며 생기 있게 되살아나던 벽들. 그리고 좁고 기다란 욕실 창가에 기대서서 읽은 시들도. 그가 읽은 구절들은 바람을 따라 열린 창밖으로 흘러나가 텔레비전 안테나들과 굴뚝들로 어지럽게 이루어진 공중의 숲을 맴돌다 짙은 구름이 깔린 다운타운 방향으로 사라져갔다. 그가 마지막으로 한 여인의 입술에 마치 시를 읽듯이 정답고 열정적으로 입맞춘 적이 언제였던가? 그 도시에서 혹은 이 도시에서, 아는 사람의 집이나 혹은 기차를 기다리는 북역의 플랫폼에서. 벽들의 그림자가 드리웠던 시를 읽는 창가에서나 아니면 수로 곁의 산책로에서. 문밖이나 문안에서. 혹은 문지방을 막 넘어서는 여인에게. 솟구치는 마음을 안고 이대로 멈추었으면, 하고 간절히 바라면서. 찻주전자에서는 물이 끓고 가슴속에서는 종과 호루라기가 울렸다. 시간표에 의하면 열차는 몇분이내에 플랫폼으로 들어올 것이다. 그것은 오늘 밤의 스케줄상 마지막 열차가 될 터였다.

마음을 사로잡는다는 표현은 누가 가장 먼저 사용했을까. 뛰고 있는 심장, 살아 있는 것을 사로잡았을 때와 그렇게 사로잡혔을 때의 감정을 잘 아는 자인 그들은 사냥꾼이었을까. 그들이 따뜻한 새끼 사슴이나 토끼를 사로잡듯이. 그들은 희생물의 눈동자 속에 자기 자신을 최초로 이입시킨 자. 어디에도 출구가 없음이 너무나 명백하여 차라리 달콤하기까지 한 절대 절망의 상태를 자신 안에서 상상으로 그려 보인 자. 그것을 표현이라는 방식으로 재현해낸 자들. 그렇듯 그것은 어쩌면 사로잡힌 자가 아니라 사로잡는 자들에 의해서 탄생했으리라. 이미 사로잡힌 자들에게는 사실상 노래할 시간이 남아 있지 않았을 것이므로. 그리고 마음을 그려 보이는 데는 출구를 찾아 헤매는 직접적인 처절함이나 굶주림에 허덕이는 필사적인 상태가 아니라 그것을 마음 안에서 노래로 만드는 상상의 힘, 고통을 객관화시키는 가슴의 공명이 더 필요했을 것이기 때문이다. 노래로 마음을 지배함, 그것은 요정의 일이다. 그토록 오랫동안 인간의 안에서 살아왔던 육식의 요정들이 마음을 노래한다. 그들이야말로 유일하게 살아남은 고통의 관련자이며 목격자이므로. 고통의 생산자이자 그리하여 마침내 공감이 가능할 수 있었으며 자신의 노래를 통해 고통을 스스로 경험할 수 있었고 또 그러기를 바랐던 요정들. 마음을 사로잡다, 마음을 흔들다, 혹은 마음을 빼앗다란 표현들은 그렇듯 그에게 오래된 육식의 습관, 포식자로서의 인간을 강하게 환기시켰다. 그의 눈앞에 그의 살과 피를 원하는 포식자로서, 그럼으로써 그를 공감하고 그리하여 그의 노래를 잉태해서 만들어내게 될 요정의 운명인 한 젊은 여인이 기차를 기다리고 있다. 어떤 종류의 젊은 여인들은 그의 포식자이자 그의 인생의 인물들이었고 그는 그들을 지금도 잘 기억할 수 있다. 위태로울 정도로 젊은 어머니와 교태로운 간호사이며 냉정하면서도 쉽게 샐쭉해지는 음악 교사와 물속에서 느리게 춤추는 말 더듬는 회계사, 그리고 불만이 많은 상사이자 무수한 하렘이며 가슴이 큰 교도관과 수줍게 얼굴 붉히는 선정극(煽情劇)의 배우이면서 레즈비언이자 님포마니아이며 동시에 수녀였던 그녀들을. 그러나 항상 변함없었던 것은 젊은 여인이란 언제나 그들의 무의식적인 노래를 통해서, 결국 그에게 다시금 노래를 불러일으키는 효소 같은 존재였다는 점이다. 그러므로 그 여인들은 자신들도 모르는 그의 요정이자 그의 노래의 샘이었다. 그의 노래는 그 여인들, 그의 에우리디케들에게 빚졌다. 그 자신이란 존재도 결국 마찬가지. 그녀들의 진동에 의해서 그의 가슴은 떨리는 음률을 만들어내었다. 그 음률들의 파장에 따라 수천의 표현들이 그의 존재를 연주해왔다. 그 자신이라는 존재는 그렇게 만들어진 외부 세계를 향한 표현, 그 이상은 아무것도 아닐지 모른다. 그가 알고 이해하지만 무엇이라고 부르는지 명명할 수 없으며 그리하여 모르는 그 상태로 죽게 될, 진실을 알려주는 결정적인 단 하나의 단어조차도 결국 그녀들에게서 나온 그런 표현들. '젊은 여인들은 소리 내어 울지 않는다. 흐느끼는 것도 아니다. 속삭이지도 않으며 웃거나 키득이지도, 부르르 떨면서 경련하거나 긴장이 풀린 채 바람에게 입맞추는 것도 아니다…… 나는 그것을 무엇이라 부

르는지 영영 모르는 채 무덤으로 가게 되리라.'

훗날 그때의 일을 기억 속에 떠올릴 때면, 그의 회상은 기차가 막 떠나기 직전 그의 입술이 여인의 입술 위로 마치 따스하고 재빠른 공기가 — 입술이 아니라 길을 잃은 입김인 척하면서 — 황급히 흐르며 스쳐 지나가듯 아주 잠시 가닿았던 그 순간에서 멈추어 좀처럼 앞으로 나갈 줄을 몰랐다. 그 순간은, 실제로는 플랫폼에 매달린 시계의 초침이 한번 정도 간신히 지나간 시간에 불과했지만, 그에게는 흘러가는 시간의 일부가 아니라 거대한 심해 고래의 화석이 되어, 그래, 고래의 화석이다!, 머릿속에서 영영 정지해버린 절대적 순간으로 남아 있었다. 기차가 다가올 때, 여인의 손과 그의 손이 반사적으로 멀어졌다. 그리고 그들의 손은 악수하기 위해서 다시 한번 서로의 손바닥의 감촉을 확인했는데, 이런 의례적인 행위는 서로가 가진 극도의 두려움과 초조함 — 이제 앞으로는 다시 만날 수 없을지도 모른다는, 과연 당신이 내게 편지를 쓸까요? 하는 무언의 물음과 당신은 내 편지를 기다리게 될까요? 와 같이 서로 꼬리에 꼬리를 물고 끝없이 이어지는 말 없는 물음들로 이루어진 — 을 감추기 위해서 더욱더 의례적인 포즈로 진행되었다. 여인의 입 근육이 울음이 터지기 직전인 듯 실룩거렸다. "두렵습니까?" 하고 그가 물었다.

무엇이 두려우냐는 것인지 묻지도 않은 채 여인은 그 상태로 고개를 재빨리 가로저었다. 그러면서 여인은 기차를 향해 몸을 돌리고 한 발을 기차 안으로 내딛는 몸짓을 취했다. 좌절의 표정을 감추기 위해서 노력하느라 여인의 얼굴은 이상한 모양으로 일그러졌다. 열차의 출입문 밖에서는 빨간 모자를 쓴 차장이 시계를 들여다보고 있었다. 희미한 기름 냄새와 식당칸의 커피 냄새, 사람들의 발자국으로 더러워진 열찻간의 카펫 냄새가 바람에 섞여 그들의 후각을 자극했다. 출발을 알리는 차장의 두번째 호루라기 소리가 플랫폼의 얼어붙은 정적을 깸과 거의 동시에, 그는 딱딱한 몸짓으로 재빨리 고개를 여인의 입술 위로 숙였다. 그리고 "잘 가요" 하고 말했다.

훗날 그때의 일을 기억 속에 떠올릴 때면, 매번 기억의 최종에 이르러서는, 그는 여인의 손을 잡고 함께 기차에 올라타곤 했다. 차량과 차량 사이의 통로와 객실 바깥쪽의 좁은 복도를 지나 그들은 김 서린 공기가 자욱한 식당칸 안으로 들어서게 된다. 열차의 흔들림에 따라 그들의 몸도 함께 따라서 흔들리고 있다. 그들의 말 없는 속삭임, 눈먼 눈길과 마비된 입술도 창밖 풍경과 통로에 걸린 기차시간표와 접시와 식기와 찻잔 들과 함께 규칙적으로 흔들리면서 달그락거린다. 그들은 그렇게 함께 진동하며 안타까

움의 파장을 만들어낸다. 오른쪽에서 왼쪽으로, 왼쪽에서 오른쪽으로. 그들의 눈꺼풀과 심장이 동일한 리듬에 따라 출렁인다. 서서히, 서서히 빨라지다가 이윽고 다다른 일정한 속도로 계속해서 덜커덩거리고 커브에 이르러서는 삐거덕 기우뚱거리고 선로의 관절 부분에서는 세상의 막다른 끝에라도 이른 듯이 열차 전체가 요동치고 바퀴는 으르렁대며 고함을 지른다. 그러면 어느새 노랗고 투명한 술이 길쭉한 유리잔에 담겨 사람들을 진정시키기 위해서 나누어진다. 술잔을 입술에서 채 떼기도 전에 그들은 서로의 가슴에 기대어 잠이 든다. 간혹 기차가 멈출 때마다 들려오는 길고 날카로운 차장의 호루라기 소리가 그들의 들뜬 잠을 깨우곤 한다. 눈을 뜬 채 이루어지는 잠 중에서도 떨어지지 않는 손과 손, 입술과 입술, 그리고 그들의 겹쳐진 꿈과 꿈. 그렇게 수주일, 수개월의 여행이 진행된다. 개활지처럼 드러난 텅 빈 플랫폼과 플랫폼을 지나 그들은 여인이 살고 있는 도시로 향한다. 이느 날 그가 우연히 한번 방문했었던, 이 도시와 저 도시 그리고 그 너머 또다른 도시들 사이에서 그 모두를 관통하는 몰개성을 견뎌가며, 이름을 얻기까지 인내하면서 침울하게 생존해온 수많은 도시 중 하나인 도시로. 그가 그 도시로 출발하기 전 사람들은 말했었다. "우리는 지금 같은 세기를 살고 있는 그 먼 지방에서, 도대체 정말로 무슨 일이 일어나는지 영영 모르고 말겠지. 세계의 국경지대에서, 끊임없이 국경선이 바뀌는 이름 없는 마을과 마을에서, 오늘은 스탈린을 위해서 내일은 스탈린에 대항해서 싸우는 지구의 수많은 도시 중 하나에서." 그러나 그는 여인의 집을 찾으리라. 가장 먼 귀퉁이의 가장 먼 귀퉁이로 가서 그 문을 두드리리라. 사람의 인생은 그렇게 먼 곳에 있는 한 젊은 여인의 집을 찾아가는 것. 그래서 오직 그 문을 두드리는 것. 설사 스탈린의 이름이라 해도 그것을 대신할 수는 없으리. 단지 여인의 주소만이, 그가 메모지 더미 가장 위에 핀으로 꽂아놓았던 여인의 주소, 여인의 집만이…… 그의 방 책상 곁에서는 그렇게 여인이 살고 있다. 그러면서 동시에 여인은 낯선 이름을 가진 이 골목의 어딘가에도 존재할 것이니, 불규칙한 모양의 골목들과 개들이 서성이는 모퉁이와 자전거와 과일을 파는 노점 ─ 그곳에서 그는 여인의 번지를 물어볼 수도 있으리라 ─ 모두가 다 그에게는 그리움의 자두 열매가 되리라. 일천구백칠십몇년의 한여름, 속이 한창 농익은 달콤하고 짙은 빛 자두 열매가 저절로 터져나갈 듯이 뜨거운 햇볕 아래서. 한번 노래가 들린 입술은 죽을 때까지 스스로 말하니, 어떤 몸짓도 그의 꿈의 산책이 수천 수만 킬로미터를 넘어 여인의 모퉁이, 여인의 자두 열매에 가닿는 것을 막지 못하리라. 그의 입술은 기차가 마침내 플랫폼을 떠나버리고, 그 모습이 어둠 속으로 깊고 길게 빨려 들어가버린 한참 후에도 언제까지나 여인의 입술을 날고 있었다. 마치 나비가 날갯짓으로 바다를 건너듯이, 죽은 백조가 수로의 물을 찾듯이, 기억 속의 가을이 11월을 향해 가듯이, 그리고 모든 기차가 오직 여인의 주소를 향해서만 달려가듯이. 언제나 훗날 그때의 일을 떠올릴 때면.

한밤중에 그는 잠이 깼다. 사방은 어둑어둑했고 서서히 가구들의 형체가 희미하게 모습을 드러내었다. 그는 꿈을 꾸지도 않았고 무슨 소리가 들렸거나 목이 마르거나 화장실을 가고 싶은 것도 아니었다. 그는 그냥 갑자기 잠에서 깨어났다. 그 깨어남은 아침에 눈을 뜨는 것과는 다른 성질의 것이었다. 그의 잠은 완성되지 않았고 그는 아직도 잠이 가져다주는 일종의 진공의 골짜기에 빠져 있는 중이었다. 금방 다시 잠들 수 있을 것이라 생각하면서 그는 베개 위에서 머리를 뒤척였다. 하지만 그럴 수 없었다. 몇 달 동안 지속되는 이 괴로움의 원인을 그는 알고 있었다. 그는 희망을 가지고 있었다. 자신이 희망을 가지고 있다는 사실이 두려웠다. 예를 들자면, 사형 집행이 취소되리라는 희망을 버리지 않은 사형수에게 평화는 없으리라. 자유도 없으리라. 사형 집행 전날, 사형수는 잠들 수 있을까? 그의 머릿속은 갑자기 불어닥친 생각의 소용돌이에 휩싸였다. 튀르키예의 독재자 아드난 멘데레스가 교수대에 매달린 충격적인 사진이 신문에 실렸을 때 그는 몇살이었던가? 전후 역사박물관에서 ─ 그는 당시 안의 모친이 일하고 있던 그곳에서 안을 처음 만났다 ─ 안은 그날 공교롭게도 목매달린 멘데레스의 사진 바로 앞에 서 있었다. 그때 안은 매우 젊은 처녀였는데 ─ 안은 또래의 다른 젊은 처녀들과 마찬가지로 아드난 멘데레스에 관해서 전혀 알지 못하고 있음이 확실했다 ─ 통통하게 살이 쪘으나 당시만 해도 보기 좋게 풍만하다고 할 수 있던 몸매에 기다란 머리칼을 땋아 내리고 선원들이 신는 것 같은 투박한 고무장화를 신고 있었다. 고개를 돌려 그를 바라보는 그녀의 입술 끝이 날카롭게 위를 향했다. 그 장면은, 그녀의 붉은 입술이 마치 창날 끝인 양 멘데레스를 겨냥해서 가리키고 있는 것처럼 그렇게 보였다. 동시에 그녀의 눈빛과 표정은 별것 아닌 우연인 양 태연히 말하고 있었다. '저 사람이 누군지는 모르지만, 저기 매달려야 할 사람이 바로 당신인 건 확실한데 말이에요. 그렇지 않아요?' 하고. 그들은 만나자마자 짐을 꾸려 서둘러서 말레이시아로 여행을 떠났다. 여행지에서 매 순간마다 안은 자신만의 방법으로 전쟁을 벌였고, 그는 항상 패배자일 수밖에 없는 운명이었다. 그는 안에게 저항할 수 없었다. 그 여행 이후, 그들은 다시는 만나지 않을 수도 있었을 텐데 그러지 못했다. 그는 심지어 바로 전날도 안을 만나러 갔던 것이다. 친척의 집을 상속받는 문제로 뭔가 서명이 필요했던, 그냥 우편으로 해결할 수도 있는 일이었는데도 그는 직접 안의 사무실로 찾아갔다. 그녀는 그를 좋아하지 않았다. 그리고 그 사실을 숨기고 싶어하지도 않았다. 안은 벽을 등지고 서 있었다. 손님들에게 프로젝트를 설명해주는 동작으로 그녀는 가끔 별 의미 없이 벽을 따라 한두발자국을 옮겼는데, 그 동작은 부어오른 발을 작은 구두 속에 밀어 넣고 억지로 움직이는 것처럼 무거웠고 체중을 짊어지고 간신히 이동하는 것처럼 보였다. 그가 들어선 것을 알았음에도 안은 그를 바라보지 않았다. 그녀의 입술과 가슴은 금방 한숨을 터뜨리려는 사람처럼 불쑥 앞으로 튀어나와 있었다. 그녀가 입고 있는 검은 스커트는 모양은 점잖고 고급스러웠으나 지나치게 꽉 끼어서 그녀가 몸을 움직일 때마다 항아리 모양의 하반신이 실룩거리는 것이 드러났다. 확실히 지난번에 만났을 때보다——그것도 이미 몇년이나 전이다——그녀는 더 살이 쪘는데 피부는 이상할 정도로 반짝반짝 윤기가 흐르고 게다가 머리숱조차 더 많아진 것 같았다. 여전히 그녀는 유대인 재단의 재정 담당관이라기보다는 베르디의 무대에 막 등장한 씩씩한 오페라 가수나 기세등등하게 뱃머리에 서 있는 키 큰 바이킹처럼 ── 특유의 뿔 투구에 둥근 방패와 휘어진 도끼를 들고 마치 당장 뭔가를 때려부수러 달려들려는 ── 보이고 있었다. 청춘의 그녀가 때려부수고 싶어했던 것 중에는 분명히 그와 그의 세계도 포함되어 있었으리라. "오셨군요." 안은 마침내 더이상 피할 수 없는 거리로 그가 다가가자 어차피 치러야 하는 일이라면 빨리 해치워야겠다는 의무감으로 가득 찬 첫 단어를 내뱉었다. 그리고 두 손을 배꼽 부위 위에서 가지런히 마주잡았다.

그는 다시 잠들고 싶었으나 그러지 못했다. 아주 멀리서 ── 그러나 분명히 이 건물 안 어디에선가 ── 괘종시계가 새벽 3시를 알리고 있었다. 그는 잠에 관해서 생각했다. 잠은 잊혀짐의 상징 문자, 잊혀지고 또 잊혀지는 것으로 잠은 스스로를 가볍게 만들어 온 밤을 날아가게 된다. 잠은 영혼의 경험이자 또한 죽음의 모방이면서 연습인 것으로 그를 데리고 갔다. 잠은 수행하는 불교도이자 '혼자'라고 지칭되는 온갖 것으로서…… 생각의 소용돌이가 그에게 현기증과 깜짝 놀랄 만한 그리움을 불러일으켰다. 어느

덧 그의 손바닥 아래에 마르고 딱딱한 여인의 손등이 있었다. 작고도 뜨거운 손등. 그것은 그의 손바닥 안으로 날아온 한마리 새. 딱딱한 부리와 짧고 부드러운 털로 덮인 뜨거운 배와 호박의 표면을 연상시키는 평면적인 유리 눈동자를 가진. 그렇게 그들의 손은 산맥과 들판과 돌투성이 사막을 넘었다. 시간과 그 너머 모든 차원의 끝에까지 이르렀다. 그들의 손은 모세의 갈대숲과 이승과 저승의 해협 위를 날았다. 땅의 이쪽은 여인의 드러낸 젖가슴이었고 땅의 저쪽에는 그 젖가슴이 꾸는 꿈의 장면들이 펼쳐졌다. 그는 눈을 뜨고 눈앞을 응시했다. 그러나 그들의 손바닥으로 덮인 세상은 모두 어둠일 뿐이었다. 어디 있는가, 도대체 어디에! 꿈의 친밀한 항아리에서 젖가슴의 달콤함이 흘러내리는 꿀처럼 사라져갔다. 그의 상상은 길을 잃고 헤매는데 갑자기 나타난 여인의 집이 길의 가장 끝에 자리 잡고 있었다. 길은 벽돌이 깔린 완만한 오르막이었다. 겨울 양복 안에서 그의 몸은 땀이 흘렀고 길 양옆의 건물들은 공립학교나 구립 박물관을 연상시키는 모양이었다. 근처에는 예전에 병영으로 쓰이던 비행장이 있어서 비행기가 뜨고 내리는 소음이 규칙적으로 들려왔다. 밤인지 낮인지 알 수 없는 어두운 빛이 거리 전체를 감싸는 가운데 여인의 집이 엄숙한 표정으로 그를 내려다보고 있었다. 집은 모래언덕 위로 밀려온 죽기 직전의 심해 고래이자, 교황의 창문처럼 보였다. 그 앞에서 그는 잠시 몸을 한번 크게 부르르 떨었다. 이 깊은 점액질의, 아무도 모르는 고요 속에서.

협주곡이 아직 끝나지 않았지만 그는 극심한 두통을 도저히 참을 수 없어 자리에서 일어서지 않을 수 없었다. 신음 소리를 내지 않으려고 이를 악물다시피 하며 좌석을 빠져나오면서 그는 자신이 원래 오케스트라의 협주곡을 한번도 좋아한 적이 없었노라고, 그렇게 확신함으로써 조그만 위안을 얻어보려고 했다. 사람들로 가득 찬 연주 홀의 공기와 뒤섞인 향수 냄새와 겨드랑이 탈취제, 모직 양복의 섬유 냄새, 머리에 바른 기름 냄새와 반들반들한 악기들이 풍기는 진한 니스와 송진 냄새는 머릿속에 그것을 다시 떠올리는 것만으로도 목구멍의 질식을 불러일으켰다. 그는 호흡하려고 매 순간 애써야만 했다. 안내원에게 억지로 만든 사과의 미소를 던진 다음 그는 빠른 걸음으로 낭하를 가로질러 한껏 멋 부린 나선형 계단을 서둘러 내려갔다. 그러면서 그는 한때 자신이 이 계단을, 지금 자신에게 질식을 불러일으키는 바로 이 냄새들을 남몰래 매우 사랑했던 것을 기억해냈다. 이건 바로, 그의 일생 동안 오직 사랑스럽기만 했던 바로 금요일 저녁의 냄새가 아니던가. 그것은 갓 인쇄된 악보 용지의 잉크 냄새, 채 사라지지 않고 옷 깃과 머리카락에 남아 있는 방향제와 저녁 7시 안개에 살 짝 젖은 가죽구두의 냄새, 조금 들뜬 마음의 냄새, 와인과 담배 냄새, 그리고 무엇보다도 잘 차려입은 여인들의 냄새 였다. 손수건을 꺼내 이마의 땀을 닦고, 맡겨놓은 코트를 받아든 다음 그는 망설이지 않고 입구의 유리문을 밀고 밖 으로 나갔다. 신선하고 차가운 공기를 깊이 들이마시자 뿌 옇던 머릿속과 눈앞이 좀 맑아지는 듯했다. 이곳에 도착하 던 저녁 무렵부터는 두꺼운 구름이 머리 바로 위로 덮쳐들 듯이 흐린 날씨였는데 이제 눈까지 내리고 있었다. 모래처 럼 가늘고 작은 눈 알갱이들이 마치 악의를 가진 것처럼 그의 눈썹과 눈꺼풀을 향해 덤벼들었다. 그리고 그가 눈을 몇번 깜박이자 조그만 물방울이 되어 뺨을 타고 아래로 흘 러내렸다. 모자도 손수건도 없었지만 그는 개의치 않고 가 장 가까운 벤치로 가 그냥 쓰러지듯이 앉았다. 팔을 뻗어 등받이에 기대고 그 위로 머리를 갖다 댔다. 질식한 것 같 은 기분이 많이 사라져버린 다음에도 그는 계속해서 호흡 하려고 애쓰고 있었다. 그는 더이상 건물 안으로 들어가고 싶지 않았다. 사실은 더이상 이곳에 있고 싶지도 않았다. 더이상, 더이상은…… 그러다보면 어느 날 사람들은 아주 다른 곳에 있는 그를 발견하게 되리라. 예를 들자면, 치앙

마이의 고아원에서 에이즈와 쓰나미로 인한 고아들에게 영어를 가르치는 그를. 그곳의 고아들을 위해서 학교와 거주촌을 세우는 일을 하고 있는 옛 친구로부터 숙련된 교사가 필요하다는 말을 들은 것은 얼마 전이었다. 그는 아주 오래전 한 고등학교에서 잠시 영어와 어학 과목 교사로 근무한 적이 있었다. 다시 그 일을 시작하지 못할 것이 무엇이랴. 그를 필요로 하는 장소가 있기만 하다면. 그래서 그가 기차를 타고 떠날 수만 있다면. 세상의 모든 기차가 하나의 주소로만 향하는 그 북역에서.

그날 오후 그는 집에 있었다. 우편배달부의 자전거 소리가 들려왔다. 고무 타이어가 거칠거칠한 포도 위를 지날 때 허공에서 나뭇잎들이 일제히 바스락바스락 소리를 냈다. 공기 중에는 흙 속의 촉촉한 물기와 새순 냄새가 가득했다. 그는 창을 반쯤 열어두었다. 자전거에서 내린 우편배달부는 우편함에 편지를 집어넣고 그리고 사라졌다. 배달부가 사라진 다음에도 우편함의 양철 뚜껑이 달그락거리는 소리의 여운은 완전히 멈추지 않았고 거기 답하듯 개가 두번 짖었다. 그 소리마저 완전히 들리지 않게 되자 다시 사방은 조용해졌다. 그의 손은 연필을 쥔 채 잠시 동안 종이 위에서 움직이지 않았다. 의자의 삐걱거림이 정적을 깼다. 그러나 그것뿐, 세상은 소리에서 해방되었다. 그는 자신에게서 순간 놓여났다. 사냥꾼이 되어 몇 킬로미터 밖에 떨어진 수풀에서 새가 알을 낳는 기적을 감지하려는 듯 그는 집중해서 귀를 기울였다. 아무것도 들리지 않았다. 그는 분명히 혼자 있었으나, 미칠 듯한 수줍음 두근거림에 사로잡혀 꼼짝할 수 없었다. 그 수줍음은 자랑스러움, 은밀한 기대감 그리고 형용하기 어려운 벅참에서 나오는 것이었다. 우편배달부가 우편함에 넣어둔 그 편지가, 덜컥하는 소리를 내면서 닫힌 우편함 속에 떨어진, 매우 드물게 그날은 오직 단 한통만 도착한 그 편지가 바로 그가 알고 있는 그 주소로부터 날아왔다는 것을 그는 생각할 필요도 없이 곧바로 알 수 있었다. 이상하게 따뜻하고 습기 찬 날씨가 계속되는 이른 봄이었다. 오전의 축축하고 가벼운 안개가 걷히고 벌꿀빛 태양이 잠시 얼굴을 비치는 한낮이 되면 부드러운 이불 같은 바람이 불 때도 있었다.

그것은 열두장이나 되는, 손으로 쓴 매우 긴 편지였다. 보통의 편지봉투가 아닌 서류봉투에 들어 있었다. 편지지에는 꼼꼼하게 페이지 수까지 매겨져 있었고 여러 날에 걸쳐서 쓴 듯 몇 부분으로 나뉘어 글자와 잉크 상태가 조금씩 달라졌다. 긴장한 듯 단정하게 시작된 필체는, 그러나 매번 몇 문장을 채 이어가지 못하고 불안하게 흔들리는 마음을 쉽사리 노출하고 있었다. 나는 비명을 질러요! 하고 그 필체는 고백하는 것이다. 그는 약 한시간 정도 걸려서 그 편지를 다 읽었다. 어느 부분에 이르러서는 반복해서 여러번 읽기도 했다. 그것을 읽는 도중에 해가 완전히 져버렸기 때문에 그는 중간에 일어나서 전등을 켰다. 저녁과 밤의 경계에 놓인 시간은 편지의 한숨보다 짧았다. 손으로 머리를 감싼 그의 그림자가 책들로 둘러싸인 벽을 가득 덮었다. 밤이 되자 기온이 눈에 띄게 내려갔다.

편지의 마지막에 여인은 그를 꼭 다시 한번 만나고 싶으니 제발 방문을 허락하는 답장을 보내달라고 썼다. '방문을 허락하는 답장이라니. 내가 결정해달라는 뜻이구나. 내 결정을 필요로 하고 있구나.' 그는 이마를 짚고 선 채로 냉랭한 방 안을 이리저리 거닐었다. 넋이 나간 듯 어떤 공포스러운 열정에 휩싸인 채 그는 창을 닫는 것조차 잊고 있었던 것이다. 편지를 다 읽기도 전에 그는 자신이 애원하는 여인에게 어떤 대답을 주게 될지 미리 알고 있었고, 그 결정이 마음에 들지 않았다. 할 수만 있다면 그는 어떤 방법으로든지 자신의 결정을 바꾸기를 원했다. 그러나 어떻게? 그는 할 수만 있다면 다시 시간을 몇달 이전으로 돌려, 북역의 플랫폼에서 여인을 따라 기차에 올라타 오늘이 아닌 아주 다른 곳으로 떠나버리기를 바랐다. 아주 영원한 어제로. 여인에게 잘못이 있는가? 아니다, 여인 때문이 결코 아니었다. 그는 자신의 단호함을 스스로에게 확인시키듯이 고개를 저었다. '인간이 인간과 관계를 맺는 것은 자연스러운 것이다. 설사 그 관계가 오류와 불확신의 열매라 할지라도. 아니, 오류에 가까울수록 인간의 관계는 더욱 완전하고 더욱 자연스럽지 않았던가. 모든 관계가 다 대상을 향한 '깊은 사로잡힘'에 정직하게 기인하지 않는 것은 어느 한 개인의 잘못은 아니다. 대상에 사로잡히는 대신에 자기 자신에게 사로잡힐 때도 인간은 여전히 형식적인 대상을 필요로 하기 때문이다.' 사랑에 빠지는 일 없이 맺는 관계에 대해서, 그 우아한 친밀감과 편안한 우애에 대해서, 그 위안과 정다운 기분에 대해서도 그것의 불안이나 불만, 수동이나 체념, 혹은 항상 초조한 심리적 도주만큼이나 그는 모른다고 할 수 없었다. 그의 인생도 바로 그런 관계들로 이루어진 만발한 정원이었으니. 그렇다, 그는 지금 여인이 겪고 있는 것을 잘 알고 있었다. 그것은 ─ 여인은 아직 모르고 있겠지만 ─ 선천적으로 이미 해방된 사람들의 질병이었다. 자유를 향한 발걸음의 필연적인 악취였다. 이 순간, 그는 자신이 결코 원하지 않았고 깨닫지도 못한 상황에서 아버지가 되었고, 처음에는 거의 스무해가 다가도록 안이라는 딸의 존재조차 몰랐던 것을 상기해냈다. 그러던 어느 날 갑자기 안의 모친은 전화를 걸어 이제 성인이 된 안을 그의 말레이시아 여행에 동행시켜달라고 요구한 것이다. 의지와 상관없이 아버지가 된다는 것은─설사 어떠한 현실적 책임을 강요당하지 않는다 할지라도─의지와 상관없이 어머니가 되는 것만큼이나 끔찍할 수 있었다. 감히 말하지만, 그것은 보호받아야 하는 인간의 권리 중 하나이다. 피하거나 거부하기에는 그는 모녀로부터 너무 자유로웠고, 달아나기에는 늦어버렸다. 그는 달아날 수가 없었고─바로 달아날 필요조차 사라져버렸으므로─서서히 약속된 운명의 조수를 따라 모녀들의 해변으로 밀려갔다. 그때의 슬픔과 당황스러움, 발이 닿지 않는 허우적거림과 아침식사 시간의 야릇한 절망감들. 언제나 좌절에 부딪히고 말았던, 모녀를 사랑하려는 나약하고 헛된 시도들. 그러나 이전과 다름없이 그는 여전히 그들에게 타인과 다름없었으니…… 그는 떠나기를 원하나 떠날 수 있는 대상이 없는 몇년의 세월을 보내야 했다.

마찬가지로 그를 만난 이후부터 지금까지 여인이 얼마나 슬프고 당황한 시간을 보냈는지 그는 상상할 수 있었다. "그것은 내 잘못이 아니에요!" 하고 여인은 썼다. "그것은 내 잘못이 아니에요!" 눌린 펜 자국과 긴장한 손바닥

피부의 얼룩으로 말하는 항변. 그러나 어떤 논리적 변명도 발견하지 못하자 마침내 떨리는 손길로 "그것은 내 잘못이 아니에요! 하지만 또 내 잘못 이외의 그 어떤 것도 아니지요⋯⋯"라고 썼는데, 여인 자신은 할 수 없지만 그래도 그는 이 진술을 부정해주기를 원하는 간절한 바람이 그 안에 도저히 숨길 수 없는 어조로 드러나고 있었다. 그리고 여인은 "그리움으로 매 순간 터져나갈 것 같았으나" "이 무의미한 것"이 여인의 "모든 발걸음을 무덤으로 만들고 말았다"고 썼다. 그는 여인의 생활, 여인의 삶의 짐에 대해서 너무나 아는 것이 없었다. 그의 생활, 그의 삶의 짐에 대해서 아는 사람이 없는 것과 마찬가지로. 그들은 서로의 주소 말고는 어떤 개인적인 정보도 교환하지 않았다. 그때 그들은 손을 잡고 나란히 구름 위를 걸었을 뿐이다. 그들의 시선은 눈멀었고 그들의 대화는 침묵이었다. 그는 눈을 감았고, 백일몽 안으로 걸어 들어갔었다. 무(無)와 무한 사이의 시계추. 그가 떠나고 난 발코니 아래서 태어난 여인은 단 두발자국만으로 이곳으로 건너왔는데, 그사이 수십년의 세월이 흘렀다. "당신을 따라잡기 위해서 나는 쫓기는 사슴처럼 빨리 달려요. 매일매일 점점 빨리 달립니다." 여인이 지금 함께 살고 있는 남자에게 어떤 형태로든 매여 있지 않음도 여인을 혼란스럽게 하는 한가지 요인이 되었을 것이다. 어떤 순간에는 떠날 수 있다는 사실이 덫이 되어 발목을 잡고, 너그러운 마음이 도끼를 휘두른다. 자리를 함께하고 있는 자들이 벌이는 평화로운 전쟁의 총성! 가까운 삶 안에 자리 잡은 죽음의 시간들!(바로 안과의 말레이시아 여행이 그에게 그랬던 것처럼! 안을 사랑하려는 긴 투쟁이 그랬던 것처럼!) 기차는 이미 출발했는데, 사랑에 빠진 여인은 갈 곳이 없다. 기차시간표에 적힌 무수한 도시들의 리스트, 그 하나하나가 새가 되어 북역의 플랫폼 위로 날아오른다. 새들은 극동풍 지역까지 날아가 오로라 위에 앉으리라. 결론부터 말하자면, 여인은 언제든지 떠날 수 있고, 여인은 무엇이든지 스스로 결정하고 행동에 옮길 수 있었다.(바로 그 자신이 그랬던 것처럼! 오, 자유로운 인간의 끝도 없는 파렴치함이여!) 그러나 동시에 그럴 수 없는 것이, 여인은 행동을 위해서 믿음이 필요하고, 본능적으로 자신의 자유에 대한 신념을 갈구하기 때문이다. 그렇지 않다면, 새들은 다시 플랫폼의 쓰레기통 사이로 내려앉으리라. 또다시 찌꺼기들 위에 이전과 마찬가지인 둥지를 틀리라. 오직 과거의 이웃으로 남으리라. 결정적인 해방을 위해서는 무엇인가를 풀어야 한다고 생각한 여인은, 어디에도 없으며 또한 어디에나 있는 그 출구를 찾아 지금껏 헤매다가 좌절에 빠져버렸고 마침내 질식의 일보 직전에 이르러 그에게 마르고 딱딱한 손을 내민 것이다. 그에게 길고 긴 편지를 써 보낸 것이다. 오, 내 가엾은 사람이여.

도시와 도시들. 이 도시와 저 도시. 이름이 말해진 도시와 일생 동안 한번도 입술 밖으로 내어진 적이 없는 이름들. 그리하여 어떤 이들에게는 한없이 무의미한, 소리에 불과한 그 이름들. 비행기가 착륙을 시도할 때 이윽고 눈 아래에 펼쳐지는 도시의 저녁 불빛, 희미하게 떠오르는 주거지와 정류장, 혈색 없이 하얀 어둠 속에 병든 비둘기처럼 비틀거리는 공원과 분수, 빌딩들의 모습, 왜 그런지 예외 없이 모두들 피곤하고 매우 슬퍼 보이는구나. 그렇게 풍경은 이불을 펼쳐 보이는 몸짓을 취한다. 이제 잠이 들 시간이다. 그러나 꿈속에서는, 오직 입술이 입술을 열정적으로 그리워한다. 안개와 모기떼와 몬순의 입술, 수박의 과즙과 파리들의 잉잉거림 한가운데에 활짝 꽃피어난 입술을. 언제니 상상 속에서만 그려보았던, 그 발코니 위에서 여인과의 관능적인 어느 한순간의 잠. 대나무 침대와 가벼운 여름 이불과 매우 독특하게 살갗에 끈적이며 와닿던 여름 바람, 그리고 꽃무늬 부채의 흔들림과…… 그가 그곳으로 떠날 당시 사람들의 기억 속에는 1967년의 그 사건, 외국에서 납치되어 끌려간 뒤 스파이 혐의로 재판을 받았고 심지어는 사형선고까지 내려졌던 그들 열한 명의 인물이 아직도 사라지지 않았을 때였다. 그래서 동료들 중에는 아무도 그 도시의 대학이 학자들에게 보낸 초청을 받아들이겠다는 지원자가 없었던 것이다. 그는 홀로 비행기를 타고 날아와 대학의 세미나에 참석했고 사진 촬영에 응했고 방명록에 서명했고 고궁과 여러 민속 공연에 안내되었고 여기저기의 저녁식사에 참석해서 짧게 깎은 머리를 한 대학의 사람들과 대화를 나누었다. 그러다 마침내 혼자가 되자 그는 자신에게 주어진 시내의 호텔을 떠나 버스를 타고 구시가지와 시장을 뚜렷한 목적도 없이 이리저리 돌아다녔다. 혜성이 일시적으로 궤도를 벗어난 것처럼 매우 이상한 일주일이었다. 모퉁이를 돌듯이 우연히 만나게 된, 그 이름을 아마도 일생 동안 다시는 입술에 올릴 일이 없으리라 막연히 생각했던 한 도시. 비틀린 혀와 부자연스러운 목구멍의 발음을 가진 도시. 그는 그때 보았던 좁고 불규칙한 모양의 골목들, 사람들, 손수레와 버스, 노인들과 아이들을 기억해냈다. 군인처럼 예절 바르던 대학생들과 그를 초대해서 자신의 집 발코니에 침실을 만들어주었던 한 나이 든 고전어 교수를. 아, 그의 이름이 무엇이더라…… 비행기가 천천히 고도를 낮추면 도시의 주름진 얼굴이 펼쳐지면서 그 위를 흐르는 기다란 눈물 줄기인 듯

구불구불한 강이 모습을 드러내었다. 왜 비행기가 막 착륙하기 직전의 도시들은 모두 비슷한 얼굴을 가지고 있는가. 반쯤 눈을 감은 얼굴들처럼, 뭔가에 대해서 막 완전히 체념하기 시작한 때의 그런 표정, 나이보다 더 이른 경험으로 인해 지친 듯한 표정, 혹은 잠에서 너무 빨리 깨어났거나 너무 이른 잠이 들어 현실과 꿈을 혼동하는 그 시점의 표정으로. 희미한 분홍빛의 석양이 깔린 하늘과 멀리 보이는 구릉지대, 활주로의 무표정과 무릎을 스며드는 기계의 추위. 그리고 어떤 도시는 정글을 끼고 있기도 했다. 날카롭고 선명한 윤곽의 구름이 하늘에 펼쳐진 손수건처럼 떠 있었다. 아직 창백한 하늘을 배경으로 한, 기분 나쁠 정도로 진하고 붉은 구름이었다. 구름 위로 아주 커다란, 역시 새빨갛다고 할 수 있는 붉은색 달이 둥실 떠오르고 있었다. 정글 위로 한줄기 회색 연기가 피어올랐다. 그 연기에서는 익는 저녁밥이나 촌락의 온기가 아니라 정글을 떠나기 직전의 마지막 유목민들이 운반할 수 없는 소지품을 태우는 것처럼 무기력하고 서글픈 망각의 냄새가 느껴졌다. 젊었으나 피곤에 지친 이 아열대의 도시 한가운데를 관통하며 그의 비행기는 활주로를 찾아 느리게 더듬거렸다. 은퇴한 다음 그는 이전보다 더 자주 석양의 도시를 전전하면서 여행할 수 있었다. 모든 도시는 저마다 독특한 고유의 냄새를 가지고 있었다. 그러나 공항은, 공항은 달랐다. 매번 그가 공항을 걸어 나설 때면 언제나 가까운 곳에서 장미가 시들고 있었다.

"언제나 그때의 일을 기억에 떠올릴 때면" 하고 여인은 편지에 썼다. "그날 기차를 타고 돌아오는 내내 나를 사로잡고 있던 유령이 다시 내 방으로 찾아와 내 곁에 살을 대고 소리도 없이 앉아 있다는 생각입니다. 냄새도 체온도, 감촉이나 호흡도 없는 유령. 처음에는 그 유령이 우리들의 이별이 형상으로 나타난 것이라고 생각했습니다. 그런데 이제 그 유령은 점점 당신의 모습 그 자체인 것 같아 두려워집니다. 그날 우리가 북역에서 헤어진 이후, 내가 알았던 당신, 우리들이 만났던 짧은 시간, 그것들이 모두 유령이 되어 두번 다시 실제로는 다가갈 수 없게 되어버렸다는 생각이 드니까요. 이렇게 모든 것이 실재하는데, 왜 우리들의 세상만은 유령인 채 실재하지 않는 건가요?**" 편지를 쓰면서 여인은 점차, 그의 대답이 무엇일지 깨닫게 된 것인지도 몰랐다. 여인의 필체는 편지의 마지막으로 갈수록 점점 더 많이 흔들리면서 불규칙한 호흡, 불안하고 간절한 최후의 마음을 나타내 보였다. '그러나 제발이지 체념만은! 내가 체념하지 않는 것처럼!' 그날 이후 그는 생각날 때마다 여인의 편지를 꺼내 여러번 반복해서 읽었으나 항상 마지막에 이를 때면 역시 편지를 쓰고 있는 여인과 마찬가지로 불안으로 가슴이 심하게 뛰었고 상실의 불행으로 심장이 짓눌렸다. 북역 플랫폼의 희미하고 부연 불빛이 지친 편지지 위에 드리워 있었다. 비둘기들조차 잠든 시간 마지막 기차를 기다리고 있는 그들의 얼굴, 마음속의 투쟁으로 짓이겨지고 있는 여인의 얼굴 위로. "제발," 여인이 계속해서 썼다. "아무것도 생각하지 않고, 그냥 당신을 한번 방문할 수 있게만 해주세요!" '그러나 제발이지 체념만은!' 그는 여인이 곁에 있기라도 한 것처럼 속삭였다. 편지를 쓰다 말고 여인이 유령에게 했던 것과 같이 손을 내밀면서. 누가 그에게 이런 여인의 손짓을 보여주었던가? "우리가 그날 북역에서 헤어진 이후" 그는 마치 노래의 후렴구를 반복하듯이 여인의 그 구절을 소리 내서 여러번 읽었다. 여러번 자꾸 읽다보니 그 구절은 진짜 노래인 것처럼 느껴졌다. 여인이 잉태한 그의 노래처럼. 다음과 같이 울리는 그의 노래처럼. "그날 북역에서 헤어진 것은 우리들의 유령일 뿐, 그때 기차를 타고 함께 떠난 우리는 지금 이렇게 같이 있는 것인데……" 그동안 비행기는 그가 일생 동안 수없이 여러번 보아왔던, 바로 그 마지막 표정을 한 저녁의 도시로 하강하는 중이었다. 구름 사이로 저녁

연기에 덮인 정글과 도시가 기묘하고도 우수에 찬 모습을 내보였다.

　"우리가 그날 북역에서 헤어진 이후"

　이제 그는 눈을 감고도 편지의 거의 모든 구절을 외울 수 있을 정도가 되었다. 하지만 그는 여전히 손에 편지를 든 채였고, 사실은 그 여행 중 내내 거의 손에서 놓지 않다시피 했다. 마지막 날, 편지의 그 구절을 다시 읽기 시작했을 때 그는 호텔을 떠나 꽤 오랜 시간을 걸어온 다음이었다. 그리고 그는 편지에서 잠시 눈을 들어 그의 앞에 난 길을 바라보았다. 인파로 뒤덮인 길이었다. 산 위의 사원을 구경하고 돌아오는 단체 관광객들이 그를 거슬러 버스가 세워진 장소로 밀물처럼 향하고 있었다. 여러 나라 말로 자기들끼리 제각각 동시에 떠들어대는 그 많은 사람들 속에 섞여 있었음에도 그에게는 새파란 하늘을 배경으로 활짝 핀 부겐빌레아 꽃의 선명한 붉은 빛깔만이 눈에 가득 들어왔다. 그는 여인의 편지를 여러번 읽었고 여인에 대해서 많이 생각했다. 그 생각은 매우 특별했다. 아주 오래전이기는 하지만, 그는 학교에서 우수한 학생에 속했다. 숙제를 빼먹은 적도 없었고 시험을 치면 우등상을 받았다. 책을 많이 읽었고, 책 속에서 죽는 것을 당연하게 생각하기도 했다. 성인이 되어 여인들을 가까이했을 때, 그는 여인들 자체가 아니라 그런 내밀한 관계만이 불러일으킬 수 있는 독특한 감정의 인식을 더욱 즐겼다. 오랜 독서로 세상을 경험한 자의 습관이었다. 쾌락이나 관능조차도 단순한 향유뿐 아니라 특별한 노래를 불러일으키는 귀한 대상일 수 있기에 더욱 소중했던 것이다. 철이 든 다음부터 그는 자연스럽게 자신을 탐험가로 생각해왔다. 여느 탐험가들은 아무도 모르는 아름다운 섬이나 특수한 지역에서만 자라는 꽃, 진귀한 앵무새 혹은 아직 문명화되지 않은 원주민 부족을 찾아 헤맨다. 그런 처음 마주친 대상들은 발견자들의 이름을 따서 불리게 될 것이므로. 그가 스스로 정한 자신의 일은 가장 유일한 노래, '단 한번의 노래'를 찾아 헤매는 것이었다. 그 노래는 바로 발견자의 노래가 될 것이므로. '그런데,' 그는 부겐빌레아 꽃송이에서 눈을 떼지 못하면서 갑자기 머릿속에 일어난 생각에 열중했다. '그렇지만 사실 가장 중요하고도 아름다운 것은 그토록 찾아 헤매는 과정과 노고로 얻어지는 것이 아니라, 어쩌면 우리가 이미 모두 다 알고 있는 그 사실 중에 그냥 있는 건지도 모르지. 달이나 별, 아니면 우리가 매일 부르고 있는 노래처럼 이미 모두 다 당연히 알고 있는 그런 너무나 자연스러운 것에서. 다만 손에 움켜쥐고 자신의 이름을 붙일 수 없기 때문에 우리가 보지 않았을 뿐이라면. 차지할 수 없기 때문에 보지 않았고, 그 곁을 그냥 지나쳐서 깊은 정글 속으로 계속 들어간 거라면. 마치 소유할 수 없는 것은 존재할 필요도 없다는 듯이. 인생을 들여 음미할 필요도 없다는 듯이. 그래서 수많은 유일한 것들이, 달과 별, 꽃과 앵무새, 그리고 그 노래까지도 우리 곁을 이미 스쳐 지나가버렸다면. 만일 그렇다면, 나는 자신을 포함해서 참으로 불행한 무수한 사람들을 알고 있는 셈이다.' 그러자 그는 마침내 자신이 기쁨과 슬픔, 환희와 절망의 파토스─그가 충분히 미학적으로 감탄할 만하다고 간주해왔던 인간의 열정적인 정수들─를 경험하기 위해서가 아니라, 연약하고 불완전한 존재인 여인 자체를 위해서 어떤 생각에 잠기는 것을 느꼈다. 여인과, 그리고 그 자신을 향하기도 하는 오직 순수한 연민이며 애정인…… 그 단순하고도 평이한 것은 그러나 그를 순식간에 가득 채우기에 너무나 충분했기에, 그는 그 순간 자신도 모르게 '제발 이대로 멈추어!' 하고 입 밖으로 크게 소리 내어 외칠 뻔했다.

　그는 인파를 거슬러 길을 따라 계속해서 걸어갔다. 이제 길의 양쪽은 정글이었다. 그 길이 갈라지는 지점에는 그를 태우러 나온 미니 트럭이 서 있었다. 보통은 학교를 방문하는 관광객들이 몇명이라도 있기 마련인데 그날은 그가 유일한 방문객이었다. 그는 심하게 덜컹거리는 트럭의 짐칸에 쪼그리고 앉아 산악지대의 비포장도로에서 트럭이 만들어내는 먼지 폭풍을 견디면서 한시간 반 정도 더 달렸다. 도중에 짧은 소나기가 내렸다. 빗줄기를 피하기 위해 방수 천막을 뒤집어쓰고 있었는데, 그때 거친 방수천이 그의 몸 위에서 불안정하게 서걱거렸고 그 위로 거센 빗방울이 후드득 소리를 요란하게 내면서 한바탕 쏟아졌다. 빗줄기가 만들어내는 두꺼운 수증기의 베일이 그를 현실의 시간에서 차단시켰다. 그 안에서 뭔가 아련한 것이 고개를 들었다. 불투명하고 희미하지만 어떤 결정적인 것, 어쩌면 매우 소중했을 것이나 그가 쳐다보지 않고 지나온 것이. 그가 명명하지 않고 지나온 것이. 그러나 그것이 무엇인지, 모기에게 물린 자국을 빨갛게 긁으면서 그가 생각에 잠기려 하는 순간에 하늘의 구름은 모두 사라져버리고 나뭇잎에서 포물선을 그리며 튕겨 떨어지는 무지갯빛 굵은 물방울들을 마지막으로 비가 그쳤다. 그는 다시 정글의 초록빛과 흙투성이 진창길에 둘러싸인 채 그것들에 압도당했다. 이윽고 도착한 곳은 치앙마이 근처 깊은 산악지대의 한 개활지, 작은 마을의 입구였다. 트럭이 공터에 멈추어서자 학교와 숙소 건물이 보이는 마당에서 노는 아이들의 웃음소리가 들려왔다. 비 그친 다음의 서늘한 바람이 불었고 거미줄에서 거미줄로 이어진 풀잎 사이의 작은 세계 안에 무지개가 다리를 놓았다. 그 다리에서 떨어진 바늘처럼 가느다란 실거미가 트럭의 바큇자국이 만들어놓은 누런 진흙 강을 따라 절망적인 모습으로 떠내려가고 있었다. 지금 거미는 자신이 세상의 끝으로 흘러간다고 생각할 것인데, 순간 그는 거미로, 거미의 생각으로 화(化)하는 자신을 느꼈다. 그는 사지를 허우적거리면서 필사적으로, 그러나 헛되게 죽음에 저항했다. 그러자 어느 순간 거미의 절망, 거미의 세계가 그의 머릿속에서 맑고 또렷하게 떠올랐다. 절대와 필사. 그러나 그런 사로잡힘이 한편으론 이다지도 평화로울 수 있었다니. 마치 고귀한 자가 단 한번 갖는 체념처럼. 어지럼증으로 비틀거리며 트럭에서 내린 다음 학교 건물을 향해서 그는 천천히 걷기 시작했다. 그곳은 그가 자원봉사 영어 교사로 일하게 될 생명의 학교 — School for Life — 였다.

* 오스트리아 시인 프리데리케 마이뢰커(Friederike Mayröcker)의 시 「내가 당신을 어떻게 부를까요, 당신이 없을 때 당신 생각이 나면」에서 인용.
** 오스트리아 시인 알베르트 에렌슈타인(Albert Ehrenstein)의 시 「인생」의 한 구절 "모든 것은 실재하는데, 이 세상만은 아니다"의 변용.

올빼미의 없음

2008년 12월 2일, 빌레펠트. 오늘은 특별히 전할 만한 소식이 있는 건 아닙니다. 하지만 우리 집 옆에 서 있던 두 그루의 커다란 전나무가 베어졌고, 크레인에 실려 어디론가 운반되어 가버렸다는 것만은 당신에게 알리고 싶군요. 그게 무엇을 의미하는 건지 아십니까. 이제 내가 발코니로 나가면 더이상 기분 좋은 그늘도 없을 뿐만 아니라, 바람이나 외부의 시선을 막아주던 안락하고 친근한 그 나무들이 사라졌으므로 무방비인 채로 거리를 향해 다 노출이 되어버린다는 뜻입니다. 그뿐만 아니라 예전에는 전나무에 가려서 보이지 않던 맞은편 집이 한눈에 가까이 들어오는데, 그토록 흉한 모습은 정말이지 본 적이 없군요. 1950

년대에 지어진 전형적인 건물로, 온통 필요 이상으로 허옇기만 할 뿐 참으로 앙상하고 황량한 외관이랍니다! 지금 나는 책상에 앉아 있는데, 일을 하다가 문득 발코니로 눈을 돌리면 시야에 들어오는 바깥 풍경이 얼마나 처참한지 상상할 수 있겠지요! 아마도 맞은편 집 주인이 자기 집 거실 채광에 안 좋다고 그 나무를 베어버리도록 한 것 같군요. 집주인들 간의 결정이니 세입자인 나는 드러내서 항의할 수도 없고 이렇게 혼자서 불평하고 있을 뿐이랍니다. 오직 삭막하고 건조하며, 마음을 안정시키는 분위기라고는 조금도 갖추지 못한 사각형 담벼락, 인간이 그런 흉측한 건축물을 매일 바라보아야만 한다는 것은 거의 형벌에 가까운 일입니다! 이 무슨 난데없는 불행인지. 기억하시는지요, 그 전나무는 지난여름까지도 인근 숲에서 날아온 올빼미가 매일 저녁 머물다 가는 곳이었습니다. 올빼미는 꼼짝도 하지 않은 채 몇시간이고 나를 지켜보며 가만히 있었고, 나는 내 구형 필름카메라로 그것을 찍었지요. 당신은 그 사진을 매우 좋아하였고, 그래서 나도 기뻤습니다. 이제 올빼미는 이곳에 다시는 오지 않겠지요. 그것 말고는 오늘은 특별히 전할 만한 다른 내용은 없습니다. 내 오랜 친구이기도 한 루트비히 하리히의 글을 읽고 평론을 썼으며, 오늘도 여전히 날은 사무치게 차갑고 싸늘한데, 내일

은 또다시 이틀 동안 베를린과 뮌헨으로 떠나야 한다는 것
말고는 말입니다. 여행 중에라도 당신에게 알리고 싶은 어
떤 말이 떠오르면, 다시 메일을 쓰겠습니다. 그러니 당신,
그때까지 안녕히. 진심으로 인사를 보내며.

매장이 끝난 후 베르너는 나에게, 시내까지 걸어서 산책
을 하는 것이 어떠냐고 물었다. 도심을 통과하는 긴 산책
이 될 것이다, 하고 베르너는 덧붙였다. 나는 다시 한번 더
하늘을 올려다보았다. 눈보라가 치지는 않았으나 여전히
연기처럼 낮은 구름으로 가득한 짙은 회색빛 하늘이었다.
그러나 사람들은 우선 식당으로 몰려갔고, 거기서 간단한
식사를 하게 되어 있다고 들었다. 아직 모든 절차가 다 끝
나기 전의 풍경은 좀 달랐다. 사람들은 차례로 줄을 서서
관에 꽃송이를 던지고 항아리에 든 흙을 한줌 뿌렸으며,
다음 사람을 위해 자리를 비켰고, 그렇게 같은 모습이 반
복되었다. 의례적인 순서가 모두 끝난 이제, 사람들은 무덤
이 덮이는 모습을 더이상 지켜보지 않고 바로 식당으로 갔
다. 견장이 달린 제복을 입은 무덤 인부들이 인내심 넘치
는 태도로 우리를 바라보고 있었다. 그들의 제3자적 표정
에는 어떤 이해심이, 직업적 익숙함과 거리감으로 인한 이
해심이 가득했다. 구덩이가 매우 깊었으므로 팔을 뻗어도

그 관에 닿을 수는 없었으리라. 견고해 보이며 옆구리가 층층으로 넓게 펼쳐진 모양의 나무 관은 짙은 갈색이었다. 그것은, 항상 그렇지만 필요 이상으로 견고하다는 느낌을 준다. 그리고 그 구덩이. 잊을 수 없는 구덩이. 그토록 깊은 구덩이는 일생 동안 단 한번도 본 일이 없다. 나는 관 위에 선 채로 그 안에 파묻힐 수도 있으리라. 이미 그렇게 했는지도 모른다. 3월의 목요일 이른 아침, 전날 내린 눈이 군데군데 쌓인 묘지 한구석, 그처럼 많은 꽃으로 뒤덮인, 그러나 곧 흙으로 메워질 축축한 붉은 구덩이 안에. 그들은 망설이는 나에게 말했다. 식당으로 가세요, 작별은 끝났으니 이제 바이에른산 흰 소시지를 먹게 될 겁니다. 나는 그것을 좋아하지 않았다. 단 한번도 좋아한 적이 없었다.

올해 초, 네가 보내준 카프카의 『꿈』을 받고 나서 나는 좀 흥분했다. 내가 생각하던, 내가 언젠가는 쓰고 싶다고 생각하던 형식과 매우 흡사한 책이었을 뿐만 아니라 아마도, 앞으로 내가 쓸 글에 큰 영향을 미칠지도 모른다고 예감했기 때문이다. 물론 그것은 카프카의 『꿈』이라는 작품이 아니라 카프카의 일기와 메모, 편지와 산문 등의 글에서 꿈과 관련된 부분만을 따로 모아 편찬한 것이다. 책장을 펼치자, 서문의 시작은 이랬다. 어느 날 아침 그레고르 잠자가 불길한 꿈에서 깨어났을 때, 그는 자신이 한마리

벌레로 변해 있는 것을 발견했다.「변신」의 첫 문장이다. 이것은 마치 하나의 강력한 암시처럼 독자에게 다가온다. 이 소설이, 사실은 주인공들이 꾸는 악몽이거나 혹은, 악몽에 시달리다가 깨어난 카프카의 머리에 떠오른, 악몽의 장면 그 자체일 수도 있다는 암시.

그것이 지나갈 때, 가장 처음에 떠오르는 생각은 역시 암시들에 관한 것이다. 차가운 붉은 구덩이 속에서 용암처럼 뜨겁게 끓어오르는 암시들, 세상과의 관계가 사실상 거의 대부분 날카롭게 조각 난 익명의 암시들로 이루어져 있었다는 생각. 무심코 내뱉은 말이나 아무런 의도 없이 문득 떠오른 비유들이 저절로 형성하는, 예감이 배제된 암시들. 암시가 예언과 다른 점은 아마도 스스로 무지하다는 것이리라. 그래서 우리는 오늘도 쉽게 편지에 쓴다. 나는 아픕니다. 그러니 내게서 한동안 연락이 없더라도 너무 놀라지 마시기 바랍니다…… '그러나 그것은 꿈이 아니다' 하고 서문은 계속된다. '그것은 꿈이 아니다. 그는 독자들에게 이 점을 분명히 밝힌다. 그리하여 독자들이 현실적으로 납득하기 어려운 기괴한 현상을 손쉽게 해석해버릴 수 있는 가능성을 아예 차단한다. 그러므로 우리는, 한 인간이 벌레가 되어버렸다는 그 사실을 그야말로 사실적인 것으로, 적어도 현실에서 분명히 일어난 일로서 받아들일 수

밖에 없다.'

　사람은 아프며, 친구의 갑작스런 죽음을 겪은 다음이라
면 말로 표현하기 어려운 불안과 고독을 느끼고, 그리하
여 스스로 깊은 우울의 한가운데로 걸어 들어가며, 그것
은 원인으로 다가가기가 두려운 우울이므로 치유가 불가
능하고, 일생 동안 그래왔던 것처럼, 일을 하며, 당연하게
도 미친 듯이 일을 하며, 그런 다음 자신이 해놓은 일이 모
두 아무 소용없는 것으로 판명 날 것임을 깨닫게 되고, 어
떤 날 이후부터는 오직 종이와 필체의 산더미에 지나지 않
게 될 것임을 깨닫게 되고, 그런 자신의 필체를 알아볼 수
있는 사람들조차 언젠가는 모두 떠날 것이며, 그리하여 남
몰래 좌절한 채, 그 누구에게도 밝힐 수 없는 개인적이고
불명확한 좌절, 그럼에도 불구하고 다시 일에 몰두하기 위
해 책상으로 다가가고, 어느 날 신문을 펼쳤는데, 다시 친
구가 죽고, 친구가 이해할 수 없는 몸짓으로 갑자기 죽고,
함께 차를 마시다가 문득 눈을 들어보니 그 자리에 친구가
없고, 한마디 인사도 남기지 않은 영원한 작별, 비명 없이
베어져나가는 마음, 스스로에게 대답 없는 질문을 던지고,
늘 그렇듯이 여행을 하고, 비행기와 기차를 타며, 때로는
대양과 대륙을 가로지르는 여행을 하고, 비행기의 창밖으
로 하염없이 시선을 돌리며, 그것과 문득 눈이 마주치고,

자주 반복되는 그 행위로 인해 음울의 정서가 가슴에 쌓여가며, 태양이 비치는 드문 날이면 화분을 발코니에 내다놓고, 때로는 농담을 하고 미소도 지으며, 외국으로 이메일을 쓰고 우체국에서 엽서를 부치며, 명랑한 자리에 초대될 때도 있으며, 그리고 글을 쓰며, 친구를 생각하고, 이미 죽은 친구들과 살아 있는 친구들을, 이미 죽은 친구들과 이제 앞으로 죽게 될 친구들을, 이런저런 약속으로 바쁜 시간을 보내고, 전시회나 음악회, 극장을 찾아가고, 무엇보다도 책을 읽고, 집에 돌아와서는 일을 시작하기 전 다시 한번 더 창밖을 바라보며, 눈보라에 대해서 생각하고, 멀리 있는 것을 생각하고, 자신이 생각하지 못한 것에 대해서 생각하고, 그 생각을 생각하고, 하루 종일 일을 하며, 잠자리에 들기 전 문득 떨리는 손으로 수화기를 들었으나 장거리전화는 연결되지 않고, 그리고 마침내 어느 날, 다시 아프다.

"그동안 내가 어디에 있느라 소식을 전하지 못했는지, 그것을 알려주려고 이렇게 서둘러서 씁니다." 2007년 10월 9일 너의 메일은 그렇게 시작했다. 처음에는 단순히 일 관계로 여행 중이었습니다. 라인 지역의 레버쿠젠으로 갔죠. 그곳은 평범한 산업도시입니다만 이번에 거기서 어떤 문학 관련 행사가 있었고 작가 두명에게 문학상을 시상하게 되었거든요. 분위기도 아주 좋았고 행사 음식도 훌륭해서 즐거웠습니다. 그런데 곧이어서, 나와 가까운 친구이자 시인인 발터 켐포스키가 죽었다는 소식을 들었습니다. 그래서 브레멘을 거쳐 곧장 북독일의 로텐부르크로 가야 했습니다. 그의 매장에 참석하기 위해서죠. 발터는 일년여 전부터 암을 앓았으며, 그 사실을 우리도 알고 있었습니다. 그는 이제 친구들의 애정 어린 추도 속에서 마침내 영원히 잠든 것이죠. 매장 행사를 이끈 것은 남자 목사 한명과 여자 목사 한명이었습니다(발터는, 예전의 내가 그랬던 것처럼 개신교도였으니까요). 신의 은총 덕분인지 날씨도 괜찮았습니다. 적어도 비가 뿌리지는 않았다는 말입니다. 매장이 끝난 다음 우리는 자리를 옮겨 커피를 마시고 버터 케이크를 먹었습니다. 그리고 어제 저녁에야 프랑크푸르트로 떠나왔습니다. 급행열차는 밤새도록 덜커덩거리며 철로 위를 단조롭게 달렸고, 나는 내내 책을 읽었습니다. 이곳 프랑크푸르트에서는 여동생 집에 머무르고 있습니다. 당신도 만나본 적이 있는 그 여동생이죠. 이제 프랑크푸르트 도서전이 시작됩니다. 매년 그랬던 것처럼 올해도 나는 도서전 기간 내내 행사장을 비롯하여 여러 회의장과 파티장을 바쁘게 돌아다닐 테지요. 그래도 내가 다른 일에 대해서 전혀 생각하지 않을 거라고 짐작하지는 말아주시기 바랍니다. 당신이 잘 지내기를, 당신의 글쓰기가 순조롭게 진행되기를 진심으로 바라고 있습니다! 방금 쥐트도이체 신문에서 올해 출간된 발저의 일기에 대한 서평을 읽었습니다. 아주 긍정적이더군요. 11월 한국 방문 때 그 책을 당신에게 가지고 가겠습니다. 인사를 보내며.

카프카의 꿈의 세계는 나에게 마치 쌍둥이와 같은 동질의 마음을 불러일으켰고, 동시에 너무나 남달랐으며, 독특하고도 신경증적인데다가, 더할 수 없이 공허하고도 아름다웠다. 꿈과 관련해서는 우리가 근본적으로 서로 완전히 다른 생각을 갖고 있었으므로 그것 때문에 살짝 다투기조차 했다. 나는 꿈이 상상과 문학이라고 굳게 믿은 반면, 너에게 꿈은 자신의 누설이자 철저한 분석의 대상이었다. 그래서 너는, 내가 단지 나 자신의 꿈으로만 이루어진 책을 쓰고 싶다고 하자 즉시 조목조목 근거를 들며 문학작품으로서의 형상화에 대한, 그리고 작가 개인의 섣부른 심리노출에 대한 회의적인 의견을 내놓았다가, 내가 마음 상해하자 다음 메일에서 훨씬 더 부드러운 어조로 그 비판을 완화했다.

지난밤 나는, 한때 사람의 마음을 사로잡을 수도 있었던 아름답고 웅장한 대학 건물들과 뮌헨 예술아카데미를 야만인처럼 무감동하게 지나쳐 갔고, 검은 비구름과 어둠에 깊이 잠긴 하늘을 마치 그 무엇을 찾으려는 시도처럼 올려다보았으나, 모자를 갖고 오지 않았기 때문에 머리카락에서는 어느새 물이 뚝뚝 흐르고 있었다. 그리고 검은 허공에서 흐느적대며 흘러내리는 점성이 강한 빗방울이 검은색이 아니라는 사실도 깨달았다. 베르너를 만나기 전에 몸을 잠시라도 말리기 위해서 지하철역으로 내려가자 종이봉투에 꽃을 사들고 계단을 올라가려던 한 여자가 나에게 밖에 비가 오느냐고 물었다. 뮌헨 프라이하이트 지하철역은 공사 중이었다. 나는 열차가 여러대 플랫폼으로 들어왔다가 떠나가는 것을 지켜보며 전기톱 소리가 벌떼처럼 낮게 울어대는 플랫폼 벤치에 꼼짝 않고 앉아 있었다. 규칙적인 간격으로 열차가 들어왔고, 사람들이 변함없는 몸짓으로 내리고 올라탔으며, 부연 차창 너머로 비치는 창백한 얼굴들이 유령처럼 미끄러지며, 유령처럼 일그러지며, 비일상적인 빛과 속도 속에서 입자와 입자의 배열이 허물어지며, 심장에 연결된 혈관들이 슬픔으로 헝클어지며, 깊은 터널 속으로 사라져갔다.

베르너와 나는 차갑고 어두운 한밤의 레오폴트 거리를 따라 이리저리 걸었다. 우리는 어디로 가야 할지 모르는 상태였다. 우리들이 가장 처음 찾아들어간 장소는 대형 스크린으로 축구 경기를 틀어주는 스포츠카페였다. 우리가 자리 잡고 나서 얼마 안 되어 스포츠팬들이 우리의 뒤쪽 테이블을 하나하나 차지하기 시작했다. 그리하여 우리는 정확히 스크린과 축구팬들 사이에 위치하게 되었다. 우리가 그것에 대해서 얘기하고 또 얘기하는 동안, 스포츠팬들은 우리 바로 위쪽에 설치된 대형 스크린에 시선을 고정시키고 있었다. 웨이트리스는 상냥하고 친절했고 우리는 포도주를 두잔 주문했다. "커다란 납덩이 같은 게 가슴에 걸려서 안 내려간다" 하고 베르너가 말했다. "지금까지 나는 그 어떤 문장을 쓰더라도 언젠가 이걸 그가 읽게 되겠지 하는 생각을 안 했던 적이 없었다. 그는 내 아비투어 작문을 읽고 그 작문을 자신의 책에 인용해 넣었다. 그 이후로 우리는 이십구년 동안 우정을 유지해왔다. 그는 내게 일생에서 두번 다시는 만날 수 없는, 그런 친구였다. 마음에 검은 구멍이 입을 벌리고 있다. 앞으로도 영원히 그렇겠지. 우리는 지금 둘 다, 이 세상에 존재하는 모든 슬픔 중 단 한 가지인 유일한 종류의 슬픔, 그 무엇과도 비교 불가한 상실, '외르크 없음'의 상태인 것이다." 스포츠카페를 나온 우리는 낯선 모퉁이들을 이리저리 돌다가 문을 연 한 주점으로 들어가 다시 포도주를 두잔 시켰다. 베르너는 계속해서 말했다. "나는 이미 내 아버지의 죽음과 누이의 죽음을 지켜보았다. 누이는 유방암으로 이년을 앓았었다. 그리고 내 조부모는, 1945년 5월 종전 직후 어느 날 아침, 인근 강제수용소에서 해방된 수용자들이 강도로 돌변해 습격해온 날, 침대에서 살해당했다. 할아버지의 농장은 마을에서 떨어진 외딴 곳에 있었는데, 여덟살 난 아버지의 눈앞에서, 조부모의 가슴에 총알이 가 박혔다. 침대는 그들의 피와 살점으로 바닥 없는 검은 진창이 되었다. 어린 내 아버지는 그것을 모두 지켜보아야만 했다. 그러니 너에게 말하는데, 그의 마지막을 보지 못했다고 슬퍼하면 안 된다. 그건 도리어 너에게 축복이 될 것이다. 오래전부터 난 결심하고 있었다. 인간이 안고 가야 하는 이런 마음의 상처와 삶의 불행으로부터 뭔가를 탄생시켜보자고. 그렇기 때문에 더더욱 아름다우며, 그렇기 때문에 더욱 감동적일 수 있는 그 무엇을." 웨이트리스가 다가와서, 미안하지만 이제 주점의 문을 닫을 시간이라고 알려왔다. 진눈깨비는 그쳤으나 바깥은 여전히 춥고 음산했으며 바람까지 불고 있었다. 거리 전체가 검은 깃발처럼 펄럭거렸다. 우리는 다시, 덧없이 크고 드넓게만 보이는 텅 빈 레오폴트 거리로 나가 떠돌기 시작했다.

너에게 꿈은, 나와 베르너가 그날 밤 서로를 향해 쉴 새 없이 쏟아놓은 겁에 질린 언어 자체이겠지만, 나에게 꿈은 바로 그날 밤의 레오폴트 거리에 내리던 비와 어둠 자체이다. 베르너와는 달리 한국어로만 글을 쓰는 나는, 네가 언젠가 내 작품을 읽게 되리라 기대한 적은 단 한번도 없었다. 너무나 당연하지 않은가. 그러나 이것을 네가 결코 읽지 못하게 되리라, 하는 아이러니한 확신은 언제나 가지고 있었다. 어떤 의미에서 너의 문학적 아이라고 할 수 있는 베르너와 나는, 그런 대조적인 방식으로 스스로의 글쓰기와 너를 연관시켜나갔다. 너와의 연관 속에서 우리는 계속해서 글을 썼다. 그리고 우리가 그런 식으로 앞으로도 계속해서 글을 쓰게 되리라고 믿었고 조금도 의심하지 않았다. 너에게 말하지는 않았으나, 나는 나의 꿈, 우리의 숨겨진 꿈에 대해서 이미 불특정 다수에게 누설을 해버렸다. 이미 누설할 생각이었다. 그렇게 될 것임을 알고 있었다. 이미 그렇게 하고 있게 될 것이다.

묘지 근처의 식당 안으로 들어가니 사람들의 몸이 따뜻해졌다. 사람들은 다투어 검은 머플러와 검은 외투를 벗은 다음 옷걸이에 걸었다. 식탁 위에는 이미 브레첼이 든 바구니가 놓여 있었고 자리에 앉자 곧 흰 소시지가 든 따뜻한 사기대접이 날라져왔다. 사람들은 에른스트 부슈의 호쾌한 노래 「늙은 해적의 발라드」를 틀었다. 몇몇 남자들은 심지어 우렁찬 목소리로 후렴을 따라 부르기도 했다. 사람들은 모두 다른 것에 대해서 얘기했다. 예를 들자면 내 곁에 앉은 프랑크푸르트의 루츠 부부. 그들은 며칠 후에 미국으로 여행을 떠날 거라고 했다. 오바마의 미국 말이에요, 하고 루츠 부인이 명랑하게 덧붙였다. 그리고 내 귓가에다 속삭이는 것이었다. 에른스트 부슈의 노래는 브레히트의 시에 곡을 붙인 것이란다, 아마 프랑스에서라면 '샹송'이라고 말하겠지만 여기서 그런 노래는, 어떤 특정 장르에 포함시키기는 좀 애매한 게 사실이다. 그런데 저기 좀 보아라, 저 사람이 그 유명한 작가이자 영화 제작자, 뛰어난 지성인이자 변호사인 알렉산더 클루게란다. 너도 아마 한번쯤은 이름을 들어보았을 테지…… 한 남자가 조사를 낭독했고 한 여자가 편지를 읽었다. 루츠 부인은 나에게 흰 소시지의 껍질을 세련되게 제거하는 방법을 손수 시범으로 보여주었다. 카린은 식당의 테이블 세팅과 음식이 마음에 든다고 직접 주인에게 다가가 흡족한 기분을 전했다. 그러고는 나를 향해서, 지난 주말에 마감한, 한동안 뮌헨 시내의 단연 화젯거리였던 칸딘스키 전시회를 구경했느냐고 물었다. 카린의 친구 한 사람은 그 전시회를 보기 위해서 두시간이나 추위에 떨며 밖에서 기다렸다는 것이다. 칸딘스키는커녕 집 밖으로는 거의 나가지도 않았다고 하자 카린은 머리를 흔들면서, 어리석게도 네가 아까운 기회를 놓쳤구나 하는 표정을 지어 보였다. 그들은 진정으로 경험을 갖춘 사람들처럼 보였다. 그들 역시 눈물을 흘리지만, 그들은 옷깃을 흩뜨리는 법 없이 단정하게 작별을 나눈다. 이제 그만 작별을 해라, 하고 묘지를 떠나기 전 루츠 씨가 구덩이 옆에 선 나에게 말했다.

그것이 너무나 갑작스럽고 너무나 빠른 속도로 이루어졌으므로, 그야말로 최후의 순간까지 아무도, 당사자조차 분명히 인식하지 못하고 있었을 가능성도 있다. 그것은 번개 같은 속도로 서둘러 이루어졌다. 반드시 그럴 필요가 없는데도 불구하고. 나는 그런 과장된 어떤 속도의 모습을 이미 예전에 한번 미리 본 것도 같다. 만일 그렇다면 그것 또한 어두운 장막 저편에서 그림자의 몸짓으로만 이루어진, 이름 없이 희미한 암시였을까. 암시들이 나에게 말을 걸고 입을 맞춘다. 얽히는 팔과 팔들. 나는 안개처럼 축축한 암시들과 영원히 반복되는 포옹을 나누는 것 같다. 그렇게 될 것 같다. 한조각의 징후도 없는, 서로에게 무관하면서 순수한 암시들.

그들이 흐느적거리며 시간을 거슬러 흘러가고, 나는 그들을 뒤따라간다. 그날, 뮌헨 카린의 집에서 우리는 작별했다. 날은 흐리고 울적하게 우중충했으며, 너는 기차역으로 갈 예정이었다. 그곳에서 어디로 가는 기차를 타게 될 예정이었는지는 기억나지 않는다. 아마도 늘 그렇듯이 프랑크푸르트나 라이프치히, 바이마르나 혹은 취리히, 혹은 빈, 그밖의 다른 도시, 아니면 빌레펠트였을 것이다. 카린의 집은 삼층이었는데, 네가 가방을 들고 쿵쿵거리며 오래된 나무 계단을 내려가는 소리가 조금씩 멀어지는 것이 들린다. 지금도 모습이 생생한 카린의 집 넓은 계단, 한쪽으로 기우뚱하게 기울어졌으며 윤기 나게 맨들맨들한 나무 바닥에 창가에는 말끔히 손질된 화분이 가지런하게 놓인, 낡았으나 정연하고 자부심 강한 카린의 집, 그 계단을 너는 서둘러 내려갔다. 언제나 그렇듯이 좀 성급하게 보일 정도로, 마치 뒷모습을 보인다는 사실에 이유 없이 매우 화가 나는 것처럼. 나는 삼층 방 창턱에 걸터앉아, 네가 현관문을 나서서 거리를 걸어가는 모습을 지켜보았다. 항상 그렇듯이 검은 뉴질랜드 야구 모자를 눌러쓰고, 밝은색 트렌치코트 자락을 커다랗게 펄럭이며 한 손에는 여행 가방을 든 채 ── 그 여행 가방은 지퍼가 고장 난 것이었는데도 너는 늘 그것을 가지고 세계 어기저기를 어행했다 ── 성큼성큼, 군인보다도 더 단호하고 빠르게. 그해 뮌헨의 여름은 유난히 냉랭했다. 거리에는 바람이 불고 있어서, 흐린 하늘 아래 모든 사물들이 스산하게 머리를 풀어헤치고 입술이 파래진 채 고개를 반쯤 숙인 풍경이었다. 이 순간 너는 아직은 모퉁이를 돌지 않았다. 그런데 나는 문득 무엇인가 잊은 게 있고, 그래서 갑자기 너에게 내려가봐야 겠다는 생각이 든다. 나는 뭔가 할 말이 있었는데, 그걸 잊 었던가? 그러나 그 말이 무엇이었던가? 너는 다음 달에도 뮌헨을 방문할 것이고, 그러면 우리는 너무나 당연히 다 시 만나게 될 것인데, 반드시 지금 당장, 절박하게 전해야 할 소식이란 것이 무엇인가. 저 위에서 지켜보니, 네가 너 무 빨리, 거의 뛰다시피 걸어가고 있었다는 것, 기차 시간 은 아직 충분하므로 그토록 다급하게 서두를 필요가 없다 는 것, 우리는 모두 어차피 이미 너무 늦었거나, 아니면 영 원히 늦을 일이 없으리라는 것. 그러나 사람들은 그런 사 소한 말을 전하기 위해 위험하게 기울어진데다 왁스 칠까 지 반질반질하게 된 나무 계단을 서둘러 뛰어내려가지는 않는다. 그리고 무엇보다도, 너는 이제 곧 모퉁이를 돌 것 이고, 그러면 그 앞에 바로 지하철의 입구가 나올 것이다. 너는 곧장 중앙역으로 가는 지하철을 탈 것이고, 그리하 여 너는 내 눈앞에서 빠르게 사라질 것이다. 부연 차창 너 머로 마주 보이는, 얼어붙은 치즈처럼 창백한 유령의 얼굴 들, 어두운 동굴 속으로 빠르게 흘러들어가느라 모습이 살 짝 일그러지는, 밀도가 순간적으로 희박해지는, 빛과 형체 의 중간쯤으로 보이는, 이유 없이 우리의 시선을 붙잡는 마지막 얼굴들. 당연한 일이지만, 모든 것은 이미 너무 늦을 것이다. 이미 너무 늦어버리게 될 것이다. 영원히 늦을 일이 없는 세계는 우리의 강변 저 반대편에 놓여 있을 뿐이고, 드물게 아름다운 햇빛의 날, 우리에게 희미한 안개 사이로 잠시 모습을 나타냈다가, 그 유혹의 여운이 채 가시기도 전에, 물과 그림자 뒤로 다시 사라질 것이다. 그러면 우리는 정체불명의 그리움에 사로잡히리라. 그때 나는 이 사실을 이미 분명히 알고 있었는데, 지금과는 달리 전혀 혼란스럽지 않았다는 점이 이상하다.

공항. 그 애수의 장소에 대해서 말해야만 할 때는 어쩔 수 없이 슬프다. 긴 기다림 끝에 기체가 마침내 활주로에 쿵 하고 내려앉으면, 어둡고 공허한 저 너머에서 손짓하는, 무엇인가가 끝났구나, 무엇인가가 시작되었구나, 서로 구별할 수 없이 교차하는 두가지 마음. 한국이나 홍콩의 공항은 물론이고 공룡처럼 거대하고 늙은 몸집의 프랑크푸르트 공항, 마음이 훨씬 편한 뮌헨 공항, 좁고 복잡한 베를린의 데겔 공항과 장난감처럼 작았던 보덴 호반의 프리드리히스하펜, 그리고 지금은 폐쇄된 베를린 템펠호프 공항에서도. 너를 마중하러 그 인상 깊은 템펠호프의 긴 회랑을 걸어가면서 나는 최초로 '수용소'라는 단어를 떠올렸었다. 비행기를 증기선이라고 부르듯이, 공항을 항구라고 불러도 되리라. 배가 떠나기 직전의 이런 농담. 비행기가 떠나기 직전 공항의 카페테리아. 사기찻잔이 끊임없이 달그락거리는 소리와 계산대 점원의 반복되는 단조로운 말소리, 그리고 여행자들의 어느 정도 들뜬 웅성거림에 섞인 카메라의 셔터 누르는 소리와 바퀴 달린 가방을 끄는 소리. 나는 언제나 시간이 장소에 따라 다른 흐름과 성격을 갖는다고 느껴왔다. 그러므로 이곳과 그곳은 늘 다르다. 이곳의 우리와 그곳의 우리도 다를 수밖에 없다. 나는 이곳과 그곳에서 필연적으로 다른 문장을 쓴다. 하나의 시간은 우리의 오른쪽 바깥으로 흘러 사라지고, 다른 하나의 시간은 우리의 왼쪽 귀를 관통한다. 간혹 심장을 관통하기도 한다. 그 관통의 움직임은 느리다. 종종 그것은, 언제나 여전히 지나가는 중일 수도 있다. 작가로서 나는 시간의 그러한 신비하고 고유한 개인적 시차가 좋았다. 늘 그것에 대해서 말하거나 쓰고 싶었다. 형체가 없으나, 곧 형체를 갖게 될 예감만으로도 이미 충분히 있게 되는 그것.

그리고 2006년 겨울 어느 날 너의 메일 내용. "내 편지가 왜 우울하게 느껴지는가 당신은 물었습니다. 최근에 내 친구 중 하나가—겨우 쉰세살에 불과한데—갑자기 죽었습니다. 그래서 당황하면서도 복잡한 슬픔에 잠겨 있었던 거지요. 그러나 당신, 나 때문에 걱정할 필요는 없습니다. 잡초는 쉽게 죽지 않는다,라는 말이 있죠. 나는 잡초처럼 질긴 체질이고, 그런 식으로 지금까지 살아왔으니까요." 항상 내 시간은 부풀어 오르는 늪처럼 그곳을 향해 느리게 번져간다. 그곳이라고 불리는 어느 시간의 진공 지대. 영원히 늦을 일이 없는 그곳. 어느 날 나는 우편함에서 올빼미의 사진이 붙은 항공 엽서를 발견했고, 그것은 지금도 여전히 내 책상 위에 놓여 있으며, 그리하여 스스로 쓴 비물리적 시간의 문장들. 그렇게 일년에 한번 정도 날 방문했다가, 어느 해 이 집의 문 앞에 내 이름이 없으면, 그때는 내가 더이상 당신을 맞아들이지 못하고, 그리고 더이상 당신을 기억도 할 수 없게 된 걸로 생각해요. 올빼미는 우리들의 어느 한순간의 자서전이었고, 이미 쓰인 자서전의 시간을 되돌릴 수는 없으므로, 나는 올빼미를 그곳, 사라진 나무에 못 박은 셈이다. 올빼미와 함께 나를 못 박았다. 그러나 너는, 과거에도 그랬지만 앞으로도 영원히, 우리가 사랑한 올빼미의 글, 그것을 읽지 못하게 되리라. 그리고 기어은 다시 우아한 암시들로 향한다. 우리의 미래는 일부 물리학자들의 생각대로, 이미 결정된 상태로 우리를 기다리고 있는 것일까. 그러나 우리가 영원히 그 내용을 결코 알 수 없다면, 결정된 미래와 그렇지 않은 미래 간의 차이란 우리에게 무엇인가. 2006년 10월 26일의 내 자서전에서. 당신과 바이마르에서 헤어진 후 본에서 짧은 며

칠을 보낸 다음 다시 베를린으로 돌아왔습니다. 본에 있는 친구들을 볼 때마다 인간의 소박하고 다정한 삶, 서로에게 기대고 서로를 생각하는 애틋한 마음으로 이루어진 인간의 삶에 대해서 생각하게 됩니다. 내가 가지거나 꿈꾸는 삶은 분명 아니지만, 어딘지 모르게 은밀하게 감동적입니다. 아기 때문에 바쁘고 정신없는 와중에도 그의 아내는 기차에서 내가 먹을 수 있게 바게트로 도시락을 싸주었고, 그는 나를 중앙역으로 데려다주었습니다. 하지만 중앙역 근처에는 차를 댈 만한 빈 공간이 없었으므로 그는 거주자 우선 주차 공간에 임시로 차를 세우고 내 가방을 내려주었습니다. 우리는 함께 플랫폼으로 왔지만, 그는 차를 다른 안전한 곳에 주차하기 위해 돌아가야만 했습니다. 그는 말했습니다. '제대로 주차할 곳을 찾은 다음에 다시 오겠다.' 나는 대답했어요. '네가 그래준다니 무척 고맙지만, 이제 조금만 지나면 내 기차가 도착할 것이고, 나는 독일에서 기차를 타는 법도 잘 알고 있으니 반드시 네가 다시 돌아와야만 할 필요는 없을 것 같다.' '그렇지 않다. 네가 기차 안에 자리를 잡는 것을 내 눈으로 봐야만 우리들이 작별을 나누었다고 할 수 있을 테니까.' 그가 사라진 다음 오분쯤 지나 기차가 왔고, 내가 빈자리를 찾아 앉고 나자 그가 정말로 다시 플랫폼에 나타났습니다. 우리는 유리창을 사이에 두고 작별의 몸짓을 교환했습니다. 이건 아주 작고 보잘것없어 보이는 일이지만, 내 마음은 그로부터 이상하게 큰 위로를 받았습니다. 비어 있는 어떤 것을 대체하는 위로 말이지요. 베를린으로 돌아온 다음 날 오후, 나는 오라니엔부르크 거리에 있는 인도식당에 있었습니다. 식당의 창을 통해서, 나는 베를린의 가을이 지금 막 최고의 어느 한때를 지나가고 있음을 알았습니다. 흘러가버리는구나, 이 시간, 앞으로 나는 어디에 있게 되는 것일까. 지금 이 자리에서 그 분위기를 성급하게 묘사하려고 한다면, 그것은 어쩌면 형식의 문장들 뒤로 사라져버릴지도 모릅니다. 하지만 식당을 나온 다음 길을 걷다가 하늘에서 떨어진, 커다란 죽은 새를 밟을 뻔했는데, 그 말만은 꼭 전하고 싶어요. 지금 이 글을 쓰는 순간 나는 다시 집으로 돌아와 내 방 창가의 책상에 앉아 있습니다. 프리드리히-엥겔스 거리의 기울어가는 가을빛 속에서, 하늘 높은 곳에 남은 마지막 광채가 도시의 지붕에 빛나는 윤곽을 드리우고 거리 낮은 곳에는 땅거미가 치마를 펼치는 때, 빛과 어둠이라는 두개의 그림자가 교차하는 하루의 시간, 나뭇잎들이 저마다 작별의 몸짓을 교환하고 있습니다. 그건 작별의 몸짓이라고밖에 부를 수가 없어요. 허공의 너울을 타는 작은 새들, 그리고 이 가을이 오직 스스로 탄생시킨 것처럼 보이는, 이 순간 단 한번뿐인 유일한 속삭임과 대화 들이 바람의 일렁임 속에서 흔들리며 서로에게 한숨 같은 소곤거림을 주고받는 것이 보입니다. 그들의 비밀스럽고 은밀한 목소리들을 우연히라도 엿듣는 것은 불가능합니다. 그러므로 나는, 그들 이 가을의 아이들이 나누고 있는 숨결같이 잔잔하면서도 감정이 솟구치게 만드는 그 바람의 비밀이 무엇인지, 영원히 모르는 채로 있게 될 것입니다…… 인사를 보내며, 베를린에서.

하지만 종종, 죽음의 식민지처럼 보이는 이 생의 시민이면서도, 지독하게 거리감을 유지하면서 그 직접적인 고통을 이겨내려 하는 사람들이 있다. 예를 들자면, 뮌헨에 도착한 후 아랍인의 인터넷카페에서 내가 메일을 써 보내자 다음과 같은 문장으로 대답한 작가 발저 같은 경우이다. "친애하는 배수아 씨, 인간은 이 경우 너무나 무력하므로 가혹하게 느낄 수밖에 없습니다. 인간은 그것을 말없이 수긍하고 받아들여야만 합니다. 그런데도 인간은 헛되이 그것에 저항하게 되지요. 아무런 소용이 없는 것을. 당신이 지금 겪는 그러한 상실은 피 흐르는 아픈 상처와도 같을 겁니다. 그러나 절대! 고아가 되었다는 생각만은 버려주기 바랍니다. 부모는 언젠가는 반드시 우리를 떠나므로, 이 말을 명심해주십시오, 우리는 누구나 다 영원히 고아이

거나, 혹은 단 한번도 고아가 아니거나 둘 중의 하나일 뿐
이니까요…… 미안합니다, 사실 그것에 대해서 잘 아는 듯
이 말한다는 건 내게 불가능합니다. 내가 할 수 있는 말은
오직 이것뿐입니다. 그러나 절대! 고통 때문에 너무 괴로
위하지 마십시오. 당신이 고통을 겪을 것을 생각하면 내
마음도 고통스러워지는데, 그러나 나는 이제 삶에서 더이
상의 고통은 결코 바라지 않기 때문입니다. 당신의 마르틴
발저."

그때까지 그것은 나에게 철저하게 추상적인 것이었다.
그것은 죽음이라는 소리를 가진 하나의 문자에 불과했다.
그것은 어두웠으나, 지나가는 낯선 사람의 어두운 그림자
였다. 더욱 심각하게 고백하자면, 사실 온전히 예술적이
며 문학적인 것이었다. 다른 모든 사람들이 그러하듯이 흔
히 그것에 대해서 말하고 글로도 썼으나, 나는 그것이 무
엇인지 몰랐고, 어떠할 것이라는 아무런 예감조차 갖지 못
했다. 한때 살아 있었다고 우리에게 알려진 누군가가 '진
정으로, 더이상 존재하지 않음'이란 어떤 상태인지. 그리
고 삶과 죽음 사이에 놓인 '결코 돌이킬 수 없음'이란 어떤
성격의 상실과 고통을 의미하는 것인지. 나는 죽음을 외면
하거나 금기로만 여기는 문화를 좋아하지 않았다. 어느 해
인가 나는 한국에서 삼천원을 주고 거친 삼베 상복을 한

벌 사서, 베를린에서 그걸 입고 다닌 적이 있다. 나는 그것이 무엇인지 알고 싶다는 막연한 소망을 갖고 있었던 것이다. 그때 누군가가 물었다. 그 옷의 섬유는 유난히 거칠고 바느질도 성의 없이 되어 있는데, 솔기에는 실밥이 드러나고 마무리도 눈에 띄게 엉성한데, 거기에는 혹 무슨 까닭이 있느냐고. 당시는 대답을 몰랐으나, 아마도 지금이라면 나는 이렇게 말해주리라. 한 사람의 죽음이 우리의 탓이므로 이런 옷을 입는다고. 살아 있는 자가 곧 죽음의 원인이므로 우리는 죄의식을 가진다고. 우리가 자라나는 동안 한 사람이 늙어갔으므로. 우리가 건강한 동안 한 사람이 병들었으므로. 우리가 살아 있는 동안 그 한 사람이 죽어 있게 될 것이므로. 삶은 죽음에 빚지고 있는 것이므로. 한 사람이 죽고, 그리하여 남아 있는 자들의 죽음이 보류되는 것이므로. 이 세계의 상태를 하나의 문장으로 나타내자면 다음과 같다: 자연은 조화를 유지하고, 인간은 운다.

그리고 나는 내가 앞으로 어떤 방식으로 죽게 될 것인지, 그 문제에 대해서도 오랫동안 생각해보았고 그것을 글로 써두기도 했다. 그렇게 하여 얻은 결론은, '어느 날 나는, 다른 때와 다름없이 잠든다, 그리고 거센 바람 속에서 깨어나면, 나는 죽어 있다. 그곳은 적막하고 높은 산봉우리, 사방에는 풀 한포기 나무 한그루 없이 오직 놋쇳빛 황

무지만이 끝없이 펼쳐진다. 나는 죽어 있는 나를 바라본다. 그때 어떤 소리가 나를 향해 들려올 것이다'이다. 그러나 이것은 이미 고통에서 해방된 죽은 자의 문장일 뿐, 죽음을 마주한 산 자의 것은 아니었다. 이 문장에는 살도 피도 없다. 누군가의 살과 피로 이루어진 죽음에 관해서는 나는 아는 것이 없었다.

우리는 시계가 정각 오후 2시를 가리킬 때 식당을 나왔다. 그때는 사람들도 대부분 돌아간 다음이었다. 다행히도 그날은 비가 뿌리는 날씨가 아니었다. 마치, 네 메일에 나왔던 쳄포스키의 장례식날과 같군, 하고 나는 문득 떠올렸다. "적어도 비가 뿌리지는 않았다는 말입니다" 하고 너는 적었다. 우리는 서로의 침묵에 의지하면서 말없이 걸었다. 하이트하우젠 묘지를 떠나 아인슈타인 거리를 따라 걷다가 이자어강의 다리를 건너 막시밀리안 거리로. 기억하는가, 베르너와 나는 막시밀리안 거리의 카페 로마에서 처음으로 만났다. 발저의 소설 『불안의 꽃』에도 등장한 그 카페에서 너는 나에게 재능과 비범함을 갖춘 작가이자 영화감독인 베르너 프리치를 소개시켜주었고, 그날 우리는 다함께 뮌헨 예술아카데미로 갔다. 베르너가 너의 추천으로 아카데미 신규 회원이 되는 날이었기 때문이다. 베르너와 나의 발걸음은, 약속한 듯이 카페 로마로 향했다. 우리는 거기서, 2007년 여름에 그랬던 것처럼 그때와 같은 테이블에 앉아서, 아마도 너와 함께 셋이서 에스프레소를 마시리라. 그러나 놀랍게도 막시밀리안 거리 입구, 카페 로마가 있던 장소는 어느새 구치 매장으로 바뀌어 있었다. 최고급 모드의 값비싼 거리 막시밀리안에서 커피를 파는 카페란 너무나 비경제적이었던 것이다.

뮌헨으로 오기 며칠 전 한국에서 나는 홀로 산책에 나섰다가, 문득 이제 곧 봄이 될 것임을 알아차렸다. 아직 객관적인 시간은 겨울에 속한 상태였고 날씨는 싸늘했지만, 나무들은 어느덧 또다시 자신들의 때가 다가오고 있음을 온몸으로 알고 있는 듯했다. 자연으로부터 사랑을 받는 그 순간이. 그것은 봄이고 호흡이며, 또한 생명이라고 불린다. 고요한 떨림으로 표현되는 그들의 절정의 순간은 은밀하고 사적인 암시로 가득하다. 그 안에서 나무들은 서로 다가가지도 물러서지도 않으면서 사랑을 이해한다. 그들은, 마치 꿈을 꾸는 것처럼, 그들의 가장 높은 꼭대기를 대기의 느린 흔들림 속에 맡긴 채 가만히 있었다. 그들은 자신들이 왜 이 순간 그곳에 서 있는지 아는 몸짓으로, 그렇게 그곳에 서 있었다. 나는 현실적으로 쉽지 않은 상황에 처해 있었지만 용기를 잃거나 위축되지 않을 것이다. 나는 내가 독립적이고 강하다고 믿었으며 그런 내가 마음에 들었고, 그래서 남몰래 자랑스러우면서도 조금 행복한 기분이었다. 거부할 수 없는 내적 충동을 가슴에 품은 충만한 봄이 찾아올 것이고, 공기의 살갗이 느껴지는 부드러운 바람이 불어올 것이며, 그리고 나는 거기에 맞게, 지금과 마찬가지로 변함없이, 살아갈 것이니까. 나는 동요하지 않고, 지금처럼 이대로 바람을 마주 보며 계속 걸어갈 것이니까. 그러자 한결 마음이 편해졌다. 그리고 일에 파묻혀 있을 너에게 편지를 쓰리라고 결심했다.

그 이전에 나는 엘프리데 옐리네크의 『욕망』에 관해서 에세이를 하나 쓸 생각이었다. 아니, 사실은 이미 그것을 써두었다. 뿐만 아니라 그것을 독일어로 번역하여 너에게 보내기까지 했다. 너는 그 독일어 에세이를 교정해주었는데, 그것은 2월 마지막 주의 일이다. 너는 내가 다른 작가도 아닌 옐리네크에게 관심을 갖자, 카프카의 『꿈』 때와는 달리 신기해하면서도 매우 즐거워했다. 그 에세이를 쓰면서 나는 2004년 나온 한 잡지에 실린 그녀의 인터뷰 기사를 읽었다. 그녀의 직설적인 과격함에는 나의 심금을 울리는 요소가 있었다. "한 여자가 노벨상 수상자이든 아니면 상점의 판매원이든 간에, 육신을 내세우고 시장에 등장해야 하는 입장이란 점은 동일하며, 나이 먹음에 따라 그 가치가 무섭게 하락한다는 점에서도 역시 마찬가지다.""페터 한트케와 나는 오스트리아가 낳은 두개의 상극이다. 한트케는 우리의 일상에서 영감을 추구하고, 그와 반대로 나는 그 모든 것이 한낱 재로 사라질 것임을 이미 알고 있을 뿐이다." "삶과 글쓰기, 이 두 가지는 결코 병행되지 않는다."

　나는 이 모든 사악한 거짓말이, 그의 최악의 농담이자 나를 향한 최대의 독설인 이 헛소동이, 과연 어떻게 된 일이냐고 물었고, 베르너는 더듬거리면서, 자신이 들어서 알게 된 사실을 말해주었다. 그가 십여년 전에 바이패스 수술을 받았다는 건 너도 알고 있을 것이다. 그런데 그날, 며칠 전부터 건강이 좋지 않던 그는 병원으로 갔는데, 거기서 의사들은 세개의 바이패스 관 중에 하나가 막혀 있는 것을 발견했다. 의사들은 그것을 뚫는 조치를 취하려고 했다. 그러는 사이에 손쓸 새도 없이 뇌졸중이 왔고, 곧이어서 심장마비가 닥쳤다고 했다. 그것이 자신이 들은 것의 전부라고. 그러면 한 인간이 죽는단 말인가? 나는 이해하지 못하고 멍하니 되물었다. 그 누구보다도 문학과 생명에의 갈구로 열정이 넘쳤던, 너무나 남다른 한 인간이? 단지 그것이 우리의 전부인가?

뒤쪽으로 숲이 비스듬하게 경사진 모습으로 나타나는 그곳은 베르너의 고향인 본트레프의 들판. 건초는 모두 베어지고 거칠고 딱딱한 밑줄기만 남은 누런 벌판이 지평선 끝까지 펼쳐졌으며, 오후의 태양은 우리의 등 뒤에서 우리를 비추고, 그림자는 우리의 발밑에 몸을 누이고 있다. 우리, 세명의 여자들, 각자 검은 옷과 붉은 옷, 그리고 흰 옷을 걸친 우리는 태양을 뒤로하고 벌판을 천천히 가로질러 가야 한다. 마치 물결처럼 구부러지며 한없이 길게 계속되는 이랑들, 드높은 한여름 삼나무와 하늘이 우리의 배경으로 놓여 있다. 우리는 시선을 허공에 고정한 채 간격을 유지하며 느리게 걸었다. 베르너는 저 앞에서 카메라를 돌리고 있다. 나는 베르너의 영화를 위해서 카메라에 찍히는 입장이었으나, 그 안에서의 내 입장이 무엇인지는 모르는 상태였다. 이것은 전부 다 밑그림인 스케치에 불과할 것이다, 나는 이 스케치를 토대로, 비로소 내가 원하는 영상이 무엇인지를 발견해내는 것이다, 하고 베르너는 간략히게 설명했다. 그렇다면 네가 마음에 두고 있는 원초적인 이미지는 무엇인지. 내 물음에 그는 대답했다. 한 인간이 죽음 직전에 비로소 마주치게 될, 그의 일생의 영상, 그의 영혼의 영상들. 검은 숲을 배경으로 흘러내리는, 비와 꿈과, 길게 이어지는 흐느낌의 영상들. 아주 오래전 본트레프 강가에서의 생각. 지금 이렇게 강가에 앉아 물속을 보고 있는 이 사람은 누구이며, 앞으로 영원히, 두번 다시는 지금 이 순간 이 강물을 들여다보며 생각에 잠겼던 바로 그 사람일 수는 없을 것임을, 결코 잊지 못하는 이 사람, 그러면서 동시에 그는 자신과 강물을 모두 잊을 것인데, 왜냐하면 그 자신이 곧 강물일 것이므로. 물줄기와 물줄기가 합쳐져서 바다를 이루고 그 거세고 사나운 흐름이 우리의 의식 안에서 소용돌이치며 이 세계의 모든 해변으로 파도쳐갈 것이다. 그리하여, 멈추어라 시간이여, 참으로 아름답구나, 하고 말해지는 바로 그 순간, 이 고귀한 '지금 현재'라는 순간에서부터 새로이 시작되는 「파우스트, 태양의 노래」, 그것을 위한 영상들이다.

매장이 끝난 후 베르너는 나에게, 뮌헨 시내까지 걸어서 산책을 하는 것이 어떠냐고 물었다. 도심을 통과하는 긴 산책이 될 것이다, 하고 베르너는 덧붙였다.

나는 죽음을 이해하지 못하겠다. 내가 베르너에게 털어놓았다. 지금에야 비로소, 내 생애 처음으로, 나는 죽음을 이해하지 못하겠다. 어느 한 인간이 갑자기 사라졌다. 마치 생의 화면에서 아무런 예고 없이 기술적으로 삭제되듯이. 어느 해 여름 보덴 호숫가에서 햇빛이 눈부시던 아침,

나는 그와 함께 보리수 그늘 아래 아침 식탁에 마주 앉아 있었는데, 나는 커피에 우유를 탔고 그는 신문을 가지고 왔는데, 어느 순간 문득 고개를 들고 보니 그의 모습이 보이지 않는다. 커피와 신문은 그대로 있는데, 그는 어디에도 없다. 보이지 않음, 그리고 그 단어, 없음. 이름 모를 새들은 여느 날과 다름없이 여전히 보리수나무 가지 사이에서 모습을 감춘 체 일정한 간격으로 낮게 — 오, 그러나 내가 단 한번이라도 그 새들의 모습을 눈으로 본 적이 있었던가 — 사각거리는 발소리 하나 없이 천지는 고요한데, 실제로는 존재하지 않는, '없음'이란 무시무시한 환각의 체험. 그는 자진해서 교회를 탈퇴한 사람이고, 영혼이나 내세를 믿지 않았다. 그러므로 우리가 종교의 영역이나 신비적인 체험을 통해서 그의 흔적을 찾는다는 것은 아이러니일 뿐이다. 그렇다면 그는 지금 어디에 있단 말인가. 가르쳐달라, 베르너, 그는 어디에 있는가. 사람들이 어제 나에게 말했다. 그의 몸은 방부 처리되지 않았고, 그래서 이미 죽은 지 일주일이나 지난 지금 그의 관은 영원히 잠겼으며, 더이상은 아무도 그의 모습을 볼 수 없다고. 이것이 무엇을 의미하는지 아는가? 육신의 생화학적 소멸 과정이 아니던가. 그렇다면 나는, 모차르트의 「라크리모사」와 함께 — 사람들은 이전에 내게 미리 알려주었다. 그의 매장에 사용할 음악 목록까지 이미 다 정해졌다고, 음악을 위한 기기를 누가 매장지에 가지고 갈 것이며 누가 음반을 구해올 것인지도, 그리고 매장이 끝난 뒤 우리가 무슨 음식을 먹게 될 것인지도. 나는 계속해서 그가 어디에 있는지를 물었지만, 사람들은 나에게 이렇게 다른 것에 대해서만 말해주었다——그의 관이 흙 속 깊숙이 묻혀버린 그 자리에, 그가 앞으로도 계속해서 있으리라고 생각할 수가 없다. 우리들에게 그의 존재에 대한 확신을 주고 우리들의 애정을 불러일으켰던 그의 육신은 분해되어 사라질 것이다. 그리고 이제 나는, 오직 길 잃은 고아처럼 혼란을 향해 떠나려갈 뿐이다. 혹은 재래의 전통적인 노래들이 말하듯이, 그는 하늘에 있는 것인가? 나는 뮌헨으로 오는 비행기 안에서 창을 통해서 하늘, 즉 늘 변함없이 푸르기만 하여 도리어 물질적으로 보이는 구름 위 대기권의 창공을 유심히 지켜보았다. 그의 모습을 얼핏 보았다고 말하고 싶지만, 그건 내 혼돈의 머리가 만들어낸 상상일 뿐이고, 사실은 허공 말고는 아무것도, 전혀 보지 못했다. 이미 죽은 자는 우리와 함께 있는가? 그들은 우리 곁에 있는가? 우리가 그러는 것처럼 그들도 우리를 생각하는가? 우리를 느끼는가? 아니면, 추상에 지나지 않던 절대적인 무의 개념이, 이 순간 비로소 등장하는 것이 옳은가. 우리가 사실상 좀처럼 이해하지 못하나 이해한다고 막연히 생각하던 그 개념, 육신도 영혼도 정신도 아닌, 절대적 제로인 생명의 어떤 상태, 그런 시공간의 영역, 마치 우리가 결코 알지 못할 결정된 미래처럼, 설사 존재한다 할지라도 우리는 결코 인식할 수도 감지할 수도 없으므로, 따라서 존재하지 않는 것과 원칙적으로는 조금도 다르지 않게 될 그런 세계, 그런 곳에 있는 것인가. 우리는 오늘 그의 관을 보았다. 지금 이 순간, 그의 육신을 담은 관은 이미 하이트하우젠 묘지 담장 아래 깊숙이 파묻혀 있음도 보았다. 그곳에 있는 그의 죽은 육신이 여전히 그가 분명하다면, 그러면 우리는 왜 멀리 떨어진 여기서 이렇게 애통해하고 있는가. 왜 당장 하이트하우젠으로 돌아가지 않는 것인가. 그러나 나는 끝내 알지 못하고 말리라. 그가 정말로 그 안에 누워 있는 것인지, 아니면 그것은 오직 그의, 그로부터 남은, 한때 그였다고 알려진, 더이상 그가 아닌 그의 나머지 현상이자 일종의 껍데기일 뿐인지. 말해달라, 베르너, 죽음이란 어떠한 상태를 의미하는 것인가. 죽음과 함께 우리는 어디에 있게 되는 것인가. 죽은 자는, 우리가 사랑한 죽은 자는 도대체 어디에 있게 되는 것인가.

그는 흙이 될 것이다. 이렇게 대답하는 베르너의 목소리는 침울했으나 나의 것과는 다르게 흥분하거나 혼란에 빠진 상태는 아니었다. 자연으로 한번 눈을 돌려보라. 이 순간 나는 내 고향, 오버팔츠의 본트레프 강변을 생각해본다. 시간은 격렬하게 흐르는 강물이며, 모든 것을 휩쓸어가버린다는 것을 나는 어린 시절부터 지켜보며 자랐다. 우리가 아는 모든 존재는, 이 세상에 모습을 나타내는가 싶다가도, 곧 사나운 소용돌이에 속절없이 말려들어가버리고 말았다. 그러면 그 뒤를 이어 다른 존재가 나타나곤 한다. 그러나 그들도 결코 오래 존속하지는 않으리라. 얼마 지나지 않아, 그들 역시 강물의 거센 흐름 속으로 사라져버릴 것이다. 강물 속에서 키 큰 버드나무와 측백나무, 자작나무의 숲이 고요하게 흔들린다. 그들의 가장 높은 가지 끝자락을 보아라. 그것은 언제나 고독하게, 멀고도 아득한 허공을 향해서 홀로 놓여 있다. 그 허공으로 시선을 돌려라. 외르크는 흙이 될 것이다. 그렇게 하여 그는 우리의 이 무한한 전체, 거대한 순환의 일부로 되돌아가는 것이다. 우리 역시 언젠가는 그가 간 길을 그대로 따라갈 것이다. 사람들은 그것을 자연이라고 부르기도 하고 혹은 영혼이나 신이라고 부르기도 한다. 외르크는 분명 그 전체에 스민 수많은 존재의 하나로서, 우리에게 다시 다가올 것이다. 꽃은 저절로 피는 것이 아니며, 바람 또한 저 혼자 힘으로 스스로 불어오는 것이 아니다. 하나의 자연 속에는 반드시 누군가가 있다. 미래의 어느 순간 우연인 듯 스치며 우리의 얼굴을 만지게 될 햇빛과 유난히 애수가 넘치는 대기, 부드러운 바람과 숲과 나무와 그 모든 색채의 숨 막히는 어우러짐, 빗방울과 이슬, 숲에서 문득 들려오는 새소리, 그리고 이 천지의 구슬픈 어조, 이른 아침 가지에 내려앉은 11월의 서리와 횃불처럼 타오르며 가라앉는 태양, 우리의 맨발에 개인적이고 내밀하게 와닿는 어두운 흙, 유리창을 타고 흐르는 검은 빗물의 강, 그런 것들 속에 외르크는 있게 될 것이다. 그런 것들 속에서 외르크는 우리에게 말을 걸게 될 것이다. 그러므로 너는, 다시 한번 말하지만, 죽음의 순간에 누워 있는 그를 보지 못했다고 하여 스스로를 쥐어뜯으며 애통해하면 안 된다. 만약 네가 그것을 보았다면, 네가 가질 수 있는 이런 부활에의 풍부한 예감이 도리어 방해받을 수도 있다. 나 또한 그의 부재가 미칠 듯한 상실로 다가오지만, 그래도 나는 그가 어떤 형태로든, 그것이 어떤 방식이 되든, 우리를 다시 찾아올 것을 믿는다. 그 믿음으로 버텨나갈 것이다.

아니다, 그건 전해 내려오는 말들에 불과하다. 나는 고개를 흔들었다. 우리가 결코 알 수 없기 때문에 만들어진 죽음의 신화일 것이다. 왜냐하면 그것은, 너무 시적이고 문학적이기 때문이다. 너무 아름다워 가슴이 아플 정도의 위안이기 때문이다. 그리고 그것은 불특정 다수의 모든 생명체에 적용될 사례이기 때문이며, 내가 예전에 음악이나 예술 등으로부터 얻었던, 결국은 산 자들의 상상이 만들어낸 일반적이고도 막연한 외경심과도 흡사하기 때문이다. 그것은 인간의 꿈과 환각이 만들어낸 영혼의 밀교처럼 보이지만, 사실은 더할 수 없는 개별자로서 우리 각자의 모습이 전체 속에서 소멸되고, 마치 영양분처럼 자연의 세포 속으로 스며들어가버릴 유기체적 운명을 미화한 것뿐이다. 베르너, 너도 알다시피 타협이나 위안은 절대 그의 것이 아니었으므로, 나 또한 타협이나 위안은 싫다. 단 한번이라도 좋으니, 나는 그라는 개인의 현존을 느끼고 싶다. 그를 현실로 감각하고 싶다. 그리고 만일 가능하다면, 단 하루만, 단 한순간만이라도 시간을 돌리고 싶다. 그 시간 속으로 걸어들어가고 싶다. 이 세상의 보편적인 시간이 아니라, 무의식으로부터 강탈당하지 않은 어떤 시간, 인위적인 세계로부터 분리된 시간, 미래에 자리 잡은 과거의 시간을 말하는 것이다. 지금 이 순간에도 그의 죽음 앞에 여전히 놓여 있을 그 시간으로. 그가 고통을 느끼며, 병들었다고 깨달았고, 그리하여 죽음이 우리들 사이에서 앞으로도 영원히 발현하기 시작하는 그 초현실적인 순간으로. 그것도 아니라면 최소한 지금 그가, 외르크 드레프스라는 한 인간이 어디에 있는지, 이것만이라도 분명히 인식할 수 있었으면 한다. 내게는 생애에서 가장 길고 암울했던 이 절망의 일주일 내내 그 질문이 머리를 떠나지 않았다. 눈보라 치는 창가에 서서 나는 어디로 가야 할지 몰랐다. 그가 살았던 빌레펠트로? 그가 마지막 숨을 거두었다는 병원으로? 그의 육신이 있는 임시 보관소로? 그가 묻힐 하이트하우젠 묘지로? 아니면 거리의 모든 모퉁이마다 그의 모습이 나타날 것 같은 베를린으로? 그 모두도 아니라면, 바로 이 순간, 내가 놓여진 이 자리에 그대로 가만히 머물러 있어야만 하는가, 내가 놓여진 이 자리에서, 나 또한 그것과 얼굴을 마주치게 될 때까지 기다리는 수밖에는 없는 것인가? 이 질문에 대한 대답이 없다면, 그것은 죽음이 오직 무서운 폭력, 생명에 가해지는 잔혹하고 일방적인 테러에 불과하다는 증명이다. 죽음은 우리를 증오하는 악이자 오직 파괴일 뿐이며, 죽음은 우리를 토끼처럼 가차 없이 사냥해버리며, 그 보상으로서의 새로운 것은, 사람들의 긴절한 소망과는 달리, 이슬 한방울, 바람 한줄기조차, 사실은 아무 곳에도 없으리라는 차가운 확신만이 우리에게 주어질 것이다. 한 사람의 죽음 이후에 우리가 만나게 되는 것은, 우리의 뺨을 후려치는 이 날카로운 눈보라가 전부일 것이다. 말해달라 베르너, 죽음이란 무엇인가. 이 세상의 그 무엇보다도 더욱 철회 불가한 사건인 것이 분명한가? 그것 뿐인가? 우리, 숨 쉬고, 노래하고, 사랑하며, 글을 읽었던 우리는 과연 그것뿐인가? 의미 없이 일어나는 일은 세상에 하나도 없다고 사람들은 말한다. 하지만 죽음 앞에 선 우리들 자신보다 더 의미 없는 것이 어디에 있단 말인가. 나는 알고 싶다, 나는 정말이지 생애 최초의, 견디기 힘든 이 엄청난 부재를 어떻게든 이해하고 싶다.

베르너가 말했다. 너는 죽음을 이해하려고 고통스럽게 발버둥 쳐서는 안 된다. 그건 소용없는 짓이며, 우리 중 그 누구도 어차피 죽음을 조금이라도 이해한다는 것은 불가능할 테니까. 우리가 할 수 있는 일은 단지 받아들이는 것, 그리고 자연과 우주를 향해 시선을 돌리는 것뿐이다. 그러므로 너는, 지금은 충분히 슬퍼하되, 그리고 추억은 그대로 간직하되, 스스로를 너무 자책하지는 말고, 마침내는 담담히 작별을 받아들여야 한다. 그리고 그렇게 될 것이다. 그게 자연이며, 너 또한 자연의 일부이므로.

나는 그러지 않겠다. 나는 다시 한번 더 고개를 강하게 저었다. 한 생명이 가고, 알고 있는가 베르너, 한 생명이 가고, 그럼으로써 비로소 다음 생명이 오고, 만일 그런 것이 자연이라면 나는 자연 안에서 더이상 평화로울 수 없다. 이 말, 한 생명이 가고, 그것에는 우주 전체의 구원과 모든 종교의 진리를 전부 합한 것보다 더 커다란 무게와 의미가 있다. 세상의 종말보다 더 압도적인 아픔과 무너짐이 있다. 측정할 수 없는 상실과 무한한 슬픔의 구덩이에 놓임을 의미한다. 바로 여기에 우리 육신의 비극과 개체의 절대적 절망이 똬리 튼다. 위대한 절대자인 자연은 우리를, 대기 중에 씨를 뿌리기 위해서 태어나는 식물과 한치도 다름없이, 오직 전체 안에 자리한 일부, 대자연의 생태를 위한 하나의 단위로만 파악할 뿐이다. 나는 자연을 사랑하지 않을 뿐 아니라, 앞으로 온 마음을 다해 그것을 고통으로 느낄 것이고, 할 수만 있다면 기꺼이 저주를 내리겠다. 이제 머지않아 봄이 찾아와 가지마다 연한 새싹이 움트고 대기는 물기로 촉촉하며 짙은 색 나무들이 풍성한 육신을 드러내겠지만, 나는 그것을 더이상 축복이며 감동이라고 받아들이지 않겠다. 내 책상 앞 유리창에 햇살이 눈부시게 비치며 이전의 그 세계, 나를 강하고 독립적이라고 스스로 인식하게 만들어주었던 그런 세계가 똑같은 모습으로 다시 창밖에 펼쳐진다고 해도 ─ 예전의 나는 그런 세계의 풍경을 얼마나 사랑했는지, 그 안에서 스스로에게 얼마나 자신감을 느꼈었는지 ─ 더이상은, 이 무자비한 신진대사의 순환 안에 놓여 있는 한, 어떤 기쁨도 내게는 없을 것이다. 앞으로는 단 한마디라도, 이 미칠 듯이 처절한 죽음의 봄을 노래할 일은 없으리라. 한 생명이 가고, 그리하여 마치 기다렸다는 듯, 그 무덤을 딛고서 모든 젊은 아름다움과 신선하고 달콤한 환희가 활개 치며 찾아온다면, 나는 향기로운 봄의 입술에 절대 찬미를 보내지 않겠다. 그 입술이 무엇을 빨아먹고 살이 올랐는지 먼저 생각하게 되리라. 듣고 있는가 베르너, 늘 그렇듯이 나는 책상에 앉아 있었는데, 어느 날 갑자기, 맞은편에서 홀연히 솟아나는 지옥의 정원을 보았고, 사람들은 나에게 외르크가 죽었다고 말하며, 외르크는 이제 앞으로 영원히 없게 되는데, 이 없음이란 무엇인가, 없음이란 어디서 오는 것인가, 그리고 없음이란 도대체 왜 있어야만 하는 것인가. 나는 질문하고 또 질문한다. 우리가 곧 없음에 불과하다면, 그러면 우리는 왜 지금 여기 있는 것인가. 이제 내 책상 앞에는 언제까지나 장엄하고 화려한 죽음의 풍경이 펼쳐질 것이다. 그 풍경은 내 모든 세계를 압도해버리리라. 그리고 그 안에서 기어 나온 미끈거리는 몸뚱이의 괴물들은, 내가 따라놓은 커피를 마시는 유일한 존재가 될 것이다. 오직 그들만이 나에게 문장을 불러줄 것이고, 나는 마지막 순간까지 그것에 귀 기울이며 글을 쓸 수밖에 없으리라.

베르너의 대답: 당장은 어떤 해답을 찾아내려고 서둘지 말아라. 어떤 말도 지금 너에게는 분명한 확신을 주지 못

할 것이다. 지금은, 오직, 슬픔과 고통을 위한 시간일 뿐이므로. 그 역시도 소중하고 반드시 필요한 시간이므로. 나는 너를 위로하고, 너 또한 나에게 위로가 되며, 그렇게 서서히 시간이 갈 것이다. 그는 내 영화에도 등장했으니, 그래서 우리는 원한다면 언제든지 필름 속에서 그의 모습을 만날 수가 있다. 우리는 원한다면 언제든지 그의 글을 읽을 수가 있다. 그러나 그것이 그의 있음을 의미하는지, 아니면 그 반대인지, 그 대답을 너는 서서히 듣게 될 것이다. 절대로 서서히, 나를 비롯한 다른 누구로부터가 아닌 너 자신으로부터 들려오는 대답을. 하지만 지금은 우리 둘 다에게 어차피 가장 혹독한 시기인 것은 맞으리라. 매일 아침 가시 채찍이 마음을 때리는 소리를 들으며 잠에서 깨어날 수밖에 없을 것이다. 그러나 최악으로 고통스러운 순간에도, 이것만은 잊지 말아라. 외르크가 네게서 무엇을 가장 희망했을 것인지를. 그는 네가 주저앉기를 바라지는 않았다. 네가 너무 고통스러워하지 않고 잘 지내기를, 그리고 글을 계속해서 써나가기를 바랐을 것이 분명하다. 그러므로, 나도 마찬가지지만, 너 또한 그렇게 하면 된다. 눈물을 흘리고 크게 울어라. 우리에게 하늘의 천사는 더이상 없지만, 내가 너의 울음을 들어줄 것이고 너는 내 울음을 들어줄 수 있다. 하지만 울음과 함께, 그가 바랐던 것을 해

라. 그렇게 하면 언젠가는 그가 너와 함께 있다고 분명 느끼게 될 것이다. 아무도 네가 마음에 간직하고 있는 그의 형상과 느낌을 빼앗아가지는 못할 것이다. 그것은 온전히 너만의 것으로 남을 것이다. 그러므로 너는, 과연 그 시간이 정말로 거기 있었을까, 우리가 정말로 그곳을 지나왔을까, 나는 그를 정말로 만났던 것일까, 하면서 점점 깊이 반복되는 부정과 회의의 소용돌이로 빠져들지 말아라. 그를 믿어라. 그의 기억과 그의 존재를 믿어라. 이것이 외르크 드레프스라는, 더없이 빛나는 유일한 멘토를 잃은 우리가 할 수 있는 현실적인 최선인 것이 분명하다.

알고 있는가, 베르너? 그는 지난 삼년 동안 나에게 많은 것을 가르쳐주었는데, 그중 최후의 것이며 가장 압도적인 것은 바로 이것, 죽음이다. 그는 나에게, 아무런 준비가 되어 있지 않은 나에게, 해설도 각주도 서평도 없는, 알 수 없는 언어로 쓰인 이 책을 마지막으로 주고 갔다. 지금 나는 오직 그 책과 더불어 있으며, 더할 수 없이 고독하고 무력하다. 그는 나를 처음 만났을 때 이미 창백한 늙은 육신을 입고 있었으며, 내가 아는 그는 생의 마지막에 아주 가까이 다가가 있던 삼년간의 그 최후의 외르크 드레프스가 전부이다. 그러나 그는 노쇠나 죽음과 타협하기를 이 세상 누구보다도 결연히 거부했고, 생의 마지막 순간까지 그 누구보다도 더 많은 생을 살았으며, 더 많은 생을 위해서 더욱더 많은 생을 원했던 사람이다. 그의 정신은 단 한번도 지친 적이 없었고, 문학 앞에서 그의 눈빛은 형형하다 못해 활활 타올랐다. 네 말처럼 나는 계속해서 글을 쓸 것이다. 우리에게 종교이자 영혼이 있다면 그것은 문학 이외의 다른 것이 아님이 분명하고, 내가 그를 위해서 할 수 있는 일이 그것뿐이기도 하지만, 그리고 그가 그것을 가장 원했을 것임도 잘 알고 있지만, 글은 나에게 이제 더이상 지고한 기쁨의 대상은 아닐 것이다. 지금부터 나는 오직 무력하기 때문에 글을 쓸 수밖에 없는, 그런 사람이고 말 것이다. 한 사람이 가고, 그런데 그 사람을 하데스로부터 결코 데리고 나오지 못한다면, 한 인간의 모든 정신적 행위는 결국 생을 향한 허망한 교태 이상의 그 무엇이 될 수 있겠는가.

2008년 9월 어느 날 베를린 슈프레 강변에서의 일기. 우리는 강변을 따라 긴 산책을 하던 중이었다. 보데 박물관에서 베를리너 앙상블을 지나 목적 없이 앞으로 계속 걷다가, 마침내 벨뷔 전철역 근처의 다리 위로 올라서게 되었다. 저녁이었고, 약간의 구름이 있어 흐릿하고도 은은한 석양이 찬란한 금빛으로 물든 가을 강변의 나무들 위에

드리웠다. 우연하고도 단 한번뿐인 어떤 시간의 그림자들도 함께. 그때의 사진들을 보면 나는 어떤 것의 한가운데에 있었음이 분명하다. 무엇의 한가운데였는지, 그것은 단한마디로는 표현할 수 없다. 그러나 분명 어느 특별한 세계의 한가운데, 우리들이 이미 오래전부터 소유한 단순한 언어와 소박한 빛과 색채, 물과 목소리와 발걸음과 저녁의 암시로 이루어졌으나, 그 모든 것을 각각의 그림자나 영혼처럼 물끄러미 마주 보고 있는, 물끄러미 비추고 있는, 정신의 어떤 반대편 해안, 물의 반대편에 있는 물, 단 한번의 몸짓과 표정으로 그곳에 도달할 수 있으나, 결코 자의적으로 마음대로 출입할 수는 없는 세계이자, '그 어느 순간'이라고 불릴 수밖에 없는 불특정한 시간의 나라. 자신의 장소와 시간을 자연과 물리적 세계로부터 분리시키기. 자신을 현재라는 리얼리즘으로부터 분리시키기. 나는 감히 임의로 그럴 수 있었다. 나는 여행자였다. 나는 하나의 문장을 쓰기 위해 그곳에 온 비경제적인 가난한 여행자였다. 그렇게 나는 자의식 넘치는 여행자였는데, 내 여행은 지리적인 것만은 아니었으므로 더욱 그랬다. 걸어라, 울어라, 그리고 써라, 하고 나는 스스로에게 말했다. 우리는 그날 낮에 '문학의 집' 카페에서 커피와 핫케이크를 먹으면서 그해 나온 에르펜베크의 신작 『그곳에 집이 있었을까』에 관해서 얘기를 나누었던가. 그리고 그후에 너는 그날의 대화의 연속으로, 왜 작가 마르틴 발저를, 그리고 더 나아가서 인간 마르틴 발저를 개인적으로 그리 좋아할 수 없는지에 대해서도 메일을 통해 나에게 비평가로서의 입장 표명을 했던 것 같다. 우리가 알고 지내는 동안 문학작품의 평가와 관련하여 단 한가지 의견의 일치를 보지 못한 와일드한 지점이 바로 발저의 책 『불안의 꽃』에 관한 것이다. 비록 네가, 내가 그 책의 번역을 완성할 수 있기까지 매우 결정적인, 그러나 자신을 드러내지 않는 완벽한 조력자의 역할을 해주었지만 말이다. 너는 나에게 발저와의 최초 만남을 주선해주었고, 발저를 만나러 가는 두번의 여행에 모두 동반해주기까지 했다. 그때 나는 우리의 대화와 함께, 기차 안에서 즉흥적으로 이루어진 너의 에세이 낭송극도 모두 녹음했다. 남부지방의 풍경을 가로지르며 기차가 덜컹거리고, 두 사람은 두 팔에 얼굴을 묻고, 영원히 평행하는 선로와 시간에 두 사람은 두 존재를 묻고, 지나치는 정류장과 정류장들, 나른하게 나타났다 사라지는, 다가온다고 생각한 순간 그대로 지나쳐버리는 단조로운 들판들, 격류도 지진도 없는, 행복도 불행도 없는, 오직 생태의 순환에 평화롭게 순응하는, 바람과 강물 속에서 자신이 바람이자 곧 강물인, 그러나 문학 안에서 이어진 어떤 것들은 다르며, 그들은 환경과 천성을 초월하고 뛰어넘으며, 고통으로 얼굴을 일그러뜨리며, 굳이 말로 표현한다는 것이 너무나 무의미할 만큼, 그 정도로 문학은 우리를 사로잡는 공통의 관심사였다. 나는 네 앞에서는 부끄러움도 머뭇거림도 없이 문학을 화제 삼을 수 있었다. 그런 식으로 지난 삼년 내내 우리는 문학과 함께 어디에나 있었고, 어디에나 동시에, 대륙을 가로지르며 동시에 모든 곳에, 그리고 그 모든 순간을 어떤 순간에 한꺼번에 가졌다. 오, 그러나 다시 그 어떤 세계는 베를린의 슈프레 강변을 향해, 무엇인가의 한가운데로 불현듯 흘러갔던 그 순간을 향해 시선을 돌린다. 그때, 다리 건너편 티어가르텐 숲가의 산책로를 물끄러미 쳐다보고 있던 네가 내 팔을 잡더니 갑자기 말했기 때문이다. "저 길을 한번 잘 살펴보라. 혹시 내 어머니가 유아차를 밀고 오는 모습이 보일지도 모르니. 저 숲은 전쟁이 나기 전 우리가 베를린에 살았던 1938년 당시, 어머니가 유아차에 나를 싣고 종종 산책에 나섰던 그 숲이니까." 그때까지, 적어도 내가 아는 한, 너는 단 한번도 초현실주의자의 연기를 한 적이 없었다. "그렇다면 우리 여기서 기다려요" 하고 내가 반사적으로 온 마음을 다해, 왜 그러는지 스스로도 이유를 모르면서, 열렬히 대답했다. "당신의 어머니가 당신을 데리고 산책을 나올 때까지 말이에요. 난 오래전 당신 어머니도, 그리고 어린 아기인 당신의 모습도 너무나 보고 싶어요." 그러자 너는 순간 놀란 표정으로 반 발자국 정도 물러서더니, 그런 다음 좀 격한 몸짓으로 나를 정면으로 향하고는, 무슨 엉뚱한 상상을 하는 거냐고 갑자기 나무라는 어조로 말했다. 마치 자신이 충동적으로 내뱉어버린 애수 어린 과잉 발언에 스스로 화를 내듯이. 그러면서 도망치는 사람처럼 서둘러 다리 위를 떠나려고 했다. 나는 그때 꿈으로 사로잡혀 있었는데, 이미 다른 것을 보고 있던 네 눈은 벌써 붉어진 상태였으므로……

나는 단 한번도, 아주 가깝게 느끼던 어떤 사람, 일반적인 표현대로 자신의 '살과 피'에 해당하는 존재를 영원히 떠나보낸 경험이 없었다. 아니, 그러한 살과 피가 나에게 있으리라는 예감을 거부해왔다. 영혼의 고통이자 곧 육신의 고통이 되는 그 상실이란 무엇인지 알지 못했다. 대신 나는 스스로에게 말했다. 걸어라, 울어라, 그리고 써라. 내가 이 세상에서 할 수 있는 일은 오직 그것뿐이었으므로. 걸어라, 울어라, 그리고 써라. 그러면서 한없이 비경제적이고 간헐적인 여행자로 죽는 날까지 남는 것일 뿐. 나는 두려웠다. '나는 안다'라는 그 신념의 문장이. (그런데 모든 사건이 다 지나고 난 다음, 본에 사는 친구는 나에게 바로 그 문장으로 시작하는 메일을 보내왔다. 나는 안다, 지금 네가 겪고 있는 그 마음의 상태가 어떠한지를.) 그래서 나는 종종 순전히 충동으로 즉흥적인 고집을 부렸고, 그날도 마찬가지였다. "기다려요, 분명히 당신 어머니와 어린 당신이 올 거예요. 나는 알아요. 우리는 여기서 그들을 지켜볼 수가 있단 말이에요. 내 말을 믿어요. 당신은 리얼리즘의 학자지만, 나는 그런 비슷한 이야기의 소설을 늘 생각하고 있었던 작가니까, 이번에는 내가 맞아요." 하지만 너는, 보이지 않는 화살이나 번갯불에 맞은 듯, 마치 정말로 1938년의 그 하루가 오랜 잠과 시간의 벽을 뚫고 눈앞에서 재현되기라도 한 것처럼, 비록 아직 보이지는 않지만 칠십년 전 그날 산책길에 나선 어머니가 너를 유아차에 태우고 저 먼 곳에서 서서히 오늘을 향해서 걸어오고 있음을 느낀 것처럼, 아니, 어쩌면 그들이 영원히 나타나지 않을까봐서인지, 갑자기 뭔가가 극심하게 두려워진 사람처럼, 혹은 스스로에게 미칠 듯이 화가 난 사람처럼, 혹은 일생 전체를 뼈저리게 후회하는 애통의 회한자처럼, 도저히 돌이킬 수 없는 어떤 것을 보아버린 사람처럼, 특유의 격렬한 몸짓, 표정을 일그러뜨리지 않으려고 무섭도록 엄격하게 변한 입매와 함께, 불현듯 우리에게 모습을 보일지도 모르는 너와 너의 어머니를 기다려보자는 나의 간절한 청을 차갑게 거부한 채, 내게 등을 보이고 격하고 빠른 걸음으로 성큼성큼, 결국 그곳을 뜨고 말았다. 너는 생을 향해서 똑바로 걸어갔다. 너는 우리의 반대편에 놓인 숲과 강물로부터, 불현듯 나타난 어떤 동굴의 시간으로부터 주저 없이 얼굴과 눈길을 돌렸다. 심장이 빠르게 뛰고 강물이 사납게 요동치며 흐른다. 평화로운 풍경이, 고요한 장면이 불타는 심연으로 바뀐다. 거대한 암흑의 구멍, 그 가장자리에서 네가 나로부터, 너 자신으로부터 등을 돌리고 빠른 속도로 멀어져간다. 나는 너를 쫓아가지만, 결코 너의 하데스로 따라갈 수가 없다.

알고 있었는가, 베르너가 내 손을 잡으면서 목멘 소리로 말했다. 독일 같은 중부유럽의 전래 믿음에 따르면, 인간이 어린 시절의 자신, 특히 갓난아이일 때의 자신의 모습과 마주친다면, 그것은 그가 곧 죽게 되리라는 것을 의미한다.

지워지지 않는 꿈. 한 사람이 기고 있다. 모든 사물이 물속처럼 정지한 채 온몸으로 느리게 흐느끼는 강변. 한 사람이 가고 있는데, 나는 그 사람을 볼 수가 없다. 단지 그 사람이 이곳을 지나가고 있음을 느낄 뿐이다. 대기는 드리워진 베일처럼 희미하며 숲 언저리는 초록빛이다. 나는 강가에 앉아 물속을 들여다본다. 한 사람이 가고 있다. 그 사람은 마을을 지나쳐서 간다. 집들은 입을 다물고 고요한데, 문 앞에는 아이들이 서 있다. 아이들은 그 사람이 다가오는 것을 말없이 쳐다본다. 그리고 지나가는 그 사람의 뒷모습을 물끄러미 응시한다.

프란츠 카프카의 『꿈』 65페이지에 나오는 이 부분은, 카프카의 꿈이기도 하고, 나의 꿈이기도 하다. 두개의 중첩된 이질적 꿈들이 있었다. 그들은 몸을 포개며 나타난다. 자주 바람이 불어와 그들의 몸을 떨어뜨리면, 그들은 그리움에 잠겨 창밖을 내다본다. 베르너 프리치의 본트레프 강변, 그곳에서 우리는 베르너의 카메라 앞에 섰다. 내가 연기한 것은 세 여신 중 하나였다고, 베르너가 나중에 내게 말했다. 그런데 위대한 시인 단테로 분장한 너는 두건이 달린 중세풍 옷을 입고 어두운 숲길을 걸어 빛으로 나왔다. 나는 베르너의 카메라를 통해 네 모습을 보려고 한다. 마지막 순간 빛이 세차게 네 얼굴에 쏟아졌고, 그러자 네 얼굴은 빛 속에서 빛보다 밝은 색채가 되어 그대로 사라졌다. 두개의 꿈속에서, 한 사람이 가고 있다. 나는 그 안을 응시한다. 하지만 나는 그것을 볼 수가 없다. 단지 그것이 이곳을 지나가고 있음을 느낄 뿐이다.

어느 하루가 다르다면, 그것은 왜일까

'어느 하루가 다른 하루들과 다르다면, 그 이유는 무엇일까. 혹은 수많은 하루들과 조금도 다르지 않다면, 그것은 또 왜일까.' 김씨의 부인은 이런 제목을 가진 희곡을 썼다. 그것은 제목만큼이나 거창한 어떤 연극을 위한 것이었다. 그녀가 쓴 희곡에 의하면, 반원형으로 움푹 들어간 커다란 무대 위에는 수많은 조그만 방들이 칸을 무수히 나누어 여러 층으로 촘촘히 자리 잡게 된다. 무대가 드넓은데다가 방들의 배치 자체가 반원형으로 커다란 곡선을 그리고 있으므로, 한가운데에 앉은 관객을 제외하면 무대 위의 모든 방들을 전부 다 자세히 보기는 힘들 테지만, 그런 것은 이 연극과 상관이 없다. 방은 많으면 많을수록 좋았다. 김씨의 부인은 처음 희곡을 쓸 때 무대를 일년의 하루들에 해당하는 삼백육십오개의 방으로 꾸몄지만, 실제 공연을 준비하면서는 백개가 조금 넘도록 현실적으로 조정을 했다.

각각의 방은 저마다의 하루를 의미했다. 그 방들은 얼핏 보면 비슷하기는 했지만 사실 아주 똑같지는 않게 꾸며져 있었다. 어느 방 창가에 파란색 커피 주전자가 있으면, 다른 방 탁자 위에는 빈 꽃병이 있거나 하는 식으로 말이다. 어떤 방에는 침대가 있고, 어떤 방에는 소파가 놓였다. 그런가 하면 어떤 방은 전체가 욕실이고, 어떤 방은 거실이나 현관이 되었다. 정해진 대사는 한마디도 없었다. 배우들은 내키는 대로 아무 방에나 들어가서, 그 방에 적합하다고 생각되는 하루분의 즉흥연기를 하면 되는 것이었다. 꽃을 가지고 들어가 꽃병에 꽂아도 되고, 다음에 들어간 배우는 그 꽃을 다시 쓰레기통에 버려도 된다. 쓰레기통이 없다면 창밖으로 던져버려도 무관하다. 방에 있는 커피를 마시거나 침대나 소파에 드러누워 낮잠을 자도 된다. 하나의 방에서의 연기가 충분하다고 생각되면, 즉 하루의 연기를 다 마치면, 배우들은 다른 방으로 이동한다. 그렇게 아침부터 저녁까지 가상의 하루를 배우 자신이 임의의 행동으로 채우는 것이 연극의 내용이었다. 사람들이 실제로 자신의 하루를 자기 멋대로 사는 것처럼 말이다. 우연히 한

방에 두명의 배우가 들어서게 되면, 그들은 필연적인 것처럼 사랑에 빠졌다가, 서로의 하모니가 모두 소진되면 미련없이 하루를 마치고 그 방을 떠났다. 하루가 지났다고 해서 모든 사랑이 그대로 종말을 맞으라는 법은 없지만, 여러개의 방을 불규칙하게 돌아다니다가 그들 연인이 서로다시 만나 사랑을 계속하는 경우보다는 — 물론 그런 일도 일어나기는 했다. 연출자가 엄격하게 금지하기는 했지만, 대개는 연습을 진행하다가 눈이 맞아버린 배우들이 남몰래 서로 약속을 해놓은 케이스였다 — 다른 방에서 다른 상대를 만나 다시 사랑에 빠지는 일이 더 흔했다.

긴 연극이 진행되는 도중에 갑자기 불이 꺼지는 방들이 생겨나는데, 그것은 그 순간 그 방에 있던 배우의 죽음을 의미했다. 그러면 그 배우에게는 연극이 끝난 셈이었다. 그는 더이상 다른 방으로 들어갈 수도, 불 꺼진 그 방을 나올 수도 없었다. 한때 사랑에 빠졌던 연인이 죽어버린 상대편 배우는 그 커다란 무대의 무수한 방을 아무리 돌아다녀도 옛사랑을 다시 만날 수 없었다. 불이 꺼진 방에는 아무도 들어갈 수 없기 때문이다. 어떤 방에서 언제 불이 꺼질 것인지는 미리 정해놓지 않기 때문에, 배우들은 자기가 언제 죽게 될지 아무도 몰랐다. 그래서 그들은 보이지 않는 화살에 맞은 것처럼 갑자기 죽었다. 위대한 작가들이 늘 꿈꾸었던 것처럼 글을 쓰던 타자기 앞에서, 창가의 화분 곁에서, 오늘 하루는 다른 하루들과 어떻게 달라야 할 것인지 생각에 잠겨 있다가, 바지를 갈아입다가, 전화 통화를 하다가, 뜨거운 사랑을 나누다가, 자살을 시도하다가, 잠을 자다가, 잠을 자기 위해서 옷을 벗다가, 지루해서 하품을 하다가, 혹은 슬픔이나 절망의 어떤 밑바닥에서, 혹은 가장 절실히 살아 있고자 원하는 기쁨의 어떤 순간에.

그런데 그 희곡을 실제로 무대에서 공연하려고 준비하다보니 심각한 문제가 발견되었다. 각각의 하루가 얼마나 길지에 대해서 김씨의 부인은 아무런 규정을 해놓지 않았기 때문이다. 배우들은 기분에 따라 하루의 템포를 조절했고, 자신만의 내부 시계에 따라 하루가 지났다고 생각되면 마음대로 방을 바꾸었다. 그래서 어느 방에서는 이제 아침이 시작되는데 바로 그 옆방에서는 오후나 저녁이 연기되는 경우가 흔히 생겨났다. 두 사람이 함께 한방에 들어가는 경우에 혼란은 더욱 가중되었다. 같은 방 안에서 한 사람은 아침을 살고, 다른 사람은 하루의 다른 시간을 살게 되는 것이다. 그러면 그들의 사랑의 동거에는 차질이 빚어졌다. 사랑이 아침에 하는 말과 밤에 건네는 눈빛이 각자 다르기 때문이었다. 또 어떤 사람은 이제 막 사랑을 시작하려는데 상대편은 자신에게만 보이는 석양의 어스름을 향해 사랑의 마지막을 연기할 준비가 되어 있곤 했다. 그러다 그 방에서 하루의 사랑을 다 마친 한 사람이 혼자 방을 나가버리면, 남아 있는 사람은 갑자기 어쩔 줄을 모르게 되었다. 그들은 버림받았다고 느끼며 좌절하거나 원한을 품었다. 즉흥극에 몰두하다보니 배우들은 종종 그 좌절과 원한을 연기가 아닌 실제 감정으로 받아들여서, 무대 위에서 그야말로 즉흥적으로 싸움을 벌이기도 했다. 또다른 문제는, 방의 수를 배우들보다 훨씬 더 많게 해두기는 했지만, 그래도 한방에 세 사람이나 심지어 네 사람이 한꺼번에 들어가게 되는 경우도 생겨나는 것이다. 그러면 그들은 매우 복잡한 사랑, 삼각관계나 그 이상의 혼란스러운 상황에 저도 모르게 몰입할 수밖에 없었다. 한방에서는 현실에서처럼 파트너의 시선을 피해 몰래 숨어버릴 공간이 없기 때문에, 그런 얽히고설킨 연애 관계는 자존심의 상처와 다툼을 부르곤 했다. 그러다보니 연습을 시작한 지 얼마 지나지 않아서 무대의 어딘가에서는 여러가지 이유로 인해 난장판과 아수라장이 벌어지는 날이 드물지 않게 되었다.

이대로라면 연극은 정체를 알 수 없는 뒤죽박죽이라는 평을 받을 것이 분명했으므로 연출자는 뭔가 통제가 필요하다고 느꼈다. 그래서 묘안을 짜내 두번의 벨 소리로 하루의 시작과 끝을 규정하기로 했다. 즉 첫번째 벨이 울림과 동시에 모든 배우들이 아침을 시작하는 것이다. 그러다 두번째 벨이 울리면 동시에 하루를 마감하는 식으로 말이다. 그러나 배우들은 아주 완벽해 보이는 이 방법을 전혀 마음에 들어하지 않았다. 극중 세계에서 시간은 현실과 별개로 흘러가고, 배우들은 하루를 현실의 시계가 아닌 자신들의 감각에 의존해서 진행할 수밖에 없는데, 언제 하루를 마감하는 두번째 벨이 울릴지 예측할 수 있단 말인가. 이제 막 오후 시간에 접어들었는데 갑자기 두번째 벨이 울리면, 당장 하루를 미완성으로 끝내야 한단 말인가. 그리고 하루의 시간을 모두 통일해서 일괄적으로 정해놓는다면, 어떻게 즉흥연기라는 것이 가능하겠는가. 마음속으로 시간을 열심히 측정하면서 즉흥연기에 몰입하기란 사실상 불가능한 것이다. 어떤 방에서는 매혹적인 상대를 만나고, 어떤 방에서는 혼자서 잠만 자게 될 텐데, 그런 하루들을 어떻게 모두 똑같은 시간으로 연기하란 말인가. 벨 소리와 함께 모두 동시에 우르르 몰려가서 시작하고 한꺼번에 끝내는 하루가 이 즉흥 연극에 어울리기나 할 것인가. 배우들은 자기들이 명령에 따라서 팔다리를 움직이는 양철 머리의 군인이 아니며, 벨 소리가 울릴 때마다 이리저리 자동적으로 방을 바꿀 수 있게 훈련된 쥐가 아니라고 불평했다. 그러나 연출자는 그 방법만이 연극을 현실적으로 실현 가능하게 하는 유일한 해결책이라고 끝내 고집을 부렸다.

또 연출자는, 만일 어떤 방에 들어갔는데 그 안에서 이미 두 사람의 배우가 사랑을 나누고 있다면, 뜻하지 않은 침입자가 된 세번째 배우는 아무것도 못 본 척하고 즉시 방을 나올 것을 지시했다. 이 방법은 벨 소리 묘안보다 더욱 크나큰 반발을 불러왔다. 이번에는 비웃음과 조소가 넘치는 반발이었다. 배우들은 주장하기를, 자신들은 미리 프로그래밍된 컴퓨터게임의 등장인물이 될 생각이 없기 때문에, 현실의 가능한 모든 요소들을 간과하는 어리석은 명령에 따라서 그대로 연기할 수는 없다고 했다. 이 연극은 기본적으로 대사나 지문이 정해지지 않은 즉흥극이다. 그런데 왜 세번째 사람은 무기력하게 고분고분 물러나야 하는가? 원하기만 한다면 그들은 아슬아슬한 삼각관계나, 아니면 애인의 눈을 피해 장롱 속에서 몰래 나누는 밀애의 달콤함이나, 뻔뻔한 거짓말과 배신으로 얼룩진 극적인 불륜이나, 세명이 모두 한 침대에서 즐기는 순수한 환락이나, 아니면 그보다 더한 어떤 비열한 쾌락도 얼마든지 총천연색으로 펼쳐 보일 열의에 불타고 있는데 말이다. 그리고 기왕 논쟁을 시작한 김에 배우들은 한발 더 나가서, 왜 하루의 도중에는 방을 나가거나 들어오는 일은 할 수 없는지를 따지고 들었다. 우리는 종종 타인을 방문하고 타인의 방문을 받는다. 그런데 반드시 우연히 같은 날 한방에 들어온 사람들끼리만 교제와 관계가 허용되는 것의 의미는 무엇인가. 또한 하루가 끝났다고 하여 절대적으로 방을 바꿔야만 하고, 그것도 함께 있던 배우와 반드시 헤어져야 하는 방식으로 바꿔야만 하는 이유는 무엇인가. 이런 식이라면 배우들은 감옥이나 정신병원, 혹은 수용소의 풍경을 연출할 수밖에 없다는 것이었다. 연출자는 배우들이 자신의 머리 위에 올라서려고 하는 것이 마음에 들지 않았을뿐더러 기본적으로 배우들이 원하는 그런 극단의 무제어와 즉흥성은 이 연극이 추구하는 목적을 도리어 혼란스럽게 할 뿐이라고 생각했기 때문에, 그런 식으로 한다면 연극은 대책 없는 뒤죽박죽 상태로 빠져들 것이고, 지켜보는 관객들뿐만 아니라 연기하는 배우들도 자신들이 하고 있는 행위의 정체가 무엇인지 알 수 없게 될 것이며, 만일 그런 것을 원하는 게 사실이라면, 결국은 연습이나 연출자조차도 필요하지 않다는 말과 무엇이 다르겠느냐고 화를 내며 대꾸했다. 어떤 관객이 그런 무정부 상태의 소요에 불과한 난장판을 구경하기 위해 굳이 극장으로 오겠는가.

그런 의견 차이가 깊어지면서 연출자와 배우들 간의 갈등은 화해의 기미 없이 점점 심각한 대결 분위기를 이루더니, 마침내는 실제 공연 첫날 배우들이 모두 출연을 보이콧해버리고 아무도 극장으로 나오지 않는 최악의 사태가 일어나고 말았다. 아니, 단 한 사람, 김씨의 부인만 제외하고. 김씨의 부인도 그 연극에 배우의 한 사람으로 출연하게 되어 있었던 것이다. 공연 시간이 임박할 때까지 배우들이 아무도 나타나지 않자, 김씨의 부인은 일생일대의 큰마음을 먹고 연출자에게 말했다. "나 혼자서라도 연기할 수 있을 것 같아요. 어차피 상대 배우가 반드시 필요한 것도 아니고 또 관객들 입장에서도 그 많은 방을 전부 다 한눈에 본다는 것이 불가능하긴 하니까, 무대가 가득 차야 할 필요도 없을 것 같군요. 내가 방과 방을 돌아다니면서 혼자 연기하겠어요. 그러면 당신이 늘 두려워하던 그 혼란도 일어나지 않을 것이고, 그러면 적어도 큰 문제 하나는 해결되는 것 아닐까요." 김씨의 부인은 그렇게 하면 배우로서 자신은 실패할 수도 있겠지만 적어도 자신의 희곡만은 살아남으리라는 욕심 때문에 엄청난 모험을 자청한 것이었다.

그러나 연출자의 생각은 좀더 냉정했다. 이미 신문과 미디어에서는 연극의 실험적인 형태에 관심을 갖고, 일상적 삶의 자화상을 의도적인 지루함과 잠재된 광기로 무장한 즉흥의 오케스트라로 연주하게 될 이 연극을, 비록 상당히 비판적인 어조이긴 하지만 여러번 언급해온 터였기 때문에, 지금 와서 극의 형태를 파격적으로 바꾼다는 것은 있을 수 없는 일이라는 것이다. 그리고 단 한명의 배우가 연기하기에는 무대 자체가 터무니없이 크고 광활해서, 관객들은 백개가 넘는 방 중 어느 방에서 배우가 연기하고 있는지 찾아내는 데만 한참이나 시간을 들여야 할 것이었다. 그렇다고 해서 그녀가 연기하는 방에만 조명을 밝혀준다면, 그것은 애초부터 이 연극이 표방하고 있는 유일한 가시적 테마 ─무수하게 병행하는 하루들─ 에 적합하지 않다. 뿐만 아니라 무대 전체에 비해 방 하나의 크기가 너무 작으므로 관객들이 방 하나에서 일어나는 일을 연극 전체의 줄거리라고 생각하고 주의를 갖고 살펴보기에는 무리가 있으며, 게다가 무대의 형태상 공연 중 아무도 없는, 따라서 아무 일도 일어나지 않는 텅 빈 방들만 지켜보고 있어야 하는 관객들이 생겨난다. 그리고 무엇보다도 이것은 일인극으로 기획된 것이 결코 아니며, 절대 일인극이 되어서는 안 될 그런 연극임이 너무나 분명한데다가, 어떤 한 배우의 대사나 지문을 위주로 해서 진행되는 작품도 아니었던 것이다. 그것은 무수하게 병행하는 무의미한 무작위의 무명의 인간들을 나타내주어야지, 한 사람의 배우에게 주의를 집중시켜서는 절대 안 되도록 만들어진 그런 연극이었다. 어떤 종류의 스포트라이트도 부인되는 연극이었다. 연출자는 그러므로 설사 천재 배우라 해도, 어쩌면 바로 그런 경우에는 더더욱, 혼자서는 이 연극을 맡아 할 수 없다고 잘라 말했다. "이 연극에서 중요한 것은, 누구도 주인공이 될 수 없어야 하는 것이니까 말입니다. 그 누구도 이름을 갖거나 얼굴을 가져서는 안 됩니다, 그렇지 않나요? 여기서 개인성이란 곧 대량의 익명과 동일하게 되는 셈이고, 그 이상이 되어서는 절대 안 됩니다." ─ 이 부분에서 그는 입술을 꾹 다물고 비장한 표정을 지었다. 그 비장함이 과도하게 느껴졌기 때문에 김씨의 부인은 저도 모르게 움츠러들고 말았다. 이상한 일이다. 희곡을 쓴 사람은 바로 김씨의 부인 자신이 아니던가. 그런데 왜 놀라게 되는지 스스로도 납득할 수 없는 일이다 ─ "여기서 배우들은 한 방에서 서로 만났다 해도, 다음 방에서는 이미 상대편을 기억할 수 없는 것은 물론이고, 심지어 다른 배우를 보고는 자기가 만났던 그 배우라고 생각하고 연기를 계속해야 합니다. 그렇게 믿어야 하는 거예요. 아니, 착각이 아니라 그것이 곧 여기서는 사실이 되어버린다는 겁니다. 왜냐하면 비록 그들이 스스로 연기를 창조해내고는 있지만, 이것은 '그들의' 이야기가 아니기 때문이에요. 적어도 내가 만드는 연극에서라면 그래야 합니다. 그것이 내 해석이니까요. 그렇게 관객들은 물론 배우들도 새로운 인식의 세계에서 새로 태어나야 한단 말입니다" 하고 그는 강조했다. 그의 강조는 필요 이상으로 완강하게 들렸다. 그의 말은 원칙적으로 틀린 것은 아니었다. 극본을 쓴 장본인인 김씨의 부인이 가장 잘 알고 있는 일이었다. 그리고 연출자가 굳이 지적하지 않은 사실이기는 하지만, 김씨의 부인은 당시에 이미 십년 이상이나 배우를 직업으로 삼아 살아왔지만 천재는커녕 뛰어나거나 훌륭한 배우라는 의례적인 찬사조차 한번도 들어볼 기회가 없었던, 대개는 눈에 띄지 않는 평범한 조연 배우에 머물고 있었다.

그리고 또 한가지, 연출자의 조목조목 이어진 설명에서 김씨의 부인이 불현듯 느낀 것은, 극작가가 되고자 하는 김씨의 부인의 욕망을 그가 알아차린 것은 아닐까 하는 생각이었다. 희곡을 쓴 김씨의 부인이 극작가가 되고자 한다는 것은 그다지 희귀한 추측은 아닐 터이나, 자신이 쓴 희곡의 유일하고도 대표적인 성격을 배반하면서까지 홀로 연기를 펼치겠다고 나설 정도로 무엇인가 되어보겠다고 하는 욕망의 강렬함과 다급함을 타인에게 들켰을지도 모른다는 것은, 김씨의 부인에게 마음이 아플 정도의 크나큰 수치감을 안겨주었다. 경우와 정도를 넘는 욕망은 허영심의 다른 이름일 것이며 허영심은 곧 허기와 결핍을 의미한다고, 적어도 연출자 자신은 속으로 그렇게 생각했을 것이 분명하기 때문이다. 그래서 그는 필요 이상으로 강한 어조로 이 연극이 가진 익명성의 중요성을 강조했으리라. 연출자의 일그러진 표정에서 김씨의 부인은 그의 질문들을 읽었다. 무엇을 위해서 이 여인은 백개가 넘는 방, 거의 백명에 이르는 ― 결국은 자신을 위한 가상에 불과하게 될 ― 배우들이 필요했단 말인가? 무엇 때문에 이 엄청난 대량의 익명이 필요했단 말인가? 만일 그것이 간단하게 자신 한 사람의 연기로 대체될 수 있다고 생각하고 있었다면, 무슨 이유로 굳이 그런 대소동을 인공적으로 만들어내야만 했단 말인가? 이 여인이 스스로 탄생시켰고 연출자인 자신이 어떤 반대에 부딪혀도 끝내 지켜내려고 했던 이 연극의 주제이자 내용 ― 망각, 익명, 반복, 복제, 분산, 고립 ― 을, 이 여인은 히로인이 되고자 하는 욕망으로 송두리째 간단히 뒤집어버릴 수도 있다고 나오지 않는가. 그렇다면 이 연극이 시작된 명분도 거짓되고 허무할뿐더러, 지금 본질을 살리기 위해 분투하다가 좌초될 운명에 처한 것조차도, 애초에 그 본질이라는 것이 단지 정반대의 것을 위한 수단에 불과했다면, 도대체 왜 이렇게 되었어야만 하는지 그 이유가 사라지는 셈이 아닌가.

결국 연극은 무산되었고, 관객들의 항의와 매스컴의 비

난이 쏟아지면서 어처구니없이 비용만 많이 든 해프닝이
자 스캔들이란 오명만 얻은 채 시작도 못하고 막을 내린
결과가 되어버렸다. 심지어 어떤 신랄한 비평가는 그 작품
이 실제로 공연되었더라면 관객들은 아무런 내용도 이해
하지 못한 채 통제 불능의 과장된, 그러나 지겹도록 모노
톤인 대혼란이 벌어지는 무대를 속수무책으로 지켜보고만
있어야 했을 테니, 그런 식으로라도 무산된 것이 그나마 천
만다행이라는 말까지 한 것이다. 실제로 그 비평가는 리허
설이 벌어지는 극장에 들렀다가, 연출자가 이미 예견한 그
런 문제 말고도, 배우들이 저마다 마음에 드는 방을 찾으려
고 좁은 복도를 서둘러 왔다 갔다 하다가 서로 부딪쳐 넘
어지거나, 남자 배우와 남자 배우 혹은 여자 배우와 여자
배우가 방 하나를 놓고 서로 혼자만 들어가겠다고 다투거
나, 아니면 일단 한방에 들어간 동성 배우가 자신들의 관
계를 순수한 갈등이나 우정으로 국한해야 할지 그렇지 않
고 연애 감정으로 극화시켜야 할지 합의를 내리지 못한 채
우스꽝스럽게 어긋나는 대화만 무의미하게 나누다가 어
정쩡하게 하루를 끝내버리거나, 또는 어떤 배우는 방 안에
서 하루 종일 게으르게 코만 후비다가 나가는가 하면, 다른
배우는 지난밤의 과음 때문에 방 안 침대에 누워서 리허설
내내 잠만 자고 나서 그것이 자신에게는 하루에 대한 실감

넘치는 진지한 연기였다고 주장하거나, 혹은 심지어 몇몇 약삭빠른 배우들의 경우 자신의 다른 급한 개인적 일거리를 가지고 와서는 무대 위에서 연기의 일부인 척하면서 해치우거나 하는 모양들까지 전부 보았던 것이다. 그것은 김씨의 부인의 첫번째이자 마지막 희곡 작품이었다. 극작가가 되어보고자 했던 김씨의 부인의 꿈은 그렇게 무너져내리고 말았다. 그녀는 두번 다시는 희곡을 쓰지 못했다.

    김씨의 부인은 보았다. 그녀는 보는 것을 좋아했다. 항상 다른 톤과 다른 음영을 가지고 나타나는 색과 모양, 그리고 소리와 감촉까지도. 예외 없이 우아하고 인상적인 형태들, 사람들, 모든 형체의 사람들, 의미심장한 움직임들, 의미를 갖추거나 감춘 몸짓들, 희미한 것들과 정지된 것들, 보이는 것들과 보이지 않는 것들 모두를. 김씨의 부인은 동시에 세개의 방에서 살고 있었다. 그녀는 세개의 방에서 세개의 다른 풍경, 말 없는 세개의 장면, 세개의 서로 치환되지 않는 나라들을 보는 것을 즐겼다. 그녀는 각각 멀리 떨어진 다른 도시에 세개의 집을, 세개의 자신의 방을 갖고 있었던 것이다. 물론 상상 속에서의 일이다. 그러나 그녀가 진정으로 원한다면 아주 불가능할 일도 아니었다. 먼 도시로 가서 하나의 방을 빌리고, 은행을 통해 지속적으로 방세를 지불하기만 하면 되는 일이니 말이다. 그러면 그녀는 방 열쇠를 받게 되고, 언제든지 마음이 내킬 때 그곳에 들를 수 있는 것이다. 그렇게 하면 집 하나를 통째로 빌리는 것보다 비용도 훨씬 적게 들면서, 비어 있는 집을 멀리서 관리해야 하는 부담에서도 벗어날 수 있다. 전화를 따로 가설하지 않아도 되고, 운이 좋으면 공용 텔레비전을 가질 수도 있다.

그렇게 자신의 방을 방문하는 것은 여행지에서 호텔을 찾아가는 것과 달랐다. 여행지의 호텔은 싱가포르나 서울, 보고타나 다마스쿠스 할 것 없이 전세계가 동일했다. 사람들은 그것을 국제 규격이라고 불렀다. 그리고 당연한 일이지만, 호텔방을 떠날 때는 자신의 짐을 놓아두면 안 되고 핀 하나까지 모조리 갖고 떠나야만 하는 것이다. 김씨의 부인은 어느 해 휴가에 갔던 한 도시에서 가장 아끼는 선글라스를 잃어버렸다. 그 도시에 머물 때 유난히 가을 햇살이 눈부셨기 때문에 그녀는 항상 선글라스를 지니고 다녔다. 식당이나 주유소, 극장과 꽃 파는 상점, 신문을 파는 노점과 아이스크림 가게, 그리고 다리가 아플 때마다 들렀던 카페들. 그런 장소 중 어느 한곳에 선글라스를 두고 왔겠지만 그 장소들이 너무 많기 때문에, 정확히 어디에 두었는지 기억해내는 것이 도저히 불가능했다. 머물던 호텔방에 선글라스를 놓아두지 않은 것은 분명했지만, 그래도 혹시나 하는 마음에서 김씨의 부인은 호텔로 전화를 걸어보았다. 잃어버린 물건이 무엇이냐고 묻는 카운터 직원의 질문에 김씨의 부인은 선글라스라고 대답했다. 그러자 그 직원은 별로 서두르지도 않는 느릿한 말투로 대답했다. "유감입니다만, 우리 호텔에 분실물로 신고된 물품 중에 흰색 테의 나비 모양 선글라스는 없군요. 있는 것이라곤 파란색과 갈색으로 무늬가 들어간 우산, 대나무와 일본 여인들의 그림이 있는 하얀색 목욕 가운, 거의 새것인 비듬 제거용 특수 샴푸, 폭이 넓은 파자마 바지, 검은 가죽 장갑 한짝, 오른손이군요, 남성용 세면도구가 들어 있는 욕실 가방 하나, 그밖에 손수건과 양말, 카메라, 반지, 귀고리와 색이 들어가지 않은 돋보기가 하나, 호텔 것이 아닌 타월과 중국어로 된 책 두권, 무슨 책인지는 모르겠지만 성경은 아닌 것으로 보이는군요, 불교와 관련된 것은 아닐까요…… 시내 지도와 박물관 할인쿠폰, 마리오네트 극장에서 산 그림엽서 묶음 그리고……" 그 호텔은 작은 도시의 구시가지, 자그마한 분수대 광장에 면해 있는 작고 아담하고 유서 깊은 구식 건물이었다. 객실도 작았고 텔레비전 같은 물건도 없었으며 방 안에 들어서면 입구에, 이유를 알 수는 없지만 계단이 한칸 있어서, 비록 '계단 조심'이라는 팻말이 천장에 매달려 있기는 했지만, 조금이라도 부주의한 손님들은 예외 없이 발을 헛디디고 홀로 겸연쩍어하도록 되어 있었다. 오래된 건물을 호텔로 개조하면서 어쩔 수 없이 그대로 남겨놓은 계단인 듯했다. 하지만 침대 바로 곁에 나 있는 좁고 길쭉한 창으로 내려다보이는 광장은 대개의 오래된 광장들이 그러하듯이 아름다웠고, 창을 열어두면 저녁마다 악사들의 손풍금 소리가 들려왔으며, 흰색과 회색이 섞인 기묘한 모양의 두건과 제복을 걸친 신교도 수녀들이 둘씩 짝을 지어 지나가는 것을 지켜볼 수 있었다.

호텔 직원이 마치 끝없는 시처럼 나열해주는 분실물 리스트를 듣고 있던 김씨의 부인은 터져나오는 웃음을 주체하지 못하고 그만 손으로 입을 막고는 당황해하면서 전화를 끊어버렸다. 사람들이 그토록 다양하고 많은 물건들을 호텔방에 두고 떠난다는 것을 미처 생각해본 적이 없기 때문이었다. 그리고 그녀는 자신의 방을 생각했다. 그녀가 살고 있는 이 도시와 저 도시의, 그녀의 여행지가 되는 도시의 작은 골목에 자리 잡고 있는, 아니, 그 방이 있는 도시를 향해서 그녀가 여행을 떠나곤 하는 그런 방들을. 그곳에 김씨의 부인은 선글라스뿐 아니라 낡은 파자마나 샴푸, 세면도구와 우산, 굽이 닳아버린 여름용 구두나 티눈 연고

나 다리 면도기까지도 잃어버리거나 다른 사람에게 들킬 걱정 없이 그대로 두고 떠나올 수가 있을 것이다. 그리고 그런 물건들은 김씨의 부인이 언제라도 그곳을 다시 찾아가기만 하면 옛 애인처럼 늙어가면서 그대로 기다리고 있으리라.

그녀의 그런 방 중 첫번째는 서울에, 두번째는 신혼여행을 갔던 상하이에, 그리고 나머지 한개는 그녀 자신이 가서 살고자 원했으나 결국 한번도 갈 수 없었던 먼 도시에 있었다. 마지막 방이 있는 세번째 도시는 사실 어떤 뚜렷한 지명을 갖고 있지를 못해서, 마치 도시 자체가 방랑자가 되어 끊임없이 이동하는 것처럼 이곳저곳으로 스스로 이름과 모양을 바꾸곤 했다. 아침마다 그녀는 상상 속에서 세개의 방의 창을 활짝 열고 세개의 저마다 다른 도시의 햇빛과 소음을 받아들였다. 세개의 이불의 먼지를 턴 다음 세개의 부엌에서 밥을 끓이거나 빵을 자르고 차를 만들었다. 세종류의 집주인, 각각 다른 세입자들과 아침 인사를 나누고 라디오의 볼륨을 높였으며, 책상에 앉아 먼 곳으로 편지를 쓰거나 먼 곳에서 온 편지를 읽었다. 김씨의 부인은 그 세개의 방에서 각각 다른 세개의 이름과 신분증을 갖고 있었다. 세개의 서로 같으면서도 별개인 이름과 세개의 서로 다르면서도 같은 하루는 비밀스러운 마법이었다.

세개의 방에 있는 라디오에서는 서로 다른 언어로 뉴스가 방송되었고, 옆방에 임시로 묵는 단기 여행자들이 여행안내서와 지도를 뒤적이는 소리, 낯선 사람들의 가라앉은 목소리, 전화벨 소리, 책을 펼치면 나타나는 점괘를 일러주는 미지의 음성, 속삭이는 연인들의 밀어, 마루를 밟고 화장실로 가는 발걸음, 허약한 고양이들의 애처로운 울음, 모든 것이 각자 다른 언어로 이루어졌다. 심지어는 그 각각의 방에서 꾸는 꿈조차도 다른 언어의 지배를 받는 것이었다. 서로 이해하지 못하는 언어로 짜인 양탄자의 현란한 무늬들이 세개의 방을 날아다녔다. 세개의 상상을 김씨의 부인에게 속삭였다.

김씨의 부인은 보았다. 노란색 담장과 짙은 벽돌색 지붕, 길쭉한 사각형 유리창과 빗물받이 홈통, 그리고 굴뚝 위의 비둘기 한마리가 가볍게 목을 굴리는 울음소리를. 허공에서 살고 있는 존재들이 그러하듯이 지붕 위 비둘기의 울음소리에서는 바람에 흔들리며 멀리 흩어지는 보이지 않는 뿌리가 느껴졌다. 그늘 없이 팽팽하게 펼쳐진 파란 하늘 아래 문득 잠이 깬 일요일 이른 아침이 보인다. 그곳에 창이 있다. 그리고 그 바깥에 세상의 풍경이 있다. '당신의 주소를 알려줘요' 하고 목소리가 창밖에서 속삭인다. 김씨의 부인은 그 목소리를 보았다. 비둘기는 날아가버리고 대신 굴뚝 위에는 목소리가 앉아 있다. 목소리는 이제 막 공연을 시작하려는, 검은 옷을 입은 키 크고 호리호리한 곡예사처럼 보였다.

'그러면 내가 공연 진행이 결정되는 대로 편지를 보내줄게요, 우리가 그날 A92번 고속도로에서 만날 수 있을지 없을지⋯⋯ 당신이 아직도 마음속으로는 망설이고 있다는 걸 짐작하고 있어요. 그것은 너무나 빠르고, 너무나 예상하지 못했고, 당신이 지금껏 알고 있던 세상의 어떤 것과도 너무나 달랐으니까요. 내가 말해준 속담을 기억하고 있겠지요? '우리는 할 수 있습니다. 그러나 우리가 반드시 해야 하는 건 없습니다.' 이 말은 우리 삶의 많은 일에 그대로 적용이 된답니다. 그러니까 마음을 놓아요. 떨지 말아요. 당신의 마음을 잔잔한 물 위의 연꽃처럼 평화롭게 가져요⋯⋯'

이제 해가 좀더 높이 떠오르면 더워지겠지만, 지금 이 시간에는 열린 유리창으로 들어오는 아침 공기가 매우 서늘하다. 포근하고 게으른 뒤척임과 곧이어 라디오에서 흘러나오는 짧막한 아침 6시 뉴스. 언제인가, 내가 잠을 깬 이 순간은. 언제인가, 하루의 처음 무심코 펼쳐든 책 속의 이야기가 그대로 나 자신의 것으로 되어버리는 그런 때는. 이미 나 자신이거나 앞으로의 나 자신인 그것들. 돈을 받지 않고 장난 삼아 점을 보던 엉터리 점쟁이는 '책점'이라는 것을 쳤는데, 자신이 갖고 있는 책들 중에서 아무것이나 한권을 골라 무작위로 페이지를 펼치고 어떤 임의의 문장을 고른 다음, 그 문장이 곧 사람의 운명을 알려주는 것이라고 주장하곤 했다. 책 속의 문장이 갖는 성격이 카드의 그림이나 별자리의 운행과 근본적으로 달라야 할 이유는 또 무엇이란 말인가? 물론 그렇게 나타나는 문장들은 운명을 알려준다고 믿기에는 너무나 엉뚱하거나 무의미해 보이는 것들도 많았지만, 점쟁이는 그야말로 물 흐르는 듯한 말솜씨를 갖고 있었으므로 화려한 수사로 가득 찬 암시로 단순한 문장을 근사하게 포장해 내놓곤 했다. 그때 김씨의 부인은 쥘 베른의 『어느 중국인의 고통』을 보고 그 삽화에 나오는 아름다운 과부 레우 양으로 분장을 하려고 애쓰고 있었고, 책의 속표지에는 하늘에 커다랗게 뜬 종이 우산에 지은이와 제목이 멋을 낸 필체로 씌어 있었으며, 그 아래로는 혼란에 잠긴 19세기 중국 대륙이 펼쳐졌다.

대나무가 우거진 강물 위에서 전투가 벌어지고 있는데, 사람들이 생사를 걸고 싸우는 가운데 고깔 모양의 모자를 쓴 농부가 어깨에 물지게를 지고 강가를 천천히 지나가고 있으며, 저 먼 배경에서는 우뚝하게 높이 솟아오른 돌탑과 커다란 사자상이 달빛 아래 교교히 자태를 드러내고 있는가 하면, 머리카락을 밀고 동그란 안경을 쓴 학자들은 탁자에 앉아 토론을 벌이고, 강물 속에는 유령 같은 사람들이 가라앉아 멍한 표정으로 죽음으로 떠내려가고 있는 삽화였다. 그 연극은 쥘 베른의 여러 작품을 혼합하여 만든 극본을 가지고 공연한 것인데, 비록 대학에서 열린 학생들의 공연이기는 하지만 김씨의 부인이 공동 주연을 맡았던 몇 안 되는 작품 중의 하나였다. 극본을 쓴 작가도 역시 학생이었는데, 그는 쥘 베른의 공상 모험 시리즈에 반쯤 미쳐 있는 문학도이면서 그 책점을 치는 점쟁이가 세 들어 있는 집의 아들이기도 했다. 문학도는 점쟁이의 방에서 그야말로 멋진 삽화가 들어 있는 1967년판 스위스 디오게네스 출판사의 쥘 베른 시리즈를 발견했고, 그 그림들을 자신의 연극 무대에 활용하기로 한 것이다. 모든 것이 묘한 기괴함으로 가득 찬 그림들이었다. 김씨의 부인은 그 책을 받아들고 그 속표지 그림을 보는 순간, 자신이 분장하게 될 아름다운 과부 레우 양의 서구적인 외모보다 무너져가는 중국 제국을 배경으로 한 묵시록적 풍경에 더 마음이 끌렸다. 바람을 잔뜩 안고 있는 커다란 돛대, 검은 강물, 입에 칼을 물고 어두운 물속을 헤엄치는 자객들, 수면에 걸린 둥그런 달, 그리고 배 위의 한 철학자와 그의 주변을 꼼짝 못하게 에워싸듯이 그림의 테두리를 빽빽하게 장식하고 있는, 필요 이상으로 날카롭게 그려진 톱니 모양의 대나무 이파리들. 책점을 치는 점쟁이는 당연히 이 쥘 베른 시리즈도 점치는 데 활용했는데, 세밀하면서도 음침한 분위기를 풍기는 이 펜화들이 그의 예언에 스며 있는 드라마틱한 암시와 비현실적인 색채를 상당 부분 뒷받침해준 것은 분명해 보였다.

언제인가, 길고 긴 꿈을 꾸고 난 후 자리에서 일어나 그 꿈에 대해서 긴 생각에 잠겨 있는데, 그 생각에 잠긴 길고도 움직임이 없었던 장면 자체가 또 하나의 이어진 꿈이었던 때는. 김씨의 부인은 머리맡을 더듬어 종이와 펜을 찾는다. 깨끗하게 빨아 다림질한 잠옷과 어젯밤에 마시다 만 식은 차 냄새와 아직 완전히 사라지지 않은 잠의 냄새가 침상에 고여 있었다. 그런 냄새 속에서 김씨의 부인은 누운 채 천천히 글자를 써나간다.

'그래서, 당신이 보내주신 편지를 받고 내 가슴은 행복감으로 가득 찼습니다. 우리들의 첫 마주침은 보기 드물게 강렬했던 것이 맞아요. 눈길과 눈길이 얽히고 도저히 떨어지지 못했으니까요. 어떻게 하면 그런 눈길에 사로잡힐 수 있을까, 언제나 꿈꾸어왔던 바로 그런 눈길이었습니다. 나의 현실에서 일어날 거라고는 생각하지 못했던, 그리고 실제로 겪고 나니 이것을 모르고 그대로 살다가 늙어죽었더라면 가슴이 너무나 아팠을 거라고 생각되는. 그러나 이 표현은 자체가 모순이겠지요. 끝까지 모르고 말았다면, 절대로 가슴이 아플 수는 없을 테니까. 그러나 어떤 가슴 아픔도, 당신을 알게 되었는데 당신을 가지지 못하고, 함께 있지도 못하고, 그냥 스쳐 지나가버리고 마는 그런 가슴 아픔을 능가하는 것은 없을 거예요. 지금 이 순간, 난 어떻게 하면 당신에게 달려갈 수 있을까, 그 생각밖에 없습니다. 하지만 당신은 너무 멀리 있고, 게다가 앞으로도 계속 여러 도시를 돌아다니며 공연해야 할 일정이 잡혀 있는 몸이니. 어떻게 설명하면 좋을까요, 모든 감정들이 너무나 빠르게 진행되고 있어서 그것을 일일이 종이에 옮겨 적는 속도가 감정의 속도를 따라가지 못하고 있어요…… 우리가 이번 달 동안 한번도 만나지 못한다 할지라도, 어쨌든 8월이 되면 우리는 적어도 하루 동안 함께 영화 촬영을 할 수 있습니다. 난 감독에게 이미 승낙을 해놓았어요. 당신도 출연할 예정이라고 들었구요. 감독은 그때 말했답니다. 이번에는 반드시 예정대로 촬영을 진행하겠다고 말이에요. 그러니까, 하늘이 무너지지 않는 한, ─만일 그때가 되기 전에 이 세상이 무서운 재앙을 만나 갑작스럽게 멸망해버린다면 나는 절망 때문에 그보다 먼저 죽어버릴 거예요 ── 우리는 만나게 되는 거예요. 출연자 중에 원작을 읽지 않은 사람은 나 혼자뿐이겠지만, 그리고 모두들 곧 그 사실을 알아차리겠지만, 난 아무 상관 없어요. 중요한 것은, 어찌 됐건 우리는 만나게 된다는 그 사실뿐일 테니까요.'

그런가 하면 다른 형태의 오전도 있다. 두껍고 검은 비구름이 몰려오기가 무섭게 하늘에서 굵은 빗방울이 떨어진다. 사람들이 모두 약속한 듯이 동시에 비슷한 각도로 고개를 숙이고 검은 우산을 펼쳐 든다. 제3세계의 어느 수도에서라면 그것은 무언의 집단 시위처럼 보였으리라. 집 안에 있는 사람들은 빗물이 들이치는 걸 막으려고 서둘러 창을 닫는다. 노점에서 복숭아를 고르던 김씨의 부인은 첫번째 빗방울이 목덜미에 떨어지는 순간에 머리를 든다. 그리고 바로 이런 순간과 이런 장면을, 언젠가 이전에도 분명 보았을 거라는 생각을 하게 된다. 그것은 조금도 놀라운 일은 아니다. 김씨의 부인은 언제나, 항상, 많은 것을 보고 있으니까. 흠뻑 젖은 길과 그 위를 날렵하게 지나가는 자전거, 빗물 웅덩이가 만들어내는 반사된 그림자들, 그림자들의 그림자들, 순간적으로 사라진 햇빛에 갈 길을 잃어버린 느리고 실패한 그림자들, 과장되게 펄럭거리는 신문지, 어색한 즐거움이 섞인 당황한 몸짓들, 바닥에 떨어진 딸기 아이스크림 덩어리, 젖은 개털에서 풍기는 짙은 냄새와 함께 문안으로 빠르게 달려들기, 이런 것들이 형성하고 있는 우연하고 순간적이며 수없이 반복되는 것만 같은 유일한 장면들을.

……그리고 책상 위의 편지와 그 위에 올려놓은 개 머리 모양의 문진, 창을 닫는 것을 잊어버려 방 안 가득 날리는 서류와 종이, 메모를 적은 쪽지들. 비 오는 날의 축축한 하얀 나비들. 빗물을 머금고 기울어진 화분의 꽃잎들.

김씨의 부인은 자신이 본 무수히 많은 것들에 대한 너무 많은 기억을 갖고 있기 때문에, 그 기억들의 얼굴을 한번씩 불러내오는 데는──설사 충분히 잘 알고 있는 장면이라 할지라도──차를 한잔 다 마셔야 할 정도로 오래 걸리며, 시간이 지나갈수록 테두리가 닳아버린 그 장면들은 알아보기 힘든 희미하고 어렴풋한 윤곽의 덩어리로 변해가고, 그렇게 서서히 소멸되는 과정을 통해서 때로는 전혀 알 수 없는 다른 형태로 둔갑해버리기도 한다. 경우에 따라서는 기억 한가운데에 둥글게 뚫린 커다란 하얀 구멍을 기억의 내용이라고 생각하기도 하며, 그러나 그 내용이 무엇인지는 당연히 알지 못한 채.

때로는 자신이 알고 있는 한 결코 스스로 보거나 상상한 것이 아님에도 불구하고, 김씨의 부인의 기억 속에 하나의 방을 차지하고 있는 미지의 풍경들이 있다. 그것들이 어디에서 왔는지 그녀는 알지 못한다. 김씨의 부인은 자신의 안에 오래전부터 도사리고는 있으나 자신은 알지 못하는 그것들을, 다른 사람의 기억이나 상상이 주인을 잃고 허공을 떠돌다가 어느새 그녀의 방으로 들어와 자리를 잡은 것으로 짐작한다. 이런 경우, 김씨의 부인은 자신이 경험의 세계를 벗어나 신비로운 현자의 꿈을 대신 꾼 듯이 남몰래 생각하기도 하는 것이다. 어젯밤이나 아니면 이십년 전 어느 날 밤의 꿈. 그런 꿈속에서 그녀는 밤이 되면 아무도 없는 나라에서 흰 당나귀가 거꾸로 서서 밤하늘을 딛고 걸어다니는 것을 보게 된다. 별들이 발밑에서 설탕처럼 사각거린다.

문 앞에서 주머니에 손을 넣어본 김씨의 부인은 당연히 그곳에 있어야 할 열쇠가 없는 것을 알게 되었는데도 담담하기만 했다. 사라진 것은 자신의 열쇠가 아니라 누군가 다른 사람의 열쇠라는 느낌이 들었기 때문이며, 누군가 다른 사람의 — 언젠가 열쇠를 잃어버린 — 기억 속으로 잠시 들어와 있다는 생각이 열쇠를 잃어버렸다는 현실적인 자각보다 훨씬 더 강렬했던 것이다. 그 느낌은 자신에게는 어떤 실제의 사고가 — 열쇠를 잃어버린다거나 하는 따위의 ─ 발생하지 않으리라는 막연한 확신에 기인하고 있었다. 일어나지 않거나, 일어나더라도 어떤 가상의 영역에서만 일어날 것이라는. 분실은 일시적으로 보이지 않게 되는, 혹은 보이지 않는다고 착각하게 만드는 현상이다. 그것은 사물이 거기 없다는 것과는 본질적으로 다른 의미이다. 사물이 있는 방과 자기 자신이 있는 방이 순간적으로 일치하지 않는 것뿐이다. 만일 누군가 ─ 김씨의 부인은 언제나 그러하듯이 실타래처럼 풀리는 상상 속으로 빠져들어갔다 ─ '실제로' 열쇠를 잃어버린다면, 극심하게 현실적인 감각이 뒤따를 것이다. 그것은 육체적인 동요를 부른다. 두통과 현기증, 조바심이나 히스테리, 그리고 궁극적으로는 ─ 김씨의 부인이 지금 갖고 있는 담담함과는 정반대인 ─ 불행이라고 이름 붙일 수 있는 불편하고 우울한 기분을 느끼게 할 것이다. 하지만 불행이나 절망, 그런 것은 단순한 상상을 넘어서는 더할 수 없이 생생한 삶의 세계를 표현하는 단어였다. 이 부분에서 김씨의 부인의 상상은 앞으로 나아가지 못하고 머뭇거렸다. 만일 상상이 책이라면, 김씨의 부인은 여기서 그만 책을 덮고 말았을지도 모른다. 더이상 그것이 아무런 신탁의 말도 해주지 못하도록. 그러나 절망은…… 그것은 피부가 없는 몸이었다. 일부러 자극하지 않아도 우주 자체가 고통이 된다. 그것은 마비된 느낌과 호흡, 사무치는 무력한 갈망이 지배하는 검은 회화였다. 육지로 올려진 물고기가 인간의 언어를 말할 줄 알았다면 이미 오래전에 그것에 대해서 알려주었으리라.

어쩌면 우리가 아직 모르고 있는 그것에 대해, 하고 김씨의 부인은 생각했다.

그러나 물고기는 말을 할 줄 모를 것이고, 우리는 영원히 그것에 대해서 알지 못할 테지.

언젠가 그런 말을 들은 것 같다…… 그래, 아주 오래전에…… 김씨의 부인이 빈털터리에다 늙기까지 한 국제 바람둥이의 꼬임에 넘어가서 대학을 그만두고 그와 함께 살겠다고 짐을 싸서 집을 나서기 직전에, 그녀의 부모가 그런 말을 했던 것 같다. 인간의 말년에 다가오는 불행과 절망에 관련된 어떤 비유를. 경솔함이나 책임감의 결여가 가져오는 결과와 관련된 인생의 긴 우화를. 마지막에는, 너는 그것에 대해서 영원히 모르고 말 테지, 하는 체념과 질책의 문장으로 끝나는. 연극배우이기도 했던 그 남자를 대학생이던 김씨의 부인이 처음으로 보았을 때 그는 무대에서 다음과 같은 대사를 낭독하고 있었다. 그 무대는 한 사람의 배우가 나와서 낭송극으로 쓰인 연극 대본을 홀로 낭독하는 것이 내용의 전부였다.

그러나 나는 일생 동안 모험을 즐겼던 사람이며, 언제나 기약 없는 방랑자로 살아온데다, 악기와 티셔츠와 바지한 벌 이상의 것을 소유해본 적이 없으며, 많은 가난한 나라들을 맨발로 돌아다니다가, 오직 길에서만 친구들을 만났고, 그렇게 내가 만난 모든 사람들은 명상의 여행자였으며, 안나푸르나에 가서는 사랑의 여신을 만나 그 품에 안길 수 있었습니다. 나는 음악가요, 마리오네트 극 공연예술가이며, 연극과 영화에 출연하고 작곡도 하지만, 기본적인 생활은 주로 극장과 축제 마당에서 공연을 벌이고, 외발자전거 서커스와 바이올린과 손풍금을 연주해서 해결하고 있어요. 나는 특히 손풍금이 좋답니다. 그건, 내가 온몸으로 연주한다는 것을 가장 잘 느끼게 해주는 악기니까요. 이제 시작될 우리들의 우정은, 이 모든 것을 함께 안고가게 될 것입니다. 내가 아직은 모르는 당신의 모든 것과더불어서 말입니다. 그러나 이 문장을 쓰는 나는 조금의망설임도 없습니다. 내가 아직 모르는 당신의 모든 것, 그것은 나를 지금 이 자리에서 조금도 물러서게 하지 못하니까요. 나는 우리들의 관계에서, 우리가 알고 있는 우리들자신의 모든 것과 동시에 우리가 아직 모르고 있는 우리들자신의 모든 것을 다 감당할 준비가 되어 있습니다. 그리고 당신도 그렇게 되도록 도와주고 싶습니다…… 그러나 나는, 행여 이것이 당신에게 상처를 주게 될까봐, 내 모든 것이, 우리들 앞에 놓인 가능한 모든 종류의 인간적 친밀감을 전부 다 요구하게 될, 이 가까운 미래의 포괄적이며 모험적인 우정이, 당신에게 상처로 작용하게 될까봐, 두렵다는 것을 먼저 밝혀야 할 것 같습니다……

김씨의 부인은 도서관에서 열쇠에 관한 짧은 이야기를 찾아냈다. 1979년 『주간조선』에 실린 글이었다.

'197×년 우리 가족은 신문사의 특파원이던 아버지를 따라 베이징에서 살고 있었다. 그해 11월 어느 일요일, 평소에 부모님과 친하게 지내던 프랑스 외교관이 우리를 점심식사에 초대했다. 아침부터 흐리고 비가 부슬부슬 내리는 날씨였다. 부모님과 우리 세명의 형제자매들은 자동차를 타고 반시간쯤 떨어진 곳에 있는 프랑스 외교관의 집으로 갔다. 점심식사를 마친 후 두 가족은 중국 전통 연극을 구경하기 위해 그리 멀리 떨어지지 않은 국립극장까지 갔다. 극장에서 나온 것은 아마도 오후 5시경이었던 것 같다. 해가 저물어 이미 어두운데 여전히 하늘은 잔뜩 흐렸고 빗줄기가 좀더 거세져 있었다. 집에 도착해서 현관 앞에 선 다음에야 아버지는 열쇠가 보이지 않음을 알게 되었다. 아버지가 프랑스 외교관의 집에 전화를 걸어 혹시 열쇠를 그 곳에 떨어뜨리지나 않았는지 물어보는 동안 우리들은 차 안에서 불안하게 기다리고 있었다. 프랑스 외교관은, 당장은 보이지 않지만 조금 더 찾아볼 테니 십분 후쯤 다시 전화를 걸어달라고 했다. 십분 동안 우리는 들어갈 수 없는 집 현관 앞에서 차를 세운 채 굵은 빗방울을 쳐다보고 있었다. 그러나 열쇠는 끝내 발견되지 않았다. 아마도 중간에 어디선가 흘린 것 같았다. 극장에서일지도 모르고 극장으로 가는 길에서였는지도 모른다. 그렇게 되니 열쇠를 다시 찾을 가능성이란 없어 보였다. 집 열쇠는 두개였다. 하나는 아버지에게 있고 다른 하나는 집으로 출퇴근하는 가정부가 갖고 있었다.

그날은 일요일이라 가정부가 출근하지 않는 날이었다. 우리는 사십대 중반으로 보이는 그 가정부가 어디에 사는지 몰랐다. 하지만 그 가정부를 소개해준 사람은 중국 외교부의 직원으로 아버지가 몇번 만난 적이 있는 '가오'라는 남자였다. 키가 땅딸막하고 얼굴이 통통하며 피부가 희고 고와 보이는 그에게 연락하면 가정부를 찾는 것은 어렵지 않으리라 생각한 아버지는 중국 외교부에 전화를 걸어 당직자에게 상황을 설명하고 가오의 연락처를 얻어냈다. 물론 그전에 필요한 연락 번호를 구하기 위해 일단 먼저 프랑스 대사관으로 가야만 했다.

다행히 가오에게 연락이 닿을 수는 있었다. 하지만 그는 우리에게 가정부의 주소를 즉시 가르쳐주지 않았다. 자신도 주소를 알지 못하니 다른 누군가에게 물어봐야 한다면서 말이다. 그러나 그건 거짓말일 게 분명했다. 외국인 가정에서 가정부로 일하는 여인들이 중국 외교부의 통제하에 있는 것은 다 아는 사실이기 때문이다. 우리는 축축하고 차가운 바깥의 어둠을 바라보면서 난방도 안 되는 대사관의 대기실 의자에 앉아 마냥 기다리고 있어야 했다. 얼마나 시간이 지났는지 몰랐다. 가장 나이 어린 막내는 소파에 누워 잠이 들고 말았다. 아버지는 다시 가오에게 전화를 해보았다. 그러나 이번엔 가오가 집에 없었다. 그의 아내도 그가 어디에 있는지 모른다고 했다. 이제는 모든 것을 포기하고 가까운 친구의 집으로 가서 하룻밤 신세를 지고 다음 날 가정부가 집으로 오기를 기다리는 편이 더 낫지 않을까 생각하고 있을 무렵, 대사관으로 우리를 찾아온 사람이 있었다.

그들은 가오가 아니었다. 처음 보는 두명의 군인이었다. 한명은 키가 작고 커다란 모자를 썼는데, 흐릿한 불빛에 드러난 얼굴은 기괴할 정도로 마르고 광대뼈가 튀어나왔으며 눈동자는 얼음처럼 차갑고 무표정했다. 시선으로 사람의 뺨을 칠 수 있는 얼굴이란 바로 그런 것이리라. 다른 한명은 그보다는 좀더 인간적인 인상이었으나 훈련된 무뚝뚝함을 태도에 간직하고 있는 점은 똑같았다. 차에는 그들 외에도 사복 차림의 통역이 한명 타고 있었다. 통역은 그들 중에서 가장 눈에 띄지 않는 외모와 차림새를 가진 사람이었다. 하지만 평범한 외모와 태도의 그에게서 아버지는 좀처럼 설명하기 힘든 위협적인 느낌을 받았다. 그는 웃거나 악수를 하면서도 타인을 바싹 긴장하게 만드는 작은 눈에 날카로운 눈빛을 하고 있었던 것이다. 나중에 아버지는 그 통역에 대해서 간혹 회상하면서, '그건 뱀의 눈동자와 놀랍도록 같았어. 그를 처음 보자마자 물리지 않으려고 나도 모르게 목을 움츠렸다니깐' 하고 말하곤 했다. 아버지는 만다린어를 어느 정도는 할 줄 알았지만 그들은 통역을 통한 대화를 원했다. 대화가 진행되면서 아버지는 통역의 역할이 통역 자체에 있는 게 아니라 뭔가를 감시하는 것이라는 느낌을 받았다. 감시의 대상은 아버지 자신이거나 그 두명의 군인일 수도 있고, 이유를 짐작할 수 없기는 해도 이제 그들이 앞으로 만나게 될 가정부일 가능성도 배제하지 못하며, 아니면 그 모두를 포함한 우연한 이 돌발 상황 자체일 수도 있었다. 이미 들어서 다 알고 있을 텐데도 ── 아버지는 그 상황을 중국 외교부에도, 가오에게도 이미 여러번이나 자세히 설명한 뒤였다──다시 한번 더 열쇠를 잃어버리게 된 아버지의 설명을 조용히 듣고 난 그들은 가정부가 사는 곳으로 우리를 안내해주겠다고 했고, 우리는 차를 타고 그들의 차를 뒤쫓아 한번도 가본 적이 없는 베이징의 서민 구역 안쪽으로 깊숙이 들어갔다.

똑같은 모양의 집들이 꼬리에 꼬리를 물고 이어졌다. 빗물에 시커멓게 반사되는 판자와 드물게 기와로 지붕을 얹은 집들. 집 한채가 눈앞에 나타났다고 생각하는 순간 그것은 수십채의 집들이 서로 웅크려 모인, 검게 젖은 헝겊의 언덕임을 깨닫게 되고, 그것은 다시 수십개의 광대한 언덕이 모여 이루어진 커다란 산이었음이 드러났다. 처음에는 자동차 밖 어둠 속에 아무도 없는 것이라고 생각되었지만 곧, 그 어둠 자체는 수천 수만의 무표정한 검은 눈들의 안구가 모여서 이루어진 것임을 알게 되고, 물고기의 알처럼 번들거리는 어둠의 눈동자, 시간이 한참 흐른 다음에야 생각과 감정을 감춘 그 눈들온 흐물거리며 빗물 속으로 흘러가듯이 서서히 흩어지면서, 어둠이 조금씩 자신을 드러내기 시작하고, 금속성으로 번득거리는 검은 빗줄기 사이로 비슷한 모양의 웃옷과 바지를 입은 많은 사람들의 모습이 줄을 지어 유령처럼 지나쳐가는 것이 보였다. 사실상 빗소리 이외에는 아무것도 들리지 않았으나, 이상하게도 나는 그들의 신발이 돌바닥을 디딜 때마다 물이 철벅거리는 소리와 미끈거리는 모양이 마치 내 피부에서 일어나는 일인 양 그대로 느껴졌다. 우리의 차 곁으로 한명씩 스쳐 지나갈 때마다 마치 비밀스러운 것을 훔쳐보는 양, 아주 짧은 순간 동안 우리를 뚫어질 듯 응시하던 그들의 커다랗게 벌어진 희미한 눈동자들과……'

이것은 내가 오래전에 꿈에서 보았던 바로 그 광경 그대로이군, 하고 김씨의 부인은 반사적으로 생각했다. 그러나 그것이 정녕 '꿈'이었는지, 어느 도시의, 어느 방에서 일어난 일을 본 것인지, 아니면 다른 사람의 전화 통화 내용을 스쳐가며 듣거나 무심코 펼친 어떤 책에서 읽게 된 것인지 그것은 확실하게 기억할 수 없었다. 그러나 기억이란 얼마나 신기루와 비슷한지. 아무것도 없는 돌투성이 황야의 지평선 저 멀리에서 황금빛으로 피어나 이 세상의 자연에서는 자라지 않는 종의 오렌지꽃을 활짝 피운다. 사실에는 여러가지 종류가 있다. 그것이 정말로 있는가, 혹은 정말로 있었던 것인가, 혹은 정말로 있었던 사실로 남아 있게 될 것인가. 김씨의 부인은 자신이 그 어디에도 속하지 않는 사실에서 살고 있다고 느낄 때 가장 행복했다.

'우리는 더이상 우리들이 어디에 있는지 알 수 없었다. 우리들의 눈앞에 있는, 젖은 석탄처럼 검은 숲이 우거진 거대한 산이라고 생각했던 것이 사실은 끝없이 닥지닥지 붙은 집들과 악취 풍기는 좁다란 수로, 거무스름한 돌로 덮인 골목길과 빗물에 젖은 무수한 사람들의 그림자들이 어우러져 이루는 덩어리였음을 알게 된 이후에도 마찬가지였다. 모든 것이 어둠과 함께 뒤엉켜 있었다. 그러면서 그 뒤엉킨 것들이 스스로 자신들끼리 저울처럼 완벽한 조화를 이루면서, 뒤엉킴의 질서를 통해 풍경에 균형을 부여하고 있는 것이었다. 더이상은 차가 들어갈 수 없었기 때문에 우리들은 차 안에 앉아서 두명의 남자들이 빗속으로 사라지는 뒷모습을 보고 있었다. 통역은 차 안에 남았다. 그들은 왜 이런 수고를 하는 것일까. 그것이 내 머릿속에 떠오른 의문이었다. 우리에게 간단히 가정부의 주소를 가르쳐주었으면 될 것을. 말이 없고 무표정하며, 몇 단어의 영어와 불어를 이해하고 간단한 고갯짓으로 의사 표현을 하는, 우리가 항시 '난'이라고만 불렀던 그 중년 가정부의 자그마한 모습이 어렴풋하게 생각났다. 그녀의 정부는 자신의 국민이 외국인과 개인적으로, 특히 이처럼 예외적인 경우에 아무런 통제 없이 자유롭게 접촉하는 것을 원하지 않는 것이라고밖에는 생각할 수 없었다. 비록 그것이 여분

의 열쇠 하나를 주고받는 간단한 일일지라도.'

    김씨의 부인은 잡지 읽기를 멈추었다. 더이상은 열쇠에 관한 이야기가 나오지 않기 때문이었다. 결국 이것은 중국에 관한 이야기로군. 그러니 그들이 열쇠를 받았는지, 가정부가 그 일로 외국과 내통한 스파이라는 혐의를 받고 공개적으로 처벌을 받았는지, 그리고 내 열쇠가 어디에 있는지는 절대 나와 있지 않겠지, 하고 그녀는 생각했다. 그러나 그다음은 생각을 계속할 수가 없었다. 중국에 관해서 그녀는 신혼여행지였던 상하이의 인터콘티넨털 호텔과 그 주변 말고는 사실상 알고 있는 것이 없었기 때문이다. 더구나 1970년대의 중국이라면, 그때는 사람들이 중국을 중국이라고 부르지도 않던 시절이 아닌가. 김씨의 부인은 자신도 그때 남들처럼 『중국의 붉은 별』을 읽었다는 걸 생각해냈다. 그러나 제목 이외의 다른 것은 하나도 생각이 나지 않았다. 쥘 베른의 『어느 중국인의 고통』도 있었지. 그리고 그 내용은, 과부 레우 양을 흠모하는 어떤…… 김씨의 부인은 그 중국인의 고통이 무엇인지 당연히 알지 못했다. 그 책을 읽은 것이 아니라 그 책의 일부 내용을, 더욱 정확히 말하자면 삽화와 관련된 에피소드 위주로 인용한 극본을 읽은 것이 전부이기 때문이다. 그러나 김씨의 부인은 강하게 각인되어 남아 있는 그 책의 제목과 삽화의 장면 때문에 자신이 그것을 읽었다는 사실을 조금도 의심하지 않고 있는 것이다. 심지어는 그 내용을 아직도 기억하고 있다는 확신마저 든다. 그에 비하면 직접 읽은 『중국의 붉은 별』에 대해서는 읽었다는 사실을 포함한 모든 것이 의심스럽기만 한데.

"미안하지만, 난 지금은 그 사무실 열쇠를 갖고 있지 않아요. 분명히 그곳 담당자에게 넘겼다구요. 작년이라고 했나요? 나는 작년에 상하이에서 육개월 동안 일을 했습니다. 정확히 말하자면 상하이에 있는 스위스의 건설회사였어요. 네, 맞아요, 상하이로 떠나기 전에 전부 넘겨주고 갔단 말입니다, 한가지도 남김없이. 그러니깐 작년에 상하이에 있었지, 절대로 그곳에서 일한 건 아니라구요."

아, 열쇠 이야기로군. 김씨의 부인은 무의식중에 귀를 기울였다.

"아니, 난 돌아가지 않아요. 육개월이 지난 뒤 더이상 재계약을 하지 않았거든요. 그야 상하이로 떠날 때는 떠오르는 대륙 아시아에 일자리를 얻어 간다는 기대에 마음이 잔뜩 부풀었지만, 운이 나빴던지 고약한 일만 계속 당하고 말았지 뭡니까. 결정적으로 급료 수준도 제네바의 본사에 가서 들었던 것보다 낮았고, 일도 생각보다 너무 힘들었어요. 공항에 도착하자마자 첫날부터 마중 나온 사람을 따라 가방도 풀지 못하고 회사로 가서 바로 일을 시작했다니까요. 내가 있던 부서는 주로 상하이에 거주하는 유럽인의 공동 임대주택들을 관리하는 일을 맡았지요. 그런데 나는 중국어를 못하는데 아무도 나에게 중국 법률에 대해서 설명해주지 않는 거예요…… 영어로 번역된 자료조차 없었죠. 현지의 법률이나 규정을 모르면 내가 어떻게 주택관리 지침을 세우고 그에 따라 행동을 할 수가 있겠어요. 다른 사람들은 그런 건 무시하고 기존 상황을 유지하면서 일하는 것 같았지만, 난 혼란을 많이 느꼈죠. 일단 시작부터 학교에서 배운 것과 너무 달랐으니까 말입니다. 확실한 원칙도 없이 엎치락뒤치락하면서 주먹구구식으로 일이 진행되고 있다는 느낌을 지워버릴 수가 없었습니다. 그렇게 하면 안 되는 거잖아요. 그런데 어느 날은 기어코 끔찍한 사고가 나고 말았어요."

말하는 사람은 옆방에 살고 있는 필립이었다. 필립의 방문은 반쯤 열려 있었는데, 그는 전화로 누군가와 통화를 하는 중이었다. 전화기를 들고 선 채로 뒷모습을 보이고 있었다. 전화기는 집 안에 한대뿐이었으므로 누구든지 전화를 쓰고자 하는 사람은 기다란 선을 끌고 전화기를 방으로 가지고 들어가든지, 아니면 복도에 서서 통화를 해야만 했다. 회선을 공동으로 사용하기 때문에 본인이 전화를 걸었을 경우 복도에 비치된 통화 내역 카드에 자신이 건 번호와 일시를 적어놓으면 월말에 전화비 고지서를 받은 집주인이 그 내용을 종합해서 비용을 매겨주는 식이었다. 김씨의 부인은 그가 통화를 끝내면 혹시 그녀의 열쇠를 보지 못했는지, 아니면 그가 열쇠를 혼동해서 부엌에 있던 그녀의 열쇠를 다른 짐과 함께 가방에 넣고 상하이로 가져가버린 것은 아닌지 물어봐야겠다고 생각했다.

"……지붕 위에 올라가서 청소를 하던 중국인 일꾼 하나가 추락하는 사고였어요."

가엾은 필립. 김씨의 부인에게는 그 문장이 '중국에서 일하던 나는 지붕 위에 올라가서 청소를 하다가 그만 땅으로 추락하는 사고를 당하고 말았습니다' 하는 것으로 들렸다. 경험이란 살아감으로 보여지는 것들과 살아감의 바깥에 있는 어떤 것들로 이루어진다. 그것은 살아감을 구성하는 두개의 성격처럼 보이기도 한다. 김씨의 부인은 병원 대기실에 앉아 있었다. 바로 그때가 김씨의 부인에게는 두개의 살아감 중 어떤 한 부분에서 다른 부분으로 넘어가는 월경의 순간이었을 것이다. 모든 국경에는 감시초소가 있다. 그들은 증명서나 세금, 혹은 뇌물을 원한다. 그녀는 무엇을 지불했던가. 의료보험 카드, 여행자보험 카드, 여권, 아니면 단지 신용카드? 김씨의 부인은 방금 어떤 주사를 한대 맞았는데, 아무도 그것이 어떤 주사인지 알려주지 않았으므로 그녀 자신도 전혀 짐작하지 못하는 채로 주사의 효력을 견디고 있는 참이었다. 눈을 감고 의자 등받이에 기대앉은 김씨의 부인의 머릿속에는 언젠가 한번 자신이 머물렀던 듯이 생각되는, 그러나 사실은 한번도 본 적이 없는 외국의 휴양지임이 분명한, 그런데도 불구하고 자신이 그곳에 있었다는 생각이, 아니, 바로 지금 현재에 거기에 있다는 생각이 드는, 그 형태와 색채가 기묘하게 변형되어 보이는 어떤 바닷가의 모습이 떠올랐다. 좁다란 만으로 이루어진 활 모양의 해변이었으며 하늘은 낮고 푸르스름했다. 대기는 흐릿한 갈색과 연한 핑크색이 어우러져 있었다. 김씨의 부인은 보았다. 해변을 산책하는 사람들은 모두 움직이지 않는 사진이거나 그림이었다. 화려한 색의 양철이거나 마분지나 색종이, 혹은 털실 뭉치이거나 단추가 달린 헝겊이었다. 그들의 행복한 미소나 표정, 파도에 젖지 않게 붙잡고 있는 옷자락이나 줄에 묶인 개들과 펼쳐 든 양산도, 그리고 웃음소리와 유쾌한 분위기까지도 모두 움직임이 없이 풍경의 화면에 고정된 채였다. 파도만이 규칙적인 템포로 그 해변으로 밀려오고 있었다. 파도가 밀려올 때마다 그녀의 머리도 그 물의 무게를 이기지 못하고 따라서 한쪽으로 기울어지곤 했다. 밀려온 파도는 다시 바다를 향해 떠나가는 게 아니라 그녀의 내부에 그대로 쌓여갔다. 그녀의 어떤 부분은 그렇게 익사할 수밖에 없는 운명이었다. 점점 차올라오는 물은 곧 슬픔의 수위를 가리켰다. 그것은 그녀가 혼자서 온몸으로 감당해내기에는 너무나 벅찬 무거운 슬픔이었다. 마음이 침울하게 가라앉거나 우울해지는 것이 아닌, 폭포처럼 쏟아지는 격앙된 감정, 통제할 수 없는 파도를 타고 극단의 해변으로 정신없이 밀려가는 느낌이었다. 김씨의 부인은 고개를 돌리고, 자신도 미처 깨닫기 전에 옆자리에 앉은 어떤 사람을 향해 낮게 중얼거리고 있었다.

왜 이렇게 슬픈지 이유를 모르겠어요.

김씨의 부인의 흐릿한 시선을 마주한 옆자리에 앉은 사람은 흘낏 짧게 그녀를 쳐다보고는 아무런 대꾸도 없이 고개를 돌려버렸다. 그런데 다행히도 마침 지나가던 간호사가 그 말을 들었다.

그 주사를 맞으면 기분이 즉시 들뜨면서 좋아진다고 하는 사람들도 꽤 있답니다. 그래서 공연히 우울증을 호소하면서 꼭 그 주사를 맞겠다고 병원으로 오기도 해요.

예전에 보았던 것 같은 어떤 광경이 떠오르면서, 그 광경은 특별히 인상적인 기억과 연관도 없는데, 그래서 감정적이 될 아무런 이유가 없는데도, 슬픔 때문에 죽어버릴 것 같군요. 눈물이 흘러 앞이 다 안 보일 지경인데요.

조금만 기다리면 그런 감정은 다 사라질 거예요. 그런 건, 일종의 일시적인 부작용에 불과하거든요. 나중에는 기분 좋고 유쾌한 감정만 남을 겁니다. 정말이에요.

간호사는 친절하게 일러주고 병실 안으로 들어가버렸다.

김씨의 부인은 대기실 의자에 앉아 흐느껴 울었다. 그러지 않을 수가 없었다. 해변으로 파도가 규칙적인 리듬을 타고 밀려올 때마다 심장이 프레스에 눌리듯이 무자비하게 조여들었다. 마치 부드러운 스펀지가 손아귀 안에서 힘껏 비틀리는 것처럼. 그러나 그것은 이상하게도 내용이 하나도 없는 슬픔이었다. 하얀 기억의 구멍을 향해서 그녀는 통곡했다. 고등학교 때의 합창단 생활 이후 그렇게 소리를 질러본 적은 없었다.

비누를 사용한 다음에는 반드시 스펀지를 이렇게 꼭 짜놓도록 해요.

이것은 집주인 여자의 설명이었다.

그대로 놓아두면 악취가 난단 말이에요.

김씨의 부인은 고개를 끄덕이기만 했다.

그리고 열쇠는 한 사람당 하나뿐이니까 잃어버리지 않도록 아주 주의해야만 해요. 한 사람이 열쇠를 잃어버리면이 집에 사는 사람들 모두의 열쇠를 전부 교체해야만 하거든요. 그게 안전상의 원칙이니까요. 그뿐 아니라 이 건물의 모든 입주자가 건물 현관문의 열쇠를 바꿔야 해요. 상상만 해도 엄청난 일이겠죠? 게다가 비용도 전부 분실한 사람이 지불해야 한단 말이에요.

"아니, 그는 정식 직원이 아니고 말하자면 시골 출신의 임시직 잡부에 해당하는 사람이었습니다. 회사는 그를 위해서 보험을 들 의무가 없었고, 바로 그 이유 때문에, 비용이 싸게 들기 때문에 회사가 그를 고용한 셈이죠. 그는 병원으로 옮겨졌지만 별다른 치료는 행해지지 않았습니다. 누가 병원비를 지불하겠어요? 아홉명이나 되는 그의 식구들은 병원 앞으로 몰려와 그의 목숨이 아니라 자신들 앞날의 생계를 걱정하면서 울고 있었어요. 그건 아마 병상에 누워 있는 환자 자신도 마찬가지였을 겁니다."

여전히 통화를 계속하는 채로 필립은 방 밖으로 나와 물을 마시러 부엌으로 들어갔다. 전화선이 그의 뒤를 충실한 검은 개처럼 기다랗게 뒤따르고 있었다. 김씨의 부인은 몸짓만으로 필립에게, 혹시 자신의 열쇠를 보았느냐고 물었다. 그러면서 열쇠라는 말을 가리키기 위해 김씨의 부인은 입을 크게 놀리며 단어 모양을 만들어 보였다. 그러나 필립은 금방 이해하지 못하고 수화기를 손으로 막으면서

뭐? 하고 입 모양으로 반문했다. 김씨의 부인이 현관에 걸린 열쇠함을 가리키면서 다시 한번 더 묻자, 그제서야 이해한 필립은 본 적이 없다고 고개를 저었다. 그러는 중에도 전화기 저편에서는 상대편이 뭐라고 계속해서 빠른 말투로 필립에게 물어대는 게 들려왔다. 그래서 김씨의 부인은 더이상 그에게 말을 붙일 수가 없었다.

"왜 지붕에서 떨어졌느냐구요? 그건 나도 모르죠. 내가 어찌 알겠습니까, 그가 지붕에서 떨어지기를 원했는지 아니면 그날따라 부주의하게 일했는지. 난 그에 관해서 아무것도 몰라요, 그가 숙련된 지붕 청소부였는지 아니면 그날 처음으로 지붕 위로 기어 올라간 초보 인부였는지. 그건 내 일과 직접은 상관없는 거였죠. 중국인 인부를 구하는 것은 전적으로 중국인 직원이 담당하고 있었단 말입니다. 그 중국인 인부가 보호 장비를 착용하고 있었냐구요? 그걸 내가 어떻게 알아요? 보호 장비 착용이 법으로 정해져 있는지 어떤지 우리는 모른다고 말했잖아요. 중국인 직원들은 알고 있었을지 모르지만 난 몰랐단 말입니다. 하지만 지붕 청소하다가 떨어진 게 그가 처음이었던 것은 맞아요. 지붕 청소는 이전에도 이루어졌지만 아무도 떨어지지는 않았다고 하니까요. 그래서 회사에서는 전적으로 인부가 부주의했던 탓이니 그의 책임이라고 했구요. 아마 보호 장비 같은 건 처음부터 아예 있지도 않았을 겁니다. 그런 얘기를 한번도 들어본 적이 없으니…… 중국식 지붕이 어떤 모양이냐고 물었습니까? 글쎄, 그건 잘…… 하지만 우리가 관리하던 집들은 모두 유럽인만을 위한 외국인 전용 공동 빌라였어요. 그 집들의 지붕은 모두 유럽인들이 선호하는 빨갛고 각이 진 안장 모양의 경사진 지붕이었죠. …… 나는 상사에게 가서, 생명의 소중함에 대해서 적어도 한번은 얘기할 필요가 있다고 생각했습니다. 무시당할 것이 분명하긴 했지만 말입니다. 그리고 내 예상이 그대로 맞아떨어졌죠. 다른 직원들도 아무도 신경 쓰지 않았어요. 놀라울 만큼요. 중국인들은 더욱 냉담했습니다. 그들은 태연하게 말했죠, 바로 옆 병실에는 벌써 일본인 환자가 도착해서 이제나저제나 그의 장기를 기다리고 있는 중이라고."

왜 사람들은 처음에는 열쇠에 대해서 얘기하는 척하면서 결국에는 중국에 관한 화제로 옮겨가버리는 걸까. 신문을 펼치면 경제면과 문화면, 여행·레저면에 중국에 관련된 특집기사가 항상 눈에 띄고 길거리를 다니다보면 달라이 라마 대강연회 포스터와 함께 베이징올림픽을 기념하는 중국문화 전시회 포스터가 벽에 붙어 있다. 그런가 하면 제3세계의 불우 아동과 결연을 맺고 특정 아동에게 매달 일정 액수를 후원해주자는 원조 단체의 프로그램에도 중국이 등장한다. 사람들은 중국에 관해서 즐겨 말한다. 하지만 그들이 말하는 내용은 저마다 다 다르다. 시골과 대도시, 이 도시와 저 도시, 남부와 북부, 동쪽과 서쪽, 이 민족과 다른 민족들이, 불교도와 이슬람교도와 샤머니즘이, 여름과 겨울이, 비행기와 기차가, 사막과 습지가, 부자와 가난한 자들이 저마다 제각각의 파장을 갖고 서로 다른 파노라마로 펼쳐졌다. 그러나 김씨의 부인이 보는 그 이야기들의 먼 배경은 언제나 같았다. 흰 구름에 덮인 높은 산속, 동굴에는 늙은 용이 살며 까마득한 절벽에는 폭포가 흐르고 드넓은 푸른 대나무숲은 바람이 불 때마다 신비로운 소리를 내면서 기울어진다. 베이징에 있는 천자의 궁궐에는 일년 내내 전세계의 속국에서 온 사신들이 공물을 바치기 위해 다투어 몰려든다. 중국은 전쟁을 벌여 식민지를 만들어 다스리는 대신 그런 식의 상업적 계약을 이행하도록 함으로써 속국들을 통제해왔기 때문이다. 그런가 하면 미디어가 사랑하는 단골 메뉴도 있다. 피부가 들러붙도록 시커먼 전족을 한 노파, 인신매매와 성적 학대에 무력하게 노출되어 있다는 소녀들, 무자비한 문화혁명과 마오 어록……

"내가 본 상하이는 허상의 도시였어요" 하고 필립이 말하고 있었다. 중국은 서로 다른 타인들의 눈에 보여진 것들로 이루어진 나라였다. 그리고 그들 타인들은 모두 서로 다른 것을 보게 되어 있었다. 오래전에 사람들은 마르코 폴로가 거짓말쟁이라고 했지만, 사실은 그도 그의 눈에 보이도록 되어 있는 것만을 보고 돌아왔을 것이다. 『중국의 붉은 별』에 나온 중국과 『어느 중국인의 고통』에 나온 중국, 신혼여행지의 중국이 달랐던 것과 마찬가지로. 신혼여행 내내 상하이 시내를 한번도 떠나지 않았고 『어느 중국인의 고통』도 읽지 않은 김씨의 부인은 중국에 대해서 이렇게 결론을 내렸다.

그런데, 열쇠는 김씨의 부인의 주머니에 그대로 들어 있었다. 김씨의 부인은 놀라지 않았다. 용이 들어 있었다고 해도 놀라지 않았을 것이다. 김씨의 부인은 열쇠로 문을 열고 머리를 꼿꼿하게 쳐든 채 가방을 끌고 안으로 들어갔다. 처음에 나타난 작은 방의 공기는 미지근하고 시들어가는 꽃잎과 축축한 이끼와 왁스 냄새가 났다. 측면에는 곧상 다른 방으로 통하는 문이 나 있고, 다른 방은 또다른 방으로 연결되고 있었다. 각각의 방들은 싸구려 가구와 천이 씌워진 의자, 중국산 종이 전등갓 등으로 꾸며졌고 책장에는 몇권의 책이, 탁자에는 지도와 열차 시간표 등이 흩어져 있었지만 사람의 모습은 보이지 않았다. 방들을 계속 통과하다보니 도중에 주방이 나왔는데, 주방에는 여러개의 테이블이 놓였고 거기에 사람들이 모여 앉아 차나 맥주를 마시거나 신문을 읽고 있었다. 사람들의 표정은 살짝 피곤해 보였고 김씨의 부인을 향하는 그들의 시선은 멍하고 희미했다. 단지 김씨의 부인이 그들의 시선 안에 들어왔기 때문에 바라본 것이지 바라봄의 대상 자체에는 별 관심이 없다는 듯 짧게 미끄러지는 시선이었다. 다른 방보다 더 크지 않은 주방에는 빨간 조끼를 걸친 남자가 사람들에게 음료수나 간단한 먹을 것을 날라주고 있었고, 같은 모양의 빨간 조끼를 걸친 다른 남자가 전기 화덕 앞에서 달걀을 부치거나 샌드위치를 만들고 커피를 끓이고 있었기 때문에 매우 북적였다. 김씨의 부인은 여행 가방을 끌면서 그들 사이를 아주 조심스럽게 비집고 통과해야만 했다. 주방의 공기는 김이 잔뜩 서려 축축하고 끈적거렸고 음식 냄새와 기름 냄새, 커피 찌꺼기 냄새가 진하게 뒤엉켜 있었다. 여긴 마치 환기통이 고장 난 기차 화장실 같군, 하고 김씨의 부인은 주방을 바삐 빠져나가면서 생각했다. 주의하느라고 하기는 했지만 그래도 가방에 발을 부딪힌 몇명의 사람들로부터 불평을 들어야만 했다.

주방을 지나니 또다시 다음 방이 나왔다. 빈방들은 계속 이어졌다. 김씨의 부인은 가방을 끌고 계속해서 앞으로 걸었다. 이번에 방들은 연이어 직선으로 하염없이 이어지고 있었다. 방과 방 사이에는 모두 문이 열려 있었기 때문에 김씨의 부인은 자신의 앞에 반듯한 고속도로처럼 놓인 방들의 기나긴 행렬을 한눈에 똑바로 볼 수 있었다. 양편의 창으로는 백조가 노니는 초록빛 강과 호수, 정교한 소나무가 자라는 일본식 정원, 별다른 특징 없는 상업지구의 변두리들, 파도치는 바다, 들판, 모자를 쓴 여인들, 꽃병과 과일들이 흘러가며…… 어느 순간에 방들은 모두 바닥이 놋쇳빛으로 번쩍이는, 어디가 끝인지 알 수 없는 기다란 유리의 갤러리로 변한 듯했다. 김씨의 부인은 숨 막히는 흰빛으로 가득 찬 그 속에 있었다. 김씨의 부인이 걸음을 옮길 때마다 빛은 스스로 형체를 바꾸면서, 마치 그녀의 몸이 물로 이루어진 양, 수면에서 어른거리는 햇살처럼 무수한 그물과 창살을 만들며 헛되이 그녀를 가두려고 했다. 투명하고 밀도가 없는 빛의 몸이 그녀와 뒤섞였다. 그러나 김씨의 부인은 자신도 모르는 사이 스스로 물이 되어 그 사이를 빠져 흘러나갔다. 그러다 어느 순긴 문득 김씨의 부인은 저 멀리 앞쪽 어느 방과 방 사이의 문지방에 한 남자가 서 있는 것을 보았다. 남자의 얼굴이 분명히 보이지는 않았다. 멀리 떨어져 있기도 했지만 빛을 등지고 있었기 때문에, 반쯤 빛에 어우러져버린 거무스름한 실루엣으로만 나타날 뿐이었다. 그러나 김씨의 부인은 그가 주방에 있던 남자들처럼 빨간 조끼 차림이고 손에는 식당의 종업원들이 들고 다니는 휴대용 영수증 발급기처럼 생긴 물건을 들고 있는 것을 알아차릴 수 있었다. 그곳은 김씨의 부인이 모르는 세계였다. 그 연쇄적인 방들, 창밖의 풍경이 숲에서 도시로, 여름에서 겨울로 이동하며 빛과 물의 국경을 넘나드는 그 방들은 김씨의 부인이 서울에도, 상하이에도, 그리고 이름이 정해지지 않은 제3의 도시에도 갖고 있는 방이 아니었다. 그것은 덜컹거리는 기차였고, 그 남자는 표를 검사하는 검표원이었다. 드디어 남자가 서 있는 곳까지 온 김씨의 부인은 그에게 편지를 내밀었다. 그러자 그들을 둘러싸고 있는 빛이 서서히 희미해져갔다. 기차는 어두운 동굴 속으로 들어가고 있었다.

비행기를 타고 열다섯시간 이상을 날아온 김씨의 부인은 공항에서 곧장 버스를 타고 기차역으로 간 다음 간신히 시간을 맞추어 기차에 올라탔다. 미리 확인해본 바에 의하면 기차가 출발하는 시간은 오후 5시 15분으로, 그 기차를 놓치면 다른 기차를 타고 한밤중에 낯선 도시에서 두번이나 갈아타거나, 아니면 다음 날까지 기다려야만 했던 것이다. 바퀴 달린 커다란 여행 가방을 끌고——그녀는 다시는 집으로 돌아가지 않을 생각이었기 때문에 최대한 많은 짐을 담을 수 있도록 특별히 커다란 가방을 원했다──어깨에 괴테의『파우스트』를 포함한 여러권의 책과 간단한 소지품이 든 무거운 가방까지 멘 채로, 여전히 귀는 먹먹하고 수면 부족에다 이코노미석의 좁은 공간에 장시간 갇혀 있었던 경험 때문에 아직도 질식할 듯한 기분으로, 자신이 거의 한나절을 뒤로 날아왔다는 사실을 잘 실감하지도 못하면서, 그러는 동시에 그 사실에 스스로 어느 정도는 감탄하고 많이 어리둥절해하면서, 김씨의 부인은 열차의 빈 좌석을 찾아 자리를 잡을 수 있었다. 김씨의 부인은 언제라도 꺼내서 반복해서 읽을 수 있도록 가방 앞주머니에 그 편지를 가지고 있었다. 겨우 한달 전에야 김씨의 부인이 받았던 그 편지였다.

그 편지는 김씨의 부인이 걷잡을 수 없는 사랑에 빠져버린 외발자전거 공연가가 자신의 공연 일정과 스케줄을 알려주기 위해서 오래전부터 김씨의 부인에게 보내기로 되어 있던, 그런 예정된 편지였다. 그런데 기기에는 예상하지 못한 하나의 새로운 사실이 추가되어 있었다. 그의 아내가 떠나기로 결심했다고 적혀 있었던 것이다. 편지에 의하면, 아직 떠난 것은 아니지만 아내의 결심은 확고하고, 인도로 돌아가 가족들과 함께 지내면서 인도 전통 음악을 공부하기를 원한다는 내용이었다. 그리고 그는 계속해서 썼다. 자신은 아내의 그런 결정에 아무런 반대 의사도 갖고 있지 않으며, 앞으로 한달여 동안 국경 지방에 있는 도시들을 돌아다니며 거리공연을 할 예정이라고.

난.

거리공연가가 편지에서 김씨의 부인을 불렀다. 몇번이나 불렀다. 그는 김씨의 부인의 이름에서 마지막 음절을 간략하게 만든 그 한 음절을 좋아했다. 그는 아무도 김씨의 부인을 부르지 않은 그런 방식으로 그녀를 불렀다. 그는 누구와도 구별되는 깊고 아름다운 목소리를 가지고 있었다. 그리고 검은 망토를 두른 마법사이기도 했다. 그의 목소리는 자신이 말하는 대사를 살아 있는 비둘기로 만들어 하늘로 날려 보낼 수 있었다. 가방에서 꺼낸 나무 오리를 울게 할 수 있었다. 그 오리가 주둥이를 이용해 검은 표지의 책에서 운명의 페이지를 펼치도록 할 수도 있었다. 그리고 그가 그 페이지에 적힌 문장을 읽으면, 그것은 시가 되었다. 관객들은 자신도 모르게 사로잡혀 가슴 떨리는 한숨을 내쉬었다. 그는 청년처럼 우아하게 마른 아름다운 몸과 은빛의 아름다운 머리칼을 가졌다. 비록 주름졌으나 여전히 아름다운 미소를 피워내는 얼굴도. 피에로의 코를 달고 기다란 장대 위에 올라서서 우스꽝스러운 광대 연기를 할 때조차도 그는 아름다운 배우였다. 그것은 그의 몸짓에서 드러나고 있었다. 설사 그가 연기하던 방의 불이 꺼져 실제로는 무대 위에서 그의 모습을 전혀 볼 수 없게 된다고 해도, 그럼에도 불구하고 그가 다른 때가 아닌 바로 그 순간에 '아름답게 보인다'는 사실을 의심할 관객은 아무도 없을 것이다. 그것도 더욱 변함없는 방식으로 아름답게. 그는 놀랍게도 암사슴처럼 젊은 김씨의 부인이 늘 꿈꾸어오던, 오직 불분명한 갈망들로 이루어진 분명한 존재였다. 김씨의 부인은 그것을 알아보았다. 그리고 그들은 이끌렸다. 사랑에 빠졌다. 짧고 눈부신 기적의 순간이었다.

갑자기 기차가 캄캄한 어둠 속에서 덜컹 멈추어 섰다. 그곳은 원래 기차가 정차하기로 되어 있는 정류장은 아니었다. 그러나 원인을 알 수 없는 고장으로 인해서, 기차는 더이상 갈 수가 없으니, 승객들은 모두 이곳에서 다른 기차로 갈아타야 한다는 것이었다. 게다가 이곳은 작은 역이라 연결편이 많지 않기 때문에, 승객들은 시간표를 유심히 살펴보고, 가능한 연결편이 있는 가까운 큰 도시로 가는 기차를 타는 방법도 고려해보아야 할 것이라고 안내 방송이 나왔다. 김씨의 부인은 그 자리에 쓰러져 그대로 잠이 들 수 있을 정도로 지치고 피곤했으나, 가방을 끌고 다른 사람들 틈에 섞여 기차에서 내려 황량한 플랫폼에 섰다. 하늘에는 우유 방울처럼 창백한 별들이 맺혀 있었고, 지상에는 멈추어 선 기차와 이어진 선로, 그리고 김씨의 부인이 있었다. 별들이 이들을 내려다보고 있었다. 그곳은 아마도 지금 현재 거리공연가가 시내의 한 레스토랑에서 저녁 공연을 펼치고 있을 그 도시로부터 겨우 40킬로미터 정도 떨어진 작은 마을의 한 역이었다.

제복을 입은 역무원이 멍하니 서 있는 김씨의 부인에게 다가와 목적지를 물었다. 그리고 반시간 정도만 기다리면 목적지로 가는 기차를 탈 수 있을 거라고 일러주었다. 그가 말하고 있는 사이에 기차가 한대 도착했다가 잠시 정차 후에 다시 떠났다. 그는 말했다, 김씨의 부인이 '반시간 정도' 기다리고 있다가 기차를 타면 된다고. 플랫폼에 걸려 있는 기차시간표에도 그렇게 나와 있었다. 그러나 만일 기차가 연착을 한다면? 김씨의 부인이 원래 타고 왔던 기차도 예정 시간보다 십오분이나 늦게 바로 전 역에 도착했던 것이다. 그래서 약속된 '반시간 정도' 후에, 김씨의 부인이 타야 할 기차가 아니라 전혀 엉뚱한 기차가 플랫폼에 도착한다면, 어떻게 그걸 알 수 있단 말인가. 기차의 몸통 어딘가에 노선이나 기차 번호가 씌어 있지 않다면? 아니면, 빠르게 달려와서 우뚝 멈춰버릴 기차에서 김씨의 부인이 그 표시를 놓치기라도 한다면? 기차가 멈추어 섰는데, 기차의 행선지가 가장 앞쪽의 기관차 앞 유리창에만 붙어 있다면? 그러면 김씨의 부인은 무겁고 커다란 가방을 거추 장스럽게 끌고 가장 앞쪽으로 가서 그 표시를 확인한 다 음에 기차를 타야 하리라. 그러나 과연 기차가 이렇게 작 은 역에서 그렇게 오래 정차하고 있을지? 방금 지나간 기 차도 겨우 삼십초 남짓만 멈춰 있지 않았던가. 그리고 가 장 큰 문제는, 시간표상에 나와 있는 정돈된 형식 말고, 실 제로 지금 눈앞에 도착해 있는 이 기차가 어디로 가는 것 인지, 그것을 알려주는 정규적인 방법이 무엇인지, 그러므 로 기차가 도착할 때 어떤 부분을 유심히 눈여겨봐야 하 는지 김씨의 부인이 전혀 모른다는 것이었다. 기차의 가장 앞에 전광판으로 나타나는지, 아니면 객실 차량 옆에 안내 팻말이라도 붙어 있는지. 전자 안내판이 설치되어 있는 큰 도시의 역에서라면 필요 없는 걱정이겠지만, 플랫폼이 한 개밖에 없는 이 작은 역에는 그런 시설은 되어 있지 않았 다. 김씨의 부인은 그제서야 갑자기 몰려오는 두려움으로 가슴이 조여들었다. 만일 오늘의 마지막 기차가 될 그것을 놓치기라도 한다면? 아니, 그러다가 잘못된 기차에 올라 타고 아주 다른 곳으로 가버리기라도 한다면? 그러면 거 리공연가는 김씨의 부인이 마음을 바꾸고 오지 않기로 결 정한 거라고 생각해버릴 것이다. 두려움에 굴복했다고 믿 을 것이다.

나의 난, 당신이 두려워하고 있다는 것을 잘 알아요. 이해하기도 합니다.

거리공연가는 여러번이나 이렇게 썼던 것이다.

김씨의 부인은 오랫동안 자신의 희곡에 대해서는 거의 잊고 있었다. 망각해버렸다기보다는 의식의 표면으로 떠올리는 일을 습관적으로 피해버린 것이다. 하지만 그것은 출판되지도, 공연되지도 못한 것이니 어떤 형태로든 잊혀지는 것은 당연할지도 몰랐다. 그래서 여러 해가 지난 어느 날, 그 희곡에 대해서 기억하고 있는 사람을 우연히 만나게 되었을 때는 놀라움과 희미한 두근거림과 동시에, 제발 그 사람이 공연이 좌절된 자세한 내막까지는 기억하고 있지 말아주었으면 하는 반사적인 바람까지 가졌던 것이다. 그러나 김씨의 부인의 이런 기대는 처음부터 이루어질 희망이 없어 보였다. 왜냐하면 그 사람은 바로 그 희곡을 무대에 올리기 일보 직전까지 가지고 갔고, 그럼에도 불구하고 배우들과의 관계를 망치는 바람에 결국 공연이 취소되게 만든데다가, 더구나 김씨의 부인이 자신의 내밀한 욕망을 들켰다고 생각하고 절대로 두번 다시는 만나지 않게 되기를 간절히 바랐던 장본인인 그 연출자였기 때문이다. 자주는 아니지만 김씨의 부인은 여전히 무대 활동을 하고 있었고 그도 역시 마찬가지로 계속 연출자로 일하고 있었으므로, 보통의 경우라면 그들이 서로 마주쳤다는 것은 사실 큰 우연이라고 할 수는 없었다. 특이한 점이라고 한다면 연출자는 그사이 가족들이 살고 있는 남아메리카로 이민을 떠났고, 한국이 아닌 그곳에서 연극 연출자로 일한다는 것이다. 오랜만에 한국을 방문하게 된 그는 시간을 내서 혼자 연극 공연을 보러 왔다가, 역시 마찬가지로 혼자 공연을 보러 온 김씨의 부인과 우연히 마주쳤다. 김씨의 부인의 불안은 어긋나지 않아서, 그는 예상대로 그간의 안부를 물은 다음, 곧장 그 희곡에 관한 이야기를 꺼내는 것이었다.

김씨의 부인은 처음에는 적절한 대답을 찾지 못해 곤란했고 다음에는 부끄러움에 얼굴이 달아올랐다. 연출자가 김씨의 부인의 희곡이 자신이 연출한 작품들 중에 인상이 크게 남는 작품 중의 하나였다고 칭찬하면서, 혹시 그 이후에 다른 작품을 썼느냐고 물었기 때문이다. 이 사람은 그 희곡으로 인해 우리 모두가 얼마나 곤란한 일을 겪었는지 그사이 다 잊었단 말인가? 투자자에게는 엄청난 손해를 끼쳤고, 지원금을 받은 정부 단체로부터는 엄중한 경고를 받았으며, 여러번의 다툼으로 인해 배우들 간의 사이도 돌이킬 수 없이 벌어졌고, 결과적으로 나는 다시는 희곡을 쓸 생각도 못하고 있는데. 하지만 김씨의 부인은 이런 사실들을 일일이 지적해주는 대신에 애매한 미소만 입가에 띄우기로 했다. 그것은 자신이 상상할 수 있는 영역을 넘어설 만큼 커다란 꿈과 욕망을 가졌던 한 여인, 그러나 다른 사람에게 그것을 한조각이나마 드러내 보이기를 극도로 두려워하여 엄청나게 과장된 대형 장치 속의 한 조그만 방에서 수많은 다른 자기 자신들 속에 숨어버리는 것이 필요했던, 그렇지만 어떤 우연한 사고로 다른 방들의 불이 동시에 다 꺼져버리고 자신의 방 하나에만 불이 밝혀지자, 그동안 조심스럽게 유지해오던 자신의 익명을 일시적으로 망각했던 여배우와, 그녀에게 그 익명의 의무를, 비록 의도한 것은 아니라도 불유쾌한 방식으로 일깨워주었던 한 연출자의 재회였다. 김씨의 부인은 그와 함께 있는 것이 불편했다. 그와 어쩔 수 없이 연관되어 있는 그 사건 — 김씨의 부인은 그 일을 그렇게 명명했다 — 을 필연적으로 상기해야만 하기 때문이었다. 그러나 연출자는 이번에도 김씨의 부인과 생각이 달랐다. 그는 김씨의 부인과 오랫동안 얘기하고 싶어했다. 특히 그 희곡에 대해서. 우리가 어떻게 했더라면 일을 그 지경으로까지 몰고 가지 않고 무대에서 성공적으로 공연할 수 있었을까, 좀더 자유로운 분위기로 배우들에게 재량권을 주면서 그들이 연기의 테두리 안에서 머무르게 통제할 수 있는 방법은 정녕 없었을까, 모노톤의 파노라마를 더욱 효과적으로 나타낼 수 있을, 우리가 미처 생각하지 못했던 다른 방법이 있지는 않았을까. 성공하기만 했더라면 그것은 우리 두 사람 모두에게 정말로 엄청난 기회였을 텐데! 연출자의 모놀로그는 끝없이 이어지기만 했다. 그는 중간중간에 머리를 마구 흔들면서 "어쨌거나 그런 미친 짓을 다 기획하다니, 우리는 그때 모두 머리가 어떻게 되었던 것이 틀림없어! 그 엄청난 방들! 엄청난 배우들! 무의미를 증명하기 위해서 그토록이나 힘들어야 했단 말인가!" 하거나 "비평가들이 실제 공연을 봤더라면 아마 어쩌면 더욱 사납게 비판을 해댔을지도 모르는 일이지, 하하!" 하고 혼자 무릎을 치면서 웃음을 터뜨리기도 했다. 그러다가 문득 생각난 듯이 김씨의 부인을 향해 고개를 숙이고, 심각하고 낮은 목소리로 말하는 것이었다.

 "이제야 고백하자면 닌 말이죠, 사실 그때 공연이 완전히 무산된 다음에 이런 생각을 했었습니다. 당신이 제안한 내용을 받아들였더라면 어땠을까, 하는 뒤늦은 후회 말입니다. 무대 위의 수많은 방 중에서 단 한개의 방 안에 유일한 진짜 배우인 당신이 있는 겁니다. 그렇다고 나머지 방들이 모두 죽어 있는 건 아니니까 불을 꺼둘 필요는 없어요. 다른 방들에는 배우 대신에 마리오네트 인형을 하나씩 집어넣어놓는 겁니다. 인형들에는 미리 간단한 기계장치를 해놓아서 혼자서 빙빙 돌면서 춤을 추거나 앉아 있거나 서 있거나 간단한 동작을 되풀이하도록 하고, 간혹은 한방에 두개의 인형을 서로 사랑을 나누는 포즈로 눕혀놓거나 하는 거죠. 관객들은 첫눈에 얼핏 보아서는 누가 인형이고 누가 진짜 배우인지 금방은 구별할 수 없지만, 그래도 어느 정도 시간이 지나면 어느 방에 진짜 배우가 들어 있는지 알아차릴 수밖에 없지 않겠어요? 마리오네트 인형들은 영화에 나오는 잘 만든 로봇처럼 자연스럽게 연기하는 게 아니라 그야말로 인형처럼 고개나 갸우뚱거리고 팔다리나 대충 대롱거릴 뿐일 테니까. 그러므로 그 인형들은 눈속임을 위한 것이 아니에요. 그 반대로, 진짜 발견을 위한 도구가 되는 겁니다. 관객들이 당신을 알아보는 그 순간부터 관객들의 입장에서는 진짜 연극이 시작되는 셈인 것이니까. 인형들도 당신과 마찬가지로 일정 시간이 지나면 방을 바꾸도록 할 수가 있어요. 하지만 인형들의 역할은 어디까지나 인형들로 머무는 것뿐이고, 무대의 메인이 될 진짜 즉흥연기는 당신이 홀로 펼치는 것입니다. 관객들은 수동적으로 무대를 쳐다보기만 하는 게 아니라, 수많은 마리오네트 클론 중에서 '당신'을 알아보아야 하는 임무를 부

244

여받는 셈이죠. 물론 이런 공연을 위해서는 무대에 특별한 기계장치가 필요하겠지만, 어때요, 해볼 만하다는 생각이 들지 않나요? 왜 우리는 처음부터 그런 생각을 하지 못했을까요?"

처음에는 분명 불편하게만 느꼈던 그 연출자를 언제부터 사랑하게 되었는지 김씨의 부인은 정확히는 기억할 수 없었다. 그들은 연출자가 남아메리카로 돌아가는 전날까지 매일 만났다. 그들은 긴 시간 동안 연극과 희곡, 특히 김씨의 부인이 쓴 그 희곡에 대해서, 어떻게 하면 그것을 성공적으로 만들 수 있었을까 이야기를 나누고 또 나누었다. 이미 한 이야기도 반복해서 화제에 올리곤 했다. 그러다 어느 순간 김씨의 부인은, 그가 그리워하거나 적어도 회고하는 대상이 그녀의 희곡 작품 자체가 아니라, 이미 지나가버렸으며 다시는 돌아오지 않을 연출자 자신의 활기차고 도전적인 젊음이라는 사실을 깨닫게 되었다. 그것을 알아차리는 순간 김씨의 부인의 마음은 고무공이 튀어 오르듯 한결 가벼워지면서, 뭔가 죄를 지은 듯한 기분에 싸여 언제 그 죄목이 그의 입에서 튀어나올지 몰라 조마조마해하면서 그 앞에 앉아 있지 않아도 된다는 크나큰 안도감을 느꼈다. 그 이후부터 김씨의 부인은 훨씬 더 부드럽고 관대하며 다정한 미소를 그에게 보낼 수 있었다. 그것은 지금까지의 애매하거나 회피하는 미소가 아니었고, 약점이 잡혔다고 느끼는 자가 비굴하게 내보이는 방어와 애원의 미소도 아니었다. 그것은 기꺼이 즐겨 청취하는 자들만이 가지는 거침없고 적극적인 미소였다. 순수한 숭배의 마음을 굴욕감 없이 드러내 보일 수 있는 소녀의 미소였다. 그 특별한 미소는 진한 향수에 잠겨 있는 연출자의 마음을 사로잡았다. 그는 자신이 여전히 젊고 열정적이며, 지난날 한때 그러했던 것처럼 모험이나 광기를 두려워하지 않고, 그 어떤 것에도 아첨하지 않으며, 심지어 타인에게도 그런 열정을 전파할 수 있는데다가, 자신의 열정으로 인하여 타인의 마음에도 마찬가지의 불꽃이 피어나게 할 수 있다는 환상 속으로 빠져들어갔다. 말할 것도 없이 그것은 김씨의 부인의 미소가 있었기에 가능해진 환상이었다.

김씨의 부인은 보았다. 연출자의 눈빛이 어느새 점점 더 선명하고 강렬해지면서, 숱이 많이 빠진 부스스한 머리칼과 마른 입술에는 윤기가 흐르고, 구부정하던 어깨와 목덜미도 꼿꼿하게 힘이 들어가 더이상 위축되고 움츠린 자세가 아니며, 말투도 예전의 건방진 단호함을 되찾아가는 것을. 백명에 가까운 배우들을 혼자 상대하며 그들을 지휘하고 통제할 수 있다고 믿고 타협을 경멸하던, 그런 자신만만한 표정이 그의 얼굴에 서서히 떠오르는 것을. 그때 문득 김씨의 부인은 마음 한구석이 뜨거워지는 것을 느꼈다. 잊혀진 것들은, 처음부터 아예 존재하지 않았던 것들과는 달리, 잊혀진 채로 남아 있어서는 안 되는 것이었다. 그것은 어떤 형태로든 되살아나야 하는 사명을 띠고 있었다. '왜 우리는 처음부터 그런 생각을 하지 못했을까요?' 하는 그들의 최초의 질문은 어느새 '왜 우리는 처음부터 서로를 알아보지 못했을까요? 그토록 많은 시간을 함께 보냈는데⋯⋯' 하는 질문으로 바뀌고 있었다.

그러나 그들의 사랑이 아무리 구원의 빛으로 가득 찬 것이라 해도, 그것은 오래 지속되지는 못할 운명이었다. 연출자는 남아메리카로 되돌아가야 했고, 서로의 가족을 외면할 수 없는데다가 ― 연출자는 이미 몇달 전에 할아버지가 된 몸이기도 했다 ― 그들 스스로가 이 사랑은 너무나 운명적이기 때문에, 오래가서는 안 될 것이라는 본능적인 방어의 성벽을 쌓고 있었기 때문이다. 그들이 원하는 것은 물속에서 막 육지로 스스로 튀어 올라온 물고기가 생의 마지막 짧은 순간에 비로소 눈동자에 담게 될 온갖 찬란한 것들이었다. 그것은 햇볕의 뜨거움과 꽃의 향기와 하늘을 나는 앵무새와 불을 뿜는 화산과 아지랑이 속을 나풀거리는 나비로 표현되는 찬란한 것들이고, 바로 그런 물고기의 몸과 허공 사이에 놓인 경계의 순간에만 경험할 수 있기 때문에 결코 전해지지 못할 전설의 장면들이며, 따라서 유일한 것이다. 그러나 또한 어떤 식으로든 헤어짐을 수긍하는 사랑은 이미 사랑이 아닌 사랑의 찌꺼기에 불과한 것임도 자명했다. 그들은 이제, 어떻게 하면 사랑의 인스퍼레이션을 죽이지 않으면서도 그 성격이 서서히 말라 변질하는 것을 막을 수 있을까, 마치 그것이 그들을 살아 있게 하는 최후의 열쇠라도 되는 것처럼 필사적으로 궁리하기 시작했다.

거리공연가는 낭독을 계속했다.

그러나 정말로 두려운 것은, 우리가 그런 두려움 때문에 아무것도 시도해보지 못한 채 그대로 멈추어버리고 말지도 모른다는 불안한 가능성입니다. 그러면 우리는 도중에 불현듯 기차에서 내릴 것이고, 기차 시간표를 이해하지 못할 것이며, 역무원의 말도 알아듣지 못하고, 소중한 편지나 기차표를 잃어버리고, 그리하여 목적지를 눈앞에 두고도 더이상 앞으로 나가는 대신에 입술을 깨물면서 헛되이 절망하고, 그리고 되돌아가버릴지도 모릅니다. 우리의 혀가 낯선 언어 앞에서 굳어버리는 바람에 어느 순간인가 자연으로부터 부여받은 마법의 몸짓까지 잃어버린다면 말이지요. 그러면 우리는 빠르게 털실이나 헝겊, 마분지나

양철 조각으로 바뀝니다. 색종이가 되어 흩날립니다. 그래도 어느 날인가 우리는 해변으로 놀러 갈 것입니다. 그곳에서 즐겁게 웃을 것입니다. 비록 우리가 그때 서로의 행복한 순간을, 그림 속을 산책하는 자가 되어 일시적으로 스쳐갈 일이 생길지는 몰라도, 나와 당신, 그리고 당신과 나를 기다리는 다른 특별한 일은 더이상 없을 겁니다.

나는 살아오면서 두려움들을 수없이 목격해왔고 스스로 두려움에 휩싸인 적도 여러번입니다. 내 두려움으로 거대한 성을 쌓고, 그 안에 나를 가두려고도 했습니다. 네팔로 떠나기 전, 법률 공부를 완전히 중단해버리기 전, 스물두살이란 젊은 나이로 아버지가 되기 전, 안나푸르나에 올라가기 전…… 두려움에 대항한 나의 선택은 항상 적절한 것이었을까요? 그리고 당신의 선택은? 유감스럽게도 나는 당신에게 그것을 미리 가르쳐주지 못합니다. 나는 당신의 선생이 아니에요…… 그리고 당신이 무언가를 배우고자 한다면, 적어도 그것은 나를 포함한 누군가의 입에서 나오는 경구를 통해서는 아니어야 하겠죠. 그러나 그런 두려움이 우리의 길을 막아설 것이라는 점만은 분명해 보이므로, 나는 두려움에 대해서, 두렵지만 계속해서 얘기할 수밖에 없습니다.

그리하여 우리가 두려워하며, 우리 안에서 한순간 솟아

올랐던 그 말 없는 환한 노래를 더이상 부르지도 못하고 이해하지도 못한다면, 나의 난, 이 편지는 세상에서 가장 무의미하고 파렴치한 거짓말로 남아버릴 겁니다. 파렴치한 것은 단순히 진실이 아닌 것보다 더 나빠요. 그것은 거짓말을 이용하는 것이니까. 그러면 이 편지는 차라리 쓰이지 않는 편이 더 나았을지도 모르는 일이죠. 두려움에 사로잡힌 우리는 곧장 침묵의 무덤으로 달아나 거기에 누워버릴 겁니다. 그곳에서는 아무런 일도 일어나지 않고, 어떤 노래도 없으며, 이 사람의 얼굴은 저 사람의 것과 차이가 없고—사람들은 거기에 '근본적으로'라는 말을 붙이기도 합니다—이 사람의 기억은 저 사람의 것과 다르지 않거나 달라야 할 이유가 없습니다. 나의 난, '무덤'이란 말이 당신을 움츠러들게 하는가요? 설사 당신이 젊은 날의 나처럼 두려움을 가진 채 뒤로 물러서려 한다고 해도, 나는 당신에게 앞으로 가라고 몰아세우지 않을 것입니다. 나는 살아오면서 두려움을 이해하는 법을 배웠습니다. 자신의 것은 물론 타인의 것도 말이죠. 나의 난, 그러므로 나는 당신을 이해합니다. 당신을 겁주려는 것이 아니에요. 재촉하는 것도 아니며, 당신이 어떤 결정을 내릴지라도 당신을 원망하거나 저주하지 않습니다. 당신이 나를 잊고 돌아간다고 해도, 그곳에서도 당신은 여전히 무대에 서고 어쩌면 극본을 쓸 수도 있겠지요. 당신은 또한 사랑을 하기도 하고 받기도 할 겁니다. 당신은 행복할지도 몰라요, 그것도 아주 오랜 시간 동안!

내가 상상하는 것은 좀 다른 겁니다. 지금 내 눈은 더 멀리를 보고 있어요. 많은 시간이 지나간 뒤, 우리의 죽음에서 풍기는 악취가 수많은 사람들의 죽음으로 이루어진 도시의 쓰레기 더미 위를 떠돌다가, 그 위에 새로 세워지는 또다른 도시의 지하 수로에서 사라지는 것을. 연기와 강물이 한세상을 이루었다가, 또다른 연기와 강물에 자리를 내어주는 것을. 너무나 오랜 시간, 허공조차 사라지게 될 그런 시간이 흘러가는 것을. 나의 오필리아여, 그러다 어느 날 하루는, 우리들이 살아 있을 때의 어떤 날들이 그러했던 것처럼 믿기 힘들게 눈부신 때가 단 한번 있어서, 무덤 위에 눈 덮인 아득히 높은 산과 그 위에 맑은 호수가 생겨나, 우리는 그 물속을 무게도 부피도 없이 너울거릴 겁니다. 미래의 순례자들이 물속에 있는 우리의 눈을 말없이 들여다볼 것입니다. 우리가 예전에 서로를 들여다보았듯이 말이죠. 그때 사방이 아무리 꿈처럼 아름답고 이슬이 천지에 영롱하다 해도, 우리들은 이미 아득히 오래전부터, 사라진 침묵 그 이상의 아무것도 아닐 테지만, 우리는 물속에서, 그들을, 순례자들을, 그들의 고통에 찬 눈을 마치 우리들의 것인 양, 한때 우리들의 것이었던 양 가만히 들여다볼 것입니다.

그리고 또 내가 보는 것은, 당신이 나처럼 나이 들게 되었을 때의 어느 날, 이미 내가 이 세상에서 사라지고 없는 어느 날의 일입니다. 그날 당신이 많은 것을 보게 되며, 그렇게 바라본 사물들 중의 무언가가 당신의 기억을 건드려, 그 기억이 우리들 주변을 서성이게 되고, 그리고 어느 순간 당신은 이 편지를 읽던 때를 떠올리게 되며, 그날 하루, 정처 없는 산책에 나선 당신. 생명의 열정은 미지근하고 검게 굳은 피는 이상할 정도로 천천히 흐르며, 무엇을 잊었는지 기억하지도 못하면서 ── 아마도 당신은 그것이 열쇠라고 생각할지도 모르겠군요 ── 하루 종일 그것을 찾아 이곳저곳을 정처 없이 떠돌 것입니다. 이 방 저 방을 느리게 돌아다니며, 간혹 누군가 당신을 도와주지 않을까 헛된 바람을 가지고 창밖을 바라볼 테지요. 그러면 항상 당신을 형성해왔던 다른 사람들의 의식과 기억이, 당신이 연기해온 인물들, 당신을 연기해온 인물들이 정체를 숨긴 채 창문에 차례로 나타났다 사라질 것입니다. 그 나타났다 사라짐이 일정한 속도를 갖고 있기 때문에, 당신은 기차를 타고 있다는 생각을 할지도 모릅니다. 창문에서 나타나는 그들은 반대 방향에서 오는 기차를 타고 당신을 스쳐 지나가면서, 당신과 마찬가지의 생각에 잠겨 있을 것입니다. 당신이 때로 스스로를 정녕 낯설게 여기는 것은, 그런 가상의 인물들에 대한 당신의 유난히 높은 감수성과 호응력에 기인하기도 합니다. 하지만 당신은 일생 동안 헛되이 그들 사이를 헤매고 다닐 테지요. 그들을 마치 당신 자신처럼, 그렇게 친근하고 남몰래 안타깝게 여길 것입니다. 나는 아무것도 말하지 않습니다. 분명 지금 어둡고 깊은 불안과 두려움을 마주하고 있을 나의 난, 당신이 어떤 결정을 내린 상태로 그날을 맞이하게 될 것인지에 대해서는. 그러나 어떤 경우라도, 그날도 여전히 당신 기억의 깊은 아궁이 속에서는, 타오르지 못한 불씨가 오랜 세월 동안 저절로 말라 죽어가는 쓰라린 냄새를 풍기고 있을 것입니다.

무종

그날 밤 나는 한 모형비행기 수집가와 함께 택시를 타고 강 위쪽 도로를 달려갔으나, 늘 그렇듯이 강물이 검은 기름의 눈동자를 번득이는 것은 철제 난간과 흉한 화단에 가려 보이지 않았다. 그전에는 정원 딸린 빌라들이 늘어선 부자들의 주택가를 통과했고, 불이 꺼진 중앙역사와 문을 닫은 상점들, 역사 주변의 호텔과 여행사 들, 유리 몸체가 어두운 광채를 발하는 높은 건물들의 지역도 지나왔는데, 나는 그사이 발등을 덮는 흰 구두를 신은 사람들이 바닥에서 손바닥 하나 정도 살짝 허공으로 들린 것 같은 걸음걸이로 길을 달려가는 것을 보았다는 생각이 들었고, 건물들 뒤에 자리 잡은, 울퉁불퉁한 돌이 깔린 좁은 도로를 덜컹거리며 지날 때마다 몸집이 작고 어깨가 다부진 택시운전사는 알아들을 수 없는 단어들을 웅얼거리며 불평을 토해냈다. 나는 그의 말을 이해하려고 고개를 앞으로 내밀고 귀를 기울였지만 여전히 바람이 쉭쉭거리는 듯한 이상한 소리만 들려왔고, 그래서 우리는 고장 난 라디오가 그를 대신해서 그의 말을 하는 것이 아닌가 하는 착각에 빠졌는데, 예상했던 대로, 거울에 비친 그의 모습은 외국인이었고, 짧은 콧수염을 기르고 손등에 털이 난 외국인이었으며, 피부는 검었고, 처음 택시에 탔을 때는 단어 그대로 석탄처럼 검다고 생각했는데, 그 검은 얼굴은 내가 몇년 전 이곳저곳 도시의 동물원에서 하루를 보내며 살 때, 커다란 러시아제 구형 카메라를 들고 나에게 와 사진을 찍어달라고 내밀던 어떤 외로운 아프리카인을 연상시켰고, 나는 서툴게 셔터를 눌렀는데 이상하게 카메라가 작동하지 않아, 굵은 창살이 쳐진 흰꼬리안경원숭이 우리 앞에 인내심을 갖고 홀로 앉아 있는 덩치 큰 한명의 아프리카인을 향해 여러번이나 카메라를 겨냥해야 했으며, 햇빛이 환하게 비치는 눈부신 대낮이었고, 렌즈 속으로 들어온 광경은 당혹스럽게도 시커멓게 그늘진 창살 우리 주변과 한없이 과장된 백색의 섬광뿐으로, 우리 속의 흰꼬리안경원숭이도 아프리카인의 모습도 흔적 없이 사라져버리고 말았으므로 매번 당황한 채 다시 눈을 카메라에서 떼면, 그들은 모두 내가 그늘이라고만 생각했던 그 어두운 무늬의 일부를 이루고 있었음이 밝혀지곤 했다. 그늘인 채로 나와 눈이 마주칠 때마다 갑자기 그늘이 아닌 것으로 되어버리던 아프리카인의 기억. 하지만 마주 오는 자동차의 번득이는 불빛이 운전사의 얼굴을 정면으로 비춘 다음 사선으로 미끄러지는 순간에는, 그의 얼굴은 우유가 많이 들어간 카푸치노 빛깔로 반짝였으며, 모형비행기 수집가가 노골적으로 화를 내기 시작한 어느 시점부터는 점점 생기가 없는 회색으로 변하여, 마침내 운전사가 고개를 뒤쪽으로 돌린 한순간, 나는 납빛 촛농으로 굳어진 외국인의 얼굴 위로 기어가는 벌레 한마리를 보았거나, 정말로 외국인이 모는 택시 뒷좌석에 앉아 있는 것이었다.

　운전사의 언어는 믿기 어려울 만큼 풍부한 모음의 묶음으로 이루어졌는데, 그 묶음은 너무도 거대하여 아무도 들어 올릴 수 없는 바람의 다발처럼 무겁게 느껴졌고, 한번도 마주친 적이 없을 정도로 강렬하게 번들거리는 눈빛은 이상한 긴장 속으로 상대편을 몰아넣기에 충분해 보였다. 여기까지 오는 동안 운전사는 간혹 이유 없이 낄낄거렸고, 우리가 무슨 일을 하는 사람인지 예의 없이 물어댔는데, 그런 그의 질문은 거의 알아들을 수가 없었고, 그는 우리가 말한 '문학'이란 단어를 이해하지도 못했으므로, 따라서 우리가 이미 그에게 말해둔 주소와 행선지를 그가 제대로 알아듣지 못했을 것도 분명했기 때문에, 우리는 매우 불안해졌다. 그러나 운전사는 우리의 불안을 눈치챈 듯 거울을 통해 우리에게 고개를 열심히 끄덕여 보였는데, 그것은 우리를 안심시키는 것이 아니라, 불안을 느끼는 것은 우리뿐 아니라 운전사 자신도 마찬가지라고 말하려는 행동 같았다.

　내가 택시에 올라타자마자 모형비행기 수집가는 나에게 우리가 이제 앞으로 가게 될 장소에 대해서 설명했다. 그것은 그의 친구이기도 한 어느 작가의 작품 낭독회인데, 낭독회가 있을 장소는 무종의 탑이며, 우연히도 그 작가의 이름도 무종이라고 하고, 그가 새로 쓴 책의 제목은 '광대들'인데, 작가 자신이 알고 있는 모든 광대들의 초상을 백과사전식으로 모아놓은, 아주 흥미로운 작품이라고 했다. 그래서 모형비행기 수집가는 혹시 그중에는 옴진리교의 교주로서 도쿄 지하철에서 독가스 테러를 일으킨 장본인인 일본의 광대도 있는지 개인적으로 궁금해하고 있지만, 아직 그 책을 직접 보지는 못했으므로 거기에 대한 대답은 알지 못한다면서, 이제 얼마 후면 우리는 그 대답을 듣게 되겠지, 하고 말했다. 책에 등장하는 유명인 광대로는 카스파어 하우저와 교황, 달라이 라마와 페터 한트케, 그리고 찰스 황태자 등이 있다더군, 오사마 빈라덴은 물론이고, 하고 모형비행기 수집가는 이어서 말했다. 그런데 덧붙이자면, 그 작가는 기이하게도 새빨간 양말을 즐겨 신고 다니며 다듬지 않은 곱슬머리를 길게 늘어뜨린 것은 물론이고, 낡아빠진 복장에 흐느적거리는 몸짓과 말투로 이미 유명한데, 손가락으로 뜨거운 국수를 집어먹는다는 소문도 있지, 그런데 참고로 설명하자면 무종은 성공한 기업가였어, 하고 모형비행기 수집가는 계속 말했다. 오늘 작품 낭독회를 하는 작가 무종 말고, 그 낭독회가 열리는 장소인 '무종'의 원래 주인이었던 사람을 말하는 거라고 모형비행기 수집가는 덧붙였다. 그는 프랑스의 위그노 박해를 피해 독일로 이주한 집안 후손인데, 18세기 말 여러 도시를 방랑하며 수업을 쌓은 젊은 비누 제조 장인의 몸으로 처음 이 도시로 온 뒤 일자리를 잡았고, 자신의 직장이던 사업체를 인수해서 정착했으며, 그의 사업체는 이후 번창을 거듭하여 마침내는 지금 무종의 탑이 있는 그 자리에 비누와 화장품 제조공장을 차렸다. 무종 회사의 가장 대표작이라고 할 만한 제품은 1차대전 직후에 출시된 '무종 강력 효과 크림'이고, 무종 회사의 화장품공장은 나중에 덜 복잡한 구역으로 이전하였으며, 원래 공장 자리에는 30미터 높이의 탑을 포함한 무종 회사 본사 건물이 들어섰다. 그 탑은 이 도시 최초의 고층건물이었다. 그러다가 우여곡절 끝에 1972년 회사는 매각되었고, 건물도 무종의 탑만 남기고 모두 헐렸다. 이후로 그곳은 여러 형태의 독립예술 행사를 위한 시설로 재탄생했고, 사람들은 그곳을 최초 건립자의 이름을 따서 무종의 탑이라고 부르게 되었으며, 무종의 탑은 예나 지금이나 이 도시의 거의 모든 사람들에게 알려진 존재이고, 특히 택시운전사들에게는 마치 백악관이나 자금성과도 같은, 의혹 한점 없는 명백한 명칭이어서, 택시를 타고 운전사에게 단지 무종의 탑, 그 이름을 말하기만 하면, 운전사는 예외 없이 고개를 반쯤 돌린 채 손님을 쳐다보면서, 나는 책이라고는 텔레비전 프로그램 잡지 말고는 한권도 읽지 않지만, 연극이나 발레 혹은 낭송회도 결코 구경 가지는 않지만, 그래도 그 이름이 무엇을 말하는지는 안답니다, 당연하지요, 나는 이 도시의 택시운전사니까요! 하고 주장하는 몸짓을 해 보인다고, 모형비행기 수집가는 설명했다.

오늘 우리는 박물관 앞에서 만나기로 약속을 했고, 이 택시를 타고 박물관에 도착한 모형비행기 수집가는 이미 어느 정도 불안해하고 있는 상태였는데, 내가 택시에 올라타자마자 대뜸 무종의 탑으로 가는 길을 아느냐고 묻는 것이었다. 그는 한시간 정도 떨어진 인근 다른 도시에서 볼 일을 마친 다음 거기서 이 택시를 집어타고 왔는데, 택시 운전사가 지리에 총체적으로 어두울 뿐만 아니라 놀랍게도 무종이라는 이름을 전혀 모르고 있으며, 심지어는 무종의 탑이라는 말조차 들어본 적이 없다면서, 그 탑이 어디에 있는지에 대해서는 아무것도 아는 게 없으니 정확한 주소를 대라고 했는데, 수집가가 불러준 주소는 운전사의 내비게이션에도 입력되지 않으며, 그래서 운전사는 그 주소가 맞는지 의심스러워하고 있지만, 모형비행기 수집가는 매년 빠지지 않고 무종의 탑에서 벌어지는 문학 행사에 참석해온데다가 매번 택시를 탄 것은 물론이고, 그때마다 단 한번도 주소를 틀리게 기억한 적이 없으니 이번에도 당연히 절대로 틀릴 리가 없으며, 유명한 작가의 낭독회와 그보다 더욱 유명한 비누-화장품 제조자의 이름을 가진 예술극장으로 가는 길이니, 만일 운전사가 외국인만 아니었다면 주소를 알려줄 필요도 없이 당장, 벌써 한시간 전에 우리를 그곳으로 데려다주었을 거라고 강조해서 말했다. 이봐요, 당신이 그 거리를 찾지 못한다면, 센터에다 물어보면 되지 않습니까. 센터는 그런 일을 하기 위해 있는 게 아니던가요. 내 말을 알아들을 수는 있습니까? 하고 모형비행기 수집가는 운전사를 향해 정중하면서도 차갑게, 예의 바르지만 냉정한 비난을 숨기지 않으면서 말했다. 운전사가 다시금 입속으로 우물거렸는데, 그것은 내게, 조금 전에 이미 센터에 물어봤지만 그 주소는 입구가 아니라고 했어요, 하는 말처럼, 그러나 그 온전한 의미를 전달할 능력은 전혀 없는, 그런 불명확한 어휘의 묶음으로만 들렸다. 하지만 모형비행기 수집가는 운전사의 말이 채 끝나기도 전에 말꼬리를 잡아채듯이, 나는 무종의 탑이 있는 거리를 잘 아는데, 난 당신이 태어나기도 전부터 그 탑을 잘 알고 있는데, 하늘이 두쪽 나더라도 여기는 절대 그 거리가 아니란 말입니다, 운전사 양반! 하고 쏘아붙였다.

우리는 어느 어두운 도로의 한가운데에 있었다. 골목이라고 부를 수 있을 정도로 좁은 뒷길이었는데, 불 꺼진 집들이 활 모양으로 휘어진 보행자도로를 따라 배부른 거인들처럼 죽 늘어섰으며, 검은 창들은 모두 약간씩 어딘지 모르게 비에 젖은 듯한 눈길을 하고 있고, 사실상 아주 가는 빗방울이 끊임없이 떨어지는 중이기도 했는데, 빗방울은 간혹 지나가는 택시들의 헤드라이트 불빛을 받아 아우성치는 벌레들처럼 우리의 얼굴을 향해 달려들었고, 나는 반사적으로 팔을 들어 얼굴을 반쯤 가리다가, 곧 우리가 택시 안에, 그러나 매우 불안한 상황에 앉아 있음을 깨달았다. 골목들이 여기저기로 구부러진 그 거리는 내가 그 도시에서 만나본 거리 중 가장 어둡고 좁았다는 생각이 든다. 밤은 춥고 스산한데다가 포석이 깔린 길은 미끄러웠으며, 나는 이런 상황을 택시 안에서 너무나 잘 알고 있었는데, 우리가 조금씩 움직일 때마다 검고 축축한 높은 벽들이 스스로 모퉁이를 돌아 앞으로 다가오는 듯했기에, 이런 밤이라면 30미터 높이의 탑이 어둠의 겹을 뚫고 당장 눈앞에 나타나더라도 절대 알아볼 수 없을 거라고 생각했다. 둥그스름하게 휘어진 모퉁이 저 너머에서 파랗게 반짝이는 작은 섬광의 그림자들이 나타나나 싶더니 금방 사라지고 말았는데, 그것은 십자로로 이어진 다른 도로를 지나가는 자동차의 불빛이었으리라. 우리는 벌써 여러번이나 같은 장소를 뱅뱅 돌고 있었다. 이 지점에서 택시의 내비게이션이 더이상의 정보를 줄 수 없다고 알려왔기 때문이다. 그 장소에 대해서 지금까지 남아 있는 매우 독특한 어느 기억에 따르면, 정말로 추운 밤이었는데도 불구하고 이상스럽게 소매가 없는 얇은 코트를 걸친 사람들 한 무리가 웃으면서 지나갔고, 그들 중 여자 한명은 봄의 축제 때 그러는 것처럼 여신의 흰 튜닉 스커트에 노란 꽃다발을 들고 있었으며, 그들은 어느 공동주택 건물 안으로 들어갔고, 그다음 다시 복도로 향한 문을 열고 집 안으로 들어갔는데, 공동주택의 커다란 현관문은 온통 차가운 유리로 되어 있었으므로 그들이 집 안으로 들어서는 짧은 순간 열린 문틈으로 맹렬하게 짖어대는 개의 검은 주둥이를 볼 수 있었다. 그 사람들이 발로 땅바닥을 차듯이 걸었던 것이 기억난다. 마치 새처럼. 그들의 신발 모양을 자세히 보려고 차창을 열고 고개를 내밀었으나, 보도에 흩어진 물웅덩이마다 하나의 밤 전체가 고여 있었고, 늪보다 진하게 지상 가까이 가라앉은 어둠은 웅덩이의 수면에서 더욱 검게 반사되어, 이 세계의 아래쪽은 긴 수도복을 입은 배우들의 발 모양을 들키지 않게 검은 연기를 깔아놓은 무대처럼 아무것도 보이지 않았다. 마치 새들이 얼어붙은 땅에서 먹이를 찾을 때 그러듯이, 비록 구두 모양은 보이지 않았으나 탁탁 가볍게 뛰는 스텝을 밟으며 걷던 사람들. 마치 새처럼.

  도대체 센터에 전화를 할 거요, 안 할 거요? 하고 모형비행기 수집가가 다시 운전사를 다그치고 있었다. 운전사는 할 수 없다는 몸짓을 보이고는, 과장되게 한숨을 쉬면서 센터와 연결을 시도했는데, 운전사의 뭔가 할 말이 있다는 반항적인 태도가 수집가의 마음을 더욱 상하게 했다. 『광대들』에는 시대를 망라한 255명의 바보 광대들이 등장하는데, 그중에 여자들의 숫자가 확연하게 적은 것이 ── 여자는 심지어 광대나 바보로조차 역사에 기록되지 못했단 말인가? ── 어떤 의미에서든 여성주의 평론가들의 주목을 끌고 있다고, 모형비행기 수집가는 운전사가 센터에 전화하는 동안 나에게 말했다. 천 페이지가 넘는 분량에 '초보자를 위한 소규모 광대학'이라는 아이러니한 부제가 붙은 그 책은 진짜 대책 없는 위대한 광대들뿐만 아니라, 우리에게 흔히 영웅이나 현자로 기억되는 이들의 광대스러움과 어리석은 일면을 모아놓은 것이기도 하며, 잘 알려지지 않은 역사적 기담과 엉뚱한 에피소드에 호기심을 느끼는 이들에게 즐거운 독서가 될 것인데, 거기에 작가의 재치 있는 입담과 방대한 백과사전식의, 하지만 필요 이상으로 잡다하게 보일 수도 있는 지식도 함께 즐길 수가 있다고, 모형비행기 수집가는 말했다. 운전사는 센터에 다시 한번 무종이라는 이름을 말하고 주소를 물었고, 센터의 남자는 다시 한번 우리가 있는 지점의 주소를 알려주는 것 같았다. 하지만 여긴 그곳이 아니야! 하고 모형비행기 수집가가 버럭 외치다시피 말했다. 도대체 여기 어디에 무종이 화장품공장을 차렸을 것 같습니까? 이런 어두침침한 뒷골목길에? 당신은 왜 좀더 구체적으로 정확히 묻지 못하는 거지요? 우리는 이미 늦었단 말이오, 그것도 당신 때문에. 벌써 같은 모퉁이를 몇번째 돌고 있느냐 말입니다! '당신 때문'이란 말에 과도한 힘을 주며 모형비행기 수집가는 말했다. 운전사는 고개를 움츠렸는데, 그래서 나더러 어쩌란 말입니까, 하고 그 눈빛은 말하고 있었지만, 모음으로 이루어진 그의 구멍투성이 언어는 차마 거기까지 이르지 못한 채 처량하게 입속으로만 웅얼거리며 안절부절못하고 있었다. 참다못한 모형비행기 수집가는 할 수 없군, 구제 불능이야, 우리는 여기서 내리겠어요, 하고 외치다시피 말했다. 당신은 택시운전사로서 제대로 하는 게 하나도 없군그래! 하고 매섭게 덧붙이면서. 그러나 그때 운전사는, 갑작스러운 결연한 몸짓으로 어떤 버튼을 눌러 요금의 숫자가 더이상 올라가지 않도록 만든 다음에, 마치 그것만은 자신의 권력하에 있기에 자신이 통제할 수 있는 확실한 영역에 힘을 발휘하고는 그것을 한껏 과시하는 난쟁이 제왕의 몸짓으로, 어쨌든 자신이 다시 찾아보겠다고 말했는데, 그의 말은 목구멍을 통과하는 거대한 바위처럼 힘겹게 밀려나왔다. 이것 보세요, 제가 요금이 더이상 올라가지 않게 만들었습니다. 보이시죠? 그리고 근처를 좀더 돌아다녀보면 당신이 안다는 그 탑이 나타날 수도 있으니 그렇게 해봅시다. 운전사는 그렁그렁 힘들게 말했는데, 모형비행기 수집가가 태양이라도 얼어붙어버릴 냉정한 눈초리로 쏘아보고 있었으므로 운전사의 말소리는 상대적으로 더욱 느리고 더듬거렸고, 더할 수 없이 외국인다웠으며, 그래서 더욱 이상했다. 운전사가 정작 하고 싶은 말은 더이상 요금을 받지는 않겠다는 타협안이 전부가 아니라, 지금처럼 정보가 불충분한 경우라면, 도시의 모든 택시운전사가 알고 있을 거라는 그 문제의 탑을 모른다고 하여 그것이 순전히 자신의 탓이겠느냐는 항변이겠지만, 그리고 수집가가 가르쳐준 무종의 탑 주소가 정확지 않은 것도 사실이지 않느냐는 것이겠지만, 그래도 운전사는 모형비행기수집가에게 분노를 표현하지는 못했고, 수집가는 다시 한번 망치로 내려치듯이, 교육받은 지식인의 흠잡을 데 없는 발음으로, 이 도시의 택시운전사가 그 이름을 알아야 하는건 직업상의 의무란 말입니다, 하고 강조해서 말했다.

우리는 마침내 무종의 탑 앞에서 내리게 되었는데, 놀랍게도 탑은 우리가 오랫동안 헤매고 다니던 그 휘어진 골목에서 겨우 한 블록 떨어진 모퉁이를 가볍게 살짝 돌기만하면 나타나는 장소에 있었다. 역시 비슷하게 좁다랗고 그늘진 골목길인데, 무종의 탑은 두 골목 사이에 위치한 좁은 땅을 거의 다 차지하고 서 있는 형국이었으며, 그중 하나의 골목은 탑의 이름을 따서 무종 거리라고 불리고 있으며, 반대쪽 골목에는 탑의 입구가 자리하고 있는 그런 구조였으므로, 사람들은 습관처럼 '무종 거리의 무종의 탑'이라고 생각하겠지만, 모형비행기 수집가의 말에 따르자면, 어쨌든 다른 모든 택시운전사들은 신기하게도 아무 어려움 없이 그 탑 앞으로 손님들을 실어 나르고 있다는 얘기였다. 사방은 불빛 하나 없이 어두웠으며, 탑 바로 옆 건물 일층에는 조그마한 식당 간판이 보였다. 사각형의 창을 통해서 테이블에 켜둔 촛불과 주석 촛대, 격자무늬 테이블보와 사람들의 웅성거림이 느껴지는 그곳은 이탈리아식당이었다.

우리는 벌레가 빛을 따라가듯 그곳으로 스며들어가 두 접시의 이탈리아 국수를 주문하게 되겠지만, 그리고 서로 한마디 말도 나누지 않은 채 침묵 속에서 국수를 뒤적이고, 그러다가 마침내 모형비행기 수집가는 나에게 뭔가 자신의 행동 때문에 마음이 불편한 일이라도 있느냐고 침울한 채 묻게 될 것이고, 나는 그런 일은 없으며 단지 당신의 마음이 불편한 것을 상상하는 게 나에게 불편할 뿐이라고 대답하게 되겠지만, 그런 다음 왜 그런지 이유를 모르는 채 서로를 아주 잠시 서글프게 바라보게 될 것인데, 그 바라봄은 심장에 통증과 부자유를 유발하는 종류의 것이고, 우리는 그릇을 반도 비우지 못했으나 무종의 낭독회에 가기 위해 서둘러 일어서야 하겠지만, 아직은 그 어느 사건도 시작되기 이전이었다.

무종의 탑은 검은 하늘을 향해 둔중하게 치솟은 평범한 사각형 벽돌 덩어리처럼 보였다. 오는 길에 택시 안에서 들었던 설명에 비추어볼 때 좀 실망스러울 정도로 평범하게만 보였으며, 그것이 탑이라는 사실을 미리 알고 있지 않았더라면 늦가을밤에 어울리는 모양으로 지어놓은 사각형 대형 굴뚝이라고 생각했으리라. 주차장에는 여러대의 차가 주차되어 있었지만 사방은 인기척 없이 조용하기만 했다. 밖에 나와서 돌아다니기에는 너무나 싸늘한 밤이었으므로 다들 도착하자마자 바삐 탑 속으로 들어가버린 것 같았다. 택시운전사는 길가에 차를 세우고 다른 운전자에게 무종의 탑이 어디 있느냐고 물어보아야만 했고, 다른 운전자가 너무도 간단하게 탑 입구가 있는 거리를 가르쳐주었으므로, 그렇게 하여 마침내는 원하던 장소에 도착하게 되었으나, 그래도 모형비행기 수집가는 끓어오르는 분노를 삭이려 하지 않았다. 도대체 왜, 이제는 더이상 택시조차도 마음 편히 타지 못한다는 건지, 그것도 제 돈을 다 지불하고서 말이야! 모형비행기 수집가는 말했다. 게다가 아무리 한심하고 불편하더라도 거기에 대해서 불평 한 마디라도 했다가는 당장에 외국인 혐오자라는 낙인이 찍혀버릴 테니 모두들 고개를 움츠리고 두려워하고만 있지! 도대체 이 도시의 택시운전사가 무종의 탑을 모른다는 것이 말이 안 된다고 주장하는 게 외국인 혐오와 무슨 상관이 있다는 것인지! 모형비행기 수집가는 화난 채로 몇걸음을 성큼성큼 내딛다가, 생각난 듯이 고개를 돌리고 나를 물끄러미 쳐다보았는데, 그것은 단순히 쳐다보는 것이 아니라 나를, 내 발걸음을, 그것도 조금 서글프게, 누구를 향한 어떤 종류의 서글픔인지는 정확하지 않으나, 지켜보면서 내가 누구인지 알아내려는 것처럼 느껴졌다. 나중에 생각이 났지만, 이제 곧 이탈리아 국수를 먹으면서 우리는 다른 일에 관해서도 떠올리게 될 터인데, 그가 사실은 식당의 의자가 아니라 파일럿의 좌석에 앉아 있는 것이며, 그는 비행에 대한 긴장감 때문에 신경이 날카로워져 있고, 그의 발아래로는 희게 빛나는 긴 산맥이 공룡의 등뼈처럼 가로놓였는데, 이미 알려진 대로 그의 비행기는 추락하는 중이고, 그는 이미 추락한 비행기에 타고 있던 서글픈 조종사였는데, 어느 날 나는 흙 속에서 파낸 그의 등뼈를 지팡이처럼 허공으로 들어 올리게 될 터이며, 무슨 이유에서인지 우리는 모두 무감각한 가운데 그것을 알고 있고, 나는 그때 젖은 포석을 탁탁 소리 나게 밟으며 걷고 있었는데, 나는 기쁨과 슬픔에 겨워 가볍게 뛰어올랐으며, 그걸 본 모형비행기 수집가는 입을 벌려 나에게 무엇인가 말하려고 했고, 하지만 나는 오른쪽 구두를 벗고 안에 들어간 젖은 모래를 털어내는 중이며, 어디에서 왔는지 도무지 짐작할 수 없는 많은 모래 알갱이들을 털어내는 동안, 그제야 내 구두가 굽이 높으며 발등을 덮는 모양에다 보름달처럼 환한 광택을 내뿜는 흰빛인 것을 깨닫게 된다.

시간이 흐른 뒤 나는 웹 서핑 도중 우연히 한 인터넷 잡지 기사에서, 스위스 베른에서 열리는 모형비행기 전시회에 관한 사진들을 보게 된다. 스위스에서 가장 큰 전시회라는 타이틀 아래에는, 양옆으로 활짝 편 붉은 날개의 폭이 11미터에 이르는 슈퍼 모형비행기도 등장할 예정이라고 적혀 있고, 뿐만 아니라 실제와 마찬가지로 네개의 엔진을 장착한 에어버스 A380의 첫 비행도 있을 예정인데, 만드는 데 일년여의 시간이 걸린 그 에어버스 모델의 비행 시간은 약 십이분이 될 것이라고 한다. 나는 일생 동안 단 한번도 유심히 지켜본 적이 없는 그 기계적 사물들의 사진을 한동안 쳐다보고 있게 된다. 실물의 형태와 기능을 축소해서 모방해놓은 쌍둥이 사물들. 실제로 무선조종이 가능한 모형비행기나 모형기관차, 사각형의 박스 모양 라디오, 희귀 우표나 중고 그림엽서 혹은 살아 있는 파충류나 나비 수집가들을 나는 개인적으로 알지 못한다. 하지만 나는 우연한 기회에, 세상에는 그런 수집벽을 가진 사람들이 내 짐작보다는 아주 많으며, 그것은 어린 시절의 일시적인 호기심이 아니라 많은 경우 평생 지속되고, 그들은 최소한 단 한번이라도 자신들의 수집품 전시회를 열고 싶어하고, 그들의 일생 최고의 꿈은 개인 박물관을 여는 것이며, 실제로 그런 개인 박물관들이 여기저기 숨겨진 골목에 생각보다 많이 자리 잡고 있다는 사실도 알게 된다. 약간의 입장료를 내고 나면 우리는 그 안으로 들어서며, 현관을 통과한 다음 바로 오른쪽으로 꺾으면 그곳은 일층의 메인 거실인데, 한가운데에 그 박물관의 가장 커다란 전시물이자 수집가의 생전 큰 자부심이었던 폭 5미터짜리 콩코드기가 날개를 펴고 사뿐히 착륙해 있고, 이어지는 좁은 복도를 따라 설치된 유리 진열장 속에는 셀 수도 없이 많은 미니어처 항공기들, 여러개의 모형비행기 상점을 그대로 옮겨온 것만 같고, 특히 눈에 띄는 것은 레오나르도 다 빈치의 설계에 따라 그대로 만든 비행기인데, 지금의 눈으로 보면 마치 박물관 측이 설치한 감시 카메라처럼 보이며, 반대편 벽에는 20세기 초의 발명가들이 만든 비행기의 진귀한 흑백사진들, 지금은 폐쇄된 오래전 공항들의 황량하게 드넓은 활주로들의 사진, 험준한 산맥과 사막에 자리한 전투기용 임시 활주로, 고고학자와 탐험가 혹은 도굴꾼이나 스파이 들을 위한 오지의 활주로들, 그리고 일정 기간 동안 폐쇄되어 있던 서베를린을 위해 비행기가 보급품을 실어 나르던 공중 기지의 사진, 한 사람이 간신히 지나다닐 수 있을 만큼 가파르고 좁은 계단을 따라 이층으로 올라가면, 이제 모형비행기들은 원래 침실과 서재, 주인 부부의 식당이었을 각 방마다 시대별로 구분되어 전시되는데, 그들은 무선조종 엔진이 장착되었을지라도 크기가 작은 미니 기기인 경우가 대부분이며, 이 방과 저 방을 무작위로 돌아다니다보면 반드시 어느 한 조그만 방에는 비디오 시설이 있어서, 나른한 모노톤의 성우가 설명해주는 「비행의 역사Ⅲ — 1927년부터 1945년까지」 같은 흑백필름을 앉아서 관람할 수가 있고, 1927년 5월 20일 찰스 린드버그가 뉴욕 비행장을 기우뚱거리며 이륙한 후 다음 날 파리에 성공적으로 도착했던 당시의 환희의 장면을 담은 무성영화를 반복해서 볼 수도 있으며, 간혹 수집가의 관심사가 단지 사물 자체에만 국한되지 않을 경우에는, 『야간 비행』이나 『대양을 넘어서 — 린드버그 전기』 등의 책들이 꽂혀 있는 작은 서가를 발견하게 되기도 한다.

방들을 이리저리 돌아다니는 동안 우리는 다른 방문객들과는 단 한번도 마주치지 않고, 카펫에 눌린 발자국이나 방명록의 필체, 진열장 유리에 서린 입김 흔적으로 우리를 앞서간 그들의 흔적을 추적할 수 있을 뿐인데, 얼핏 문 뒤로 사라지는 그림자들, 옆방에서 울리는 나직한 기침 소리와 팸플릿 페이지를 뒤적이는 소리, 그리고 어느 방 안으로 문득 들어설 때, 방금 전까지 진열장의 B-58 허슬러기 모형을 매혹된 채 바라보던 어떤 사람의 체온을 느낄 수 있고, 그 사람은 벽에 걸린 릭턴스타인풍의 팝아트 그림 앞에서도 분명 한번 걸음을 멈추었을 것인데, 달걀처럼 노란 머리칼의 여인이 한 남자의 목에 매달려 울부짖는 그 그림, 커다랗게 확대된 여인의 눈동자와 입술, 그리고 뒷머리만 보이는 남자, 거칠고 굵은 테두리와 과장된 표현, 하지만 무엇보다 강렬한 특징은 번쩍거리며 눈을 파고드는, 어이없을 정도로 단순하고 평면적인 원색들, 만화나 극장 간판, 혹은 1920년대의 화장품 포스터를 연상시키는, 그런데 그들 남녀의 저 뒤편에는 파란 하늘을 배경으로 출발 준비를 마친 비행기 한대가 날개를 활짝 편 백조처럼 활주로에 서 있으며, 아마도 그들은 공항에서 마지막 작별을 나누는 중인데, 눈물을 뚝뚝 흘리는 여인의 머리 위로 그려진 말풍선에는 "I'll miss you…… please write"라는 문장이 들어 있고, 비행기의 몸체에는 Boeing 747이라고 선명히 적혀 있으며, 그림의 한 귀퉁이에는 검은 인쇄체로, 아마도 이 그림이 미술 작품이 아니라 정말로 어떤 상품을 위한 광고인 것처럼 보이도록, "우리는 세계의 교차로에서 다시 만나게 된다"라는 애매한 문구가 들어 있다.

삼층은 사무실과 작업실이 자리 잡고 있어 방문객의 출

입이 허용되지 않는데, 내려가는 계단에 발을 디디면서 문
득 떠오르는 생각은, 왜 어떤 인간은 비행을 특별히 사랑
하는가, 단 한번도 깃털 날개를 달고 직접 하늘을 날아본
적이 없지만, 왜 어떤 인간은 비행용 기기를 특별히 사랑
할 뿐 아니라 그것을 소형 모델로 만들어 자신의 집에 두
기를 원하며, 자신의 집을 다름 아닌 그것으로 가득 채우
고, 자신의 집을 그들에게 상속하며, 나아가서는 그들과
함께 집에서 가능하면 영구히 머물기 위하여, 그들이 떠나
버리지 못하도록 집 안에 그들을 위한 활주로와 항로, 공
항과 관제탑을 비롯하여, 항공기 창 안쪽에 실루엣으로 드
러나는 미지의 승객들과 함께 수하물 운반인과 정비사 들
을 준비하여 모형 비행의 순간을 더욱 완전한 것으로 만들
뿐 아니라, 갑작스러운 어떤 재난으로 인하여 집이 젖빛
안개에 감싸일 때면 어디에선가 나타나 깃발을 들고 서 있
게 되는, 머리부터 발끝까지 뒤집어쓴 비옷 때문에 얼굴을
알아볼 수 없는 활주로 안내자까지 마련해두는가, 하는 감
탄 어린 의문이다.

　엔진이 달린 모형비행기나 도자기 설탕그릇, 근대 이전
의 세계지도 혹은 그림엽서 같은 인쇄물, 색이 들어간 유
리 제품, 유명한 인물들의 초상화, 마리오네트 인형, 거리
이름이 적힌 표시판, 새의 박제, 화장품 광고 포스터 또는

팔찌 같은 장신구 수집가들을 나는 개인적으로 알지 못한다. 나는 이곳저곳으로 여행을 다니며 임시로 구한 셋방에서 살았던 시절이 있는데, 필요한 짐을 모조리 싸서 아주 커다란 여행 가방에 넣은 다음, 기차와 버스를 갈아타고 공항으로 가서, 긴 줄의 끝에 서서 출국수속을 마치고 비행기를 탔다. 그렇게 하여 도착한 작고 낯선 방들, 몇달 동안 여행을 떠나온 사람에게 주어진, 몇달 동안 여행을 떠난 누군가의 방들. 그 방들과 집주인들의 취향을 떠올려보아도, 아주 약간이라도 수집 취미의 흔적을 느낀 적은 없었다. 물론, 어느 누구나 갖고 있게 되는 그림 액자와 여행지의 기념품, 소소한 인형들과 천장에 매달린 한두개의 장난감 비행기들은 제외하고 말하는 것이다. 다른 사람의 개인적 흔적이 살아서 남아 있는, 혹은 그 흔적이 여전히 현재진행형인 방에서 몇달 동안 사는 것은 늘 기묘한 느낌인데, 내가 주로 살았던 곳은 바로 그런, 원래는 다른 사람의 것이니 당분간만 임시로 대어된, 가구와 커튼, 책과 장식품, 장난감과 실내화와 침구 등을 공유하는 셋방이었다.

사실 빈방은 도시 전체에 많이 있었으나 방을 임대하는 집주인들은 대개 장기 거주자를 선호했기 때문에, 두세달의 비교적 짧은 기간을 위하여 셋방을 구하는 일은 쉽지 않았다. 기간에 맞는 적당한 방을 구하지 못한 최악의 경우, 나는 무거운 여행 가방을 끌고 이 도시 저 도시로 아는 사람들과 친구들의, 혹은 친구들이 소개해준 모르는 사람들의 집을 힘들게 전전해야 했는데, 기차가 연착하거나 파업으로 중앙역이 마비되다시피 한 날은, 플랫폼에 가방을 놓고 그 위에 웅크려 앉은 채 한없이 기차를 기다리면서, 이렇게 애써 할인 기차표를 구해 전국을 가로지르는 일이 싸구려 호텔에서 거주하는 편보다 과연 얼마나 비용이 더 절약될 것인가, 소득 없는 의문에 잠기곤 했다. 나는 어떤 경우라도 삶의 피곤에 점령당하게 스스로를 놓아두고 싶지는 않았다. 그런 때면 나는 의도적으로, 내가 어느 겨울 일주일 동안 살았던 홍콩의 인터콘티넨털 호텔을 즐거운 마음으로 회상하곤 했다. 호텔 접수계는 독일 여자였으며, 흰 이불보는 실크처럼 매끄러웠고, 항만을 사이에 두고 홍콩섬의 야경과 설날 저녁의 화려한 불꽃놀이를 방 안에서 구경할 수 있었다. 혹은 어느 여름, 보덴 호수에서 휴가를 보낼 때 열흘 동안 지냈던 별장을 떠올리기도 했다. 세개의 침실과 두개의 커다란 거실, 지하실과 부엌과 식당, 각각 정원과 호수가 내려다보이는 두개의 발코니가 갖춰진 별장. 그 별장의 마당으로 처음 들어섰을 때, 그때는 저녁이었고, 진입로에는 자갈이 깔려 있었으므로 내가 타고 온 택시가 돌아 나가는 소리가 고요한 가운데 비현실적으로 커다랗게 들려왔고, 그 소리가 사라지자마자, 나는 아무도 모르는 외딴섬에 불현듯 도착하여 홀로 배에서 내린 그런 기분이 들었다. 나중에 나는 한 친구에게 그때의 감정을 전달하면서, 나에게 운명이란 것이 있다면, 그곳은 그 운명조차도 예상하지 못했을 것이 분명한 그런 예외의 섬이었다고 설명했다. 마치 꿈속에서 또다시 꿈을 꾸듯이, 여행지에서 다시 여행을 떠나온 마음. 그러나 정반대되는 경우의 셋방도 있으니, 어딘지 모르게 가녀린 새를 연상시키는 이름을 가진 집주인, 그러나 그의 집은 무엇보다 좁고 습했으며, 담배 냄새가 사방에 스며 있었고, 결정적으로 다음 날 아침 일어나 발코니로 나가자 잡동사니와 먼지, 온갖 버려진 물건들과 녹슨 정원의자, 악취 나는 축축한 흙과 잡초들이 쌓여 있었으며, 주변 건물의 가장 흉한 벽면들이 서로 마주하며 모여 있는 널찍한 안마당이 나타났다. 여행지의 거처를 미리 마련한 다음 한국을 떠나야 하는 내 입장에서는 매번 셋집의 환경을 일일이 체크하기란 불가능하므로, 그런 불운을 만날 가능성은 모든 모퉁이마다 항상 도사리고 있는 셈이었다. 사람들로부터 여행에 관한 질문을 받을 때마다, 내 머릿속에는 언제나 싸고 적당한 셋방을 구하기 위해 겪었던 어려움들이 가장 먼저 떠오르곤 했는데, 어떤 의미에서 내 여행은 자연이나 모험,

혹은 일상으로부터의 휴식을 찾아 떠난 것이 아니라, 낯선 이들과 함께 거주하는 셋집을 전전한 여행이기도 했으며, 나에게 여행이란 '글을 쓸 수 있는 새로운 셋방'이란 말과 사실상 거의 동의어였기 때문이며, 그러는 사이 셋방을 구하기 위해 셀 수도 없이 많은 이메일을 썼고, 셋방을 중개하는 인터넷 사이트의 자기소개란에 종종 올라오는 말처럼 '다인 거주 셋집의 경험이 풍부함'이란 자격을 얻게 되었는데, 그럼에도 불구하고 정작 매번 셋방을 구하는 데 성공한 것은 중개 사이트에서가 아니라 항상 우연한 만남 혹은 친구들을 통해서였다.

　운이 좋았던 어느 해는 독일의 한 문학 단체가 제공하는 빌라에서 지낼 수 있었는데, 마침 독일 국내선 항공사가 파업을 하는 바람에 공항에서 여러 복잡한 일들을 겪고, 자정이 다 되어서야 빌라에 도착할 수 있었다. 내가 알고 있는 정보는 단지, 빌라의 어느 외벽에 금고가 붙어 있고 금고의 비밀번호는 A19***이며, 비밀번호를 누르고 금고를 열면 내 방 열쇠와 함께 방 위치와 번호 등의 내용이 적힌 안내문이 나오리라는 것이었다. 비가 내려 부드러워진 정원의 흙은 발이 푹푹 빠졌으며, 그 위로 무거운 여행 가방을 힘겹게 끌면서 나는 과연 빌라의 외벽이란 곳이 어디일까 사방을 두리번거렸는데, 현관에 켜진 희미한 전등 이외에는 어디에도 불빛은 보이지 않고, 끊임없이 내리는 빗방울이 정원의 흙에 절벅거리며 스며드는 소리만이 무섭도록 크게 들려왔으며, 스무시간에 걸친 여정을 마친 나는 비를 맞으면서 한동안 침묵한 채 서 있었는데, 이것이 내 집인가, 이것이 내 꿈인가, 혼돈과 동시에 어떤 육체적 피곤과도 비슷한 몽환이 몰려왔기 때문이고, 그것은 장시간의 비행 뒤면 으레 나타나곤 하는 증상으로, 시차로 인한 정신의 산란인지 혹은 비행 중 과도하게 작용하는 방사선의 영향 때문인지, 이 커다란 빌라에 아무도 살지 않으며, 모든 방들은 비어 있고, 그날 오후 내가 공항에서 몇 시간 동안 길을 잃었던 것과 마찬가지로 이곳에서도 오늘밤 동안 길을 잃을 것인데, 마치 오래전에 꾸었던 꿈속으로 잘못 미끄러져 들어온 나의 현재라는 시간처럼, 여기서 길을 잃을 나와 그 나를 지켜보고 있을 나는 잠시 동안 서로 이별할 것이고, 나는 내 방으로 올라가기도 전에 이미 그 방을 보았으며, 그 공간을 잘 알고 있다는 느낌이고, 뿐만 아니라 앞으로 그곳에서 일어나거나 내가 하게 될 일들까지도, 절름발이 악사가 들고 다니던 만화경처럼 장면장면 머릿속으로 느리게 지나갔는데, 지나가는 장면들은 그대로 사라져버리는 게 아니라 나중에 등장하는 장면들 사이에 불규칙하게 끼어들어 예상치 못한 순간에 반복해서 나타났고, 그래서 나는, 아직 내가 알지 못하는 것을 이미 알고 있다는 기분을 느꼈으니, 그때의 적막하고도 압도적인, 그러면서 동시에 확신에 찬 몽환은 시간이 지나도 나를 완전히 놓아주지 않았으며, 그날 이후로 나는 머릿속에 잠시 떠올라 나를 가만히 차지한 다음 불현듯 꺼져버리는 비연속적인 상(像)들이 나의 단순한 상상의 산물인지, 아니면 깨어 있는 상태로 꾸는 건조한 꿈인지, 혹은 이미 예전에 내가 보았던 광경이거나 아니면 내가 보았다고 느끼게 될 앞으로의 영상들인지를 도저히 구분할 수 없게 되어버렸다.

불안하게 돌아다니던 임시 거주지들 중에는 소개를 통하여 들어가게 된 프랑크푸르트 홀바인 거리의 집이 있는데, 거기서 나는 작년 도서전 기간 동안 일주일을 머물렀다. 그 오래된 집은 아주 쾌적하고 편안한 구조였으며, 집주인 부부는 비어 있는 손님용 침실을 나를 위해 내주었다. 손님용 침실 곁에는 손님용 욕실이 딸려 있었는데, 도착한 첫날 욕실에 놓인 커다란 화분에서 떨어진 붉은 낙엽이, 마치 일부러 그렇게 장식해놓은 듯이, 부드러운 카펫 위에 화가가 그린 그림처럼 흩어져 있던 것이 기억난다. 은퇴한 엔지니어인 집주인 남자는 나에게 말하기를, 자신은 예전에 여러 도시로 출장을 자주 다녔는데, 특히 대규

모 박람회가 열리는 기간이면 시내의 호텔을 잡기가 아주 어려울 때가 있어서, 간혹 ── 지금의 나처럼 ── 친구를 통해 소개받은 사람으로부터 방을 빌려 며칠 동안 지내곤 했는데, 그런 방들은 빌려주기 위한 것이 아니라 원래 집주인 가족의 방이었으며, 그래서 한번은 사방의 선반에 축구공과 모형비행기들이 빼곡히 들어찬 한 소년의 방에서 지낸 적이 있고, 뿐만 아니라 침대 아래의 상자에도 온갖 모형들이 가득했는데, 그날 밤 잠에서 문득 깨어났을 때, 희미한 미등을 깜박이며 전자 잠자리처럼 공중을 선회하던 모형비행기 모빌을 발견했고, 엷은 날개가 서로 마찰하며 떨리듯 나직하게 숨죽여 부르릉거리던 비행기의 흐릿한 소음을 꿈속에서 계속해서 들은 것도 같았는데, 그때의 기분이 아주 묘해서 지금까지 기억에 남는다고 했다. 우리는 그때 사과주를 앞에 놓고 서로가 일생 동안 임시로 살았던 거주지들에 관해서 대화를 나누던 중이었다.

나는 한번 머물렀던 셋방을 이듬해에 다시 빌린 적은 없다. 나에 의해서 사용된 셋방들은 어떤 제3의 의지에 의해 조용히 용도가 사라지는 것처럼 보였다. 지금도 지도를 펼치면, 내가 살았던 이곳저곳의 셋집들과, 한때는 내게 낯이 익고 내 우편물이 도착하곤 했던 집주인들의 주소, 그들이 빌려준 방과 그 안의 소박하고 간소한 가구들, 저마다 다른 표정이었던 창들, 그리고 그곳에서 내가 썼던 글들, 그곳에 머물던 몇달 동안 내가 내려야 할 정류장이었던 지하철역의 이름들과 함께, 주변 거리의 사소한 풍경들, 아이스크림 가게와 빵집과 주말에만 파는 브런치를 먹던 야외 카페의 모습이 자연스럽게 떠오르곤 한다. 나는 항상 길을 걸어다녔는데, 문득 고개를 들고 보면 자전거를 탄 집주인들이 나를 지나쳐가면서 손을 흔들고 있었다. 나는 수년 동안, 나 자신이 스스로 정한 휴가 규칙에 따라 돈과 시간이 있을 때마다 거의 매번 한 도시를 향해 날아갔으며, 그 도시의 여기저기에서 한때를 살았고, 다시 한국으로 돌아올 때마다 종종 셋집의 지하실에 가방을 맡겨놓거나 책과 옷가지 등의 급하지 않은 짐을 보관해달라고 부탁했는데, 그때마다 나는 마치 이듬해에도 다시 이 도시를 찾게 될 것이 확실한 것처럼 자신 있게 행동했고, 집주인들 또한 마찬가지로 내 가방이 거기 있으므로 당연히 다시 그곳에 오게 되리라고, 그렇게 믿는 것처럼 행동하곤 했다. 그럼에도 나는 이상하게도 그 집들을 다시 찾게 되지 않았으며, 짐을 찾아가라고 나에게 일부러 연락해오는 집주인도 거의 없었다. 단 한번, 나는 베를린에서 예상치 못하게 몹시 추운 늦여름을 맞았으며, 그래서 할 수 없이 예전에 가방을 맡겨놓았던 집주인에게 연락해서, 지하실에

둔 가방에서 겨울 스웨터를 몇벌 꺼내 갈 수 있겠느냐고 물어 허락을 얻었다. 오랜만에 찾아간 그 집의 지하실에는 내 가방뿐만 아니라, 나 이후 그곳에 세 들어 살았던 방랑하는 세입자들의 가방과 짐이 가득 들어차 있었고, 그래서 가장 안쪽에 박혀 있는 내 가방을 꺼내기 위해 집 한채처럼 무거운 다른 가방들을 모조리 들어내야만 했던 것이 기억난다.

나는 단 한명의 승려가 머물던 베를린의 불교 사원과 좁고 그늘진 벽돌집, 멋지고 아름다운 파사드를 가진 건물들의 맞은편에 위치한 덕분에 전망이 화려했던 파리 거리의 집, 텅 빈 거리 한가운데 솟아 있는 엄격한 사각형의 사회주의 건물, 아랍인 시장이 서던 운하 근처와 골동품 상인들의 거리, 실업급여 신청자와 전출입 신고자들이 새벽부터 몰려드는 뮌헨 관공서 바로 곁의 침대 없이 바닥에 매트리스만 깔고 지냈던 방, 무엇보다도 유리창이 커다랗고 말할 수 없이 싸늘하던 겨울의 방들, 좁은 뒷문 부엌 계단을 통해 드나들던 '문학의 집' 숙소, 그리고 운이 좋았던 어느 일주일 동안은 무성영화 시대의 여배우를 연상시키는 아름답고 낡은 호텔에서 살았는데, 그 호텔은 '문학의 집' 맞은편에 있었다. 그러나 나는 대개는 빈약한 난방 시설을 가진 고독하고 추운 방들에서 살았다. 한밤중에 눈을 뜨면 머리맡에 싸늘한 겨울 별자리들이 펼쳐지는 창가의 침대. 나는 깊숙하게 그늘진 차가운 벽 아래서 잠들었고, 침대 속에서, 나에게 돈이 있다면 무엇보다도 우선 좋은 난로를 사겠다고 한 릴케의 글을 읽었다.

홀바인 거리의 집주인 부부는 나를 자신들의 주말정원에 초청했다. 집에서 이십분 정도 걸어가면 도시 근교에서 흔히 보이는 잘 구획된 녹지와 숲 언저리가 나오고, 거기에 주말정원이 있는데, 입구를 통과하자 그곳은 일반적인 모습의 주말정원이 아니라, 작은 규모의 과수원이라고 해도 좋을 만큼 넓고 나무가 많았으며, 바닥은 기분 좋게 기다란 풀들로 덮였고, 꿀빛 햇살이 분화구처럼 고여 있는 정원 한가운데는 긴 통나무 식탁과 의자가 있고, 정원에서 딴 익은 사과가 한바구니 그득, 조그만 주방과 테라스가 딸린 정원 하우스 외에도 자전거와 원예 도구들을 넣어두는 창고가 있는데, 정원에 숭숭 뚫린 수많은 구멍들을 보면서 주인 여자는 두더지들을 없애기 위해 뭔가 조치를 취하지 않으면 안 되겠다고 남자에게 말했다. 도서전의 막바지, 가을의 한가운데였다. 우리는 두꺼운 숄을 뒤집어쓰고 있었다. 햇빛은 차갑고 환한데다 대기는 맑았으며, 늘 느끼는 거지만 공기의 싸늘함과 태양빛의 따뜻함이 각자의 성격을 분명하게 유지한 채로 혼재하는 독일 전나무의 기후 아래서, 정원의 통나무 식탁에 앉아 뜨겁게 끓인 커피를 마시며, 주인 여자는 이야기를 시작했다.

얼마 전에 집 서재를 정리할 일이 있었어. 갖고 있던 책들 중 일부를 도서관에 기증하게 되었거든. 우리는 그 집에서 벌써 삼십년 이상이나 살고 있는데, 서재의 오래된 책들을 꺼내다보니 구석에서 아주 낡은 상자가 하나 나왔고, 내 것이 분명한 그 상자는 이미 오래전에 내 기억에서 사라져버린 듯이 보이는 물건으로, 아마도 지난 십수년 동안 난 그것에 대해서 단 한번도 생각해본 적이 없는 것이 분명해. 그 상자 속에는 편지가 가득 들어 있었어. 1960년대에 오빠가 나에게 보냈던 편지들이지. 생각해보면 우리는 아주 사이가 좋은 남매간이었어. 나보다 몇년 앞서 집을 떠나 외지에서 대학을 다닌 내 오빠는, 당시 갓 대학생이 되어 독립해서 살게 된 나를 많이 걱정해주고 돌봐주려고 했어. 우리는 서로 다른 도시에서 대학을 다녔기 때문에 오빠와 나는 주로 편지로 연락하곤 했는데, 사소한 사건이나 일상적인 일들도 모두 편지로 써서 서로에게 알려주었지. 비록 몸은 떨어져 있었지만 우리는 참으로 친밀했어. 그런 시간이 다 지나가버린 지금 나는 우연히 그 옛날의 편지들을 발견하게 되었고, 그리고 그것을 다시 읽기 시작했는데, 과거에 미처 몰랐던 미세한 감정들이, 우리가 이 세상에서 누렸던 것들, 다시 오지 못할 것들, 당연하면서도 놀라운 것들, 잊혀질 것들, 아무도 모를 것들이며, 이제 세상의 다른 기억들과 마찬가지로 없었던 것처럼 되어버릴 일들이 그 우연한 재회를 통해서 시간을 관통하여 내 앞에 하나하나 되살아났는데, 기억은 우리의 유령에 속하는 것인지 아니면 여전히 우리의 실제의 일부인지, 우리는 언제 몇시에 기차역에 도착할 것이고, 우리는 플랫폼에서 서로를 만나게 되며, 함께 휴가를 보내러 갈 것이고, 혹은 부모님 집을 방문하게 되고, 그러기 위해서 약속을 하고 그 약속을 기다리고, 너의 행운을 빈다, 진심으로 나는 너를 위해서 걱정해, 네 일이 잘 풀렸으면 좋겠어, 감기가 빨리 낫기를, 이러한 평범하기 그지없는 인사말들을 나누었는데, 그리고 우리만이 알고 있는 어린 시절의 추억들과 일화들이 편지 사이사이에서 자연스럽게 떠오르며, 그런데 지금 다시 살아 돌아오는 그러한 일상적 말과 장면 들은 오랜 시간을 거친 다음에야 비로소 발휘되는 어떤 성분들로 충만하고, 그것은 이제 오빠와 내가 일흔을 전후한 나이이며, 우리가 곧 서로에게 보이지 않게 되리라는 것, 어쩌면 그 순간이 머지않았을지도 모른다는 차분한 예감과 닿아 있는 것도 사실일 텐데, 젊고 다정한 한때의 사람들이 이미 수없이 우리의 눈앞을 지나쳐갔으며, 그들 또한 우리에게 매번 고유하고도 비밀스러운 작별의 몸짓을 보냈을 테지만 우리는 그것을 알아차리지 못했다는 생각도 들면서, 더없이 소중한 이름을 부르듯이 그 편지들을 들여다보았고, 이제 앞으로 우리에게 일어날 일들, 그것 또한 우리가 지나쳐온 이 길처럼 아름다울 터이니, 나는 오래된 편지로 인해 다시금 불러일으켜진 그 정체 모를 그리움과 아픔이 바로 내가 생의 최후로 간직하게 될 행복일 거라고, 그렇게 생각하게 되었어. 그런 지 얼마 후 오빠의 일흔세번째 생일이었는데, 나는 생일 파티에 가서 오빠가 내게 썼던 편지 중의 한통을 읽었어. 종이가 누렇게 변색한 1962년 5월 어느 날의 편지, 아마 오빠 자신은 그 편지의 내용을 까맣게 잊었을 것이 분명하지만, 그리고 대단한 내용이 적혀 있는 것도 아니었지만, 단지 내가 새로 이사 간 집에서 몸이 아팠고, 오빠는 다른 도시에서 내 건강을 걱정하는 편지였을 뿐인데, 그 안에는 어떤 절실함의 연계, 고백하지 않는 애정, 더이상 함께 살지 않게 된 젊고 가난한 오누이가 서로를 생각하는 안타까운 심정이 생생하게 살아 있어서, 그리고 무엇보다도 그토록 오랜 시간의 저편에서 다시 등장했음에도 불구하고 변함없는 현재성을 유지하고 있는 인간의 마음이란 것 때문에, 나는 차마 편지를 끝까지 다 낭독할 수 없었고, 눈물을 닦아내는 오빠의 얼굴을 똑바로 쳐다볼 수도 없었지. 그날 편지를 읽었던 것을 나는 두고두고 다행이라고 생각해. 그렇지 않았더라면 나는 나에게 찾아온 소리 없이 격렬하면서도 고요한 그 행복감을 오빠에게 효과적으로 전달할 길을 모르고 말았을 테지. 그해의 생일은 오빠가 이 세상에서 맞은 마지막 생일이었고, 당시 이미 암이 상당히 진행되고 있던 오빠는 얼마 후에 영원한 세상으로 건너가고 말았으니까. 그리고 주인 여자는 약간의 사이를 두고 남편을 향해 덧붙였다. 여보, 우리는 정원의 두더지들을 없애기 위해 뭔가 조치를 취하지 않으면 안 될 것 같아요.

그러고도 우리는 한동안 더 정원에 앉아 있었다. 우리는 특별한 대화를 나누지는 않은 채 조용히 사과를 먹고 커피를 마셨다. 정원의 나무에서 직접 딴 사과는 황금색과 붉은색이 섞여 있었고, 표면이 매끄럽지는 않았으나 단단하면서 맛이 좋았다. 우리는 웃었고, 햇빛과 바람에 얼굴을 맡기고 있었으며, 각자 잠시 생각에 잠겼다가, 그 도시의 특산품인 사과주를 칭찬하면서 자리에서 일어섰다. 내 여행 가방은 주인 부부의 자동차 트렁크에 들어 있었고, 나는 곧장 역으로 가서 기차를 타고 베를린으로 돌아갈 예정이었다. 역으로 가는 차 안에서 나는 주인 여자에게 내가 지난밤에 꾼 꿈 이야기를 들려주었다. 우연히도 그 꿈속에는 우리가 서로 잘 알고 지냈던 한 사람, 내게 홀바인 거리의 부부를 소개해주었고, 그래서 도서전이 열리는 그 한주 동안 그들의 집에 머물 수 있게 해준 장본인인 모형비행기 수집가가 등장했기 때문이다. 우리는 마인 강변 이쪽과 저쪽을 산책하고 있었다. 저녁인지 아침인지 알 수는 없었지만 추운 날이라서 두 손을 주머니에 넣고 있었던 것은 분명하다. 우리는 강의 폭만큼 떨어져서 걸으면서 각자 다리 아래를 지났고, 내가 고개를 들자 다리를 지지하는 콘크리트 받침대의 틈새에 커다란 거미줄이 커튼처럼 길게 매달려 있는 게 보였다. 저것이 이제 앞으로 내가 살게 될 새로운 내 집인가. 쇠와 거미줄의 빛깔인 강은 천천히 흘렀다. 나는 강 반대편을 걷고 있는 모형비행기 수집가에게 이제 시간이 늦었으니 홀바인 거리의 집으로 돌아가야 한다고 말했다. 내 말은 소리가 없었으나, 나는 내가 입을 열어 말을 한다는 사실을 알았고, 그것을 강 건너편의 모형비행기 수집가가 든고 있음도 알고 있었다. 나는 반대편 강변에 있는, 검은색 야구 모자를 썼으며 트렌치코트의 깃 속으로 고개를 비정상적으로 깊이 파묻은 채 걷고 있는 그 사람이 모형비행기 수집가임을 알고 있었다. 그는 잠든 것 같은 모습으로 움직임 없이 걸었다. 그는 형체도 없이 거기에 있었다. 나는 계속해서 말했다. 참으로 오래전부터 당신에게 말하고 싶었다, 이곳은 이상하다고. 당신과 함께한 모든 장소는 나에게 이상하다고. 이질적인 공기와 흙, 고여 있는 바람과 평평한 하늘과 허공에서 움직이지 않는 커다란 새, 그리고 살갗을 감싸며 흐르는 기묘한 따스함까지 모두가 이상할 뿐이라고. 나를 구성하는 이 외부의 물과 그림이 낯설다고. 나는 이 독특한 비현실성 속에서 살고 있었고, 그것이 곧 내가 되었다고. 그리고 그가 까닭을 물었다는 생각이 들었으므로, 이어서 그 이유도 설명했다. 나는 무종의 탑이 어디 있는지 알지 못하고, 그 이름조차도 들어본 적이 없으니까. 그리고 실제로 그 탑을 눈앞에 본 다음에도 그런 탑이 있다는 사실이 믿어지지 않았고, 심지어 무종이라는 이름의 탑이 이 세상에 존재한다는 것이 현실로 느껴지지 않았으며, 당신이 마치 추락하는 비행기의 조종사가 무전기에 대고 외치듯, 무종의 탑, 무종의 탑으로, 하고 절규하다시피 말하고 있을 때조차도 줄곧 나는 그것이 탑이 아니라 프랑스의 어느 시골에 있는 작은 지역 박물관 이름을 당신이 착각하고 있는 게 아닐까 짐작할 뿐이었으니까. 하지만 아무 말도 입 밖에 꺼내지 않았던 것은, 이 모든 장면이 단지 꿈속을 지나가는 그림자이며, 우리가 간직한 모든 비현실과 마찬가지로 이 순간의 통증이나 부자유 또한, 실제의 우리를 전혀 방해하지 않을 거라고 믿었으니까. 반대로 말하자면, 우리를 가장 훌륭하게 꿈꾸게 하는 것은 다름 아닌 통증이나 부자유일 것이므로, 그것에 저항해야 할 이유가 없었으니까. 그리고 사실상 어느 날 이후부터인가, 나는 항상 내가 역사나 이야기의 외부인이자 기록되지 않는 바보 광대라고 느꼈으므로. 그러나 설명하는 중에도 내 머릿속에서는 다른 기억들이 흘러갔는데, 어느 날 약국 진열대에 전시된 화장품 중에서 무종 강력 수분 크림이란 것을 발견한 적이 있고, 나는 두 손을 주머니에 넣은 채 빠른 걸음으로 길을 걸어가는 중이었는데, 그것을 본 순간 어떤 알려지지 않은 이유로 인하여 문득 걸음을 멈추게 되었고, 진열장에 가까이 다가가 튜브에 든 길쭉한 모양의 그것을 한참 들여다보았으며, 무종 회사가 사라진 지 오래인 지금도 그런 이름의 크림이 여전히 판매되고 있다는 사실까지는 그날 듣지 못했으므로, 그 순간 복고풍의 곱슬머리 모델이 천사처럼 미소 짓고 있는 광고핀 이레, 당신의 피부는 절대 피곤하게 보여서는 안 됩니다라고 적힌 옛날의 문구는 마치 나를 역사박물관의 1950년대 방으로 데리고 온 것 같았다고, 그 이야기를 해주고 싶었던 것이리라. 그리고 나는 한 모형비행기 수집가와 함께 택시를 타고 강 위쪽 도로를 달려갔으나, 늘 그렇듯이 강물이 검은 기름의 눈동자를 번득이는 것은 철제 난간과 흉한 화단에 가려 보이지 않았다고. 택시를 타고 박물관에 도착한 모형비행기 수집가는 이미 어느 정도 불안해하고 있는 상태였는데, 내가 택시에 올라타자마자 대뜸 무종의 탑으로 가는 길을 아느냐고 물었으나 나는 알지 못했다고. 나는 바닥을 살짝 디디면서 한걸음 한걸음 걸을 때마다 가볍게 허공으로 뛰어올랐는데, 내 구두는 흰 빛이었고, 지상은 온통 희박한 어둠과 연기로 덮여 나는 내 구두를 볼 수 없었지만, 내 몸이 땅에서 항상 반뼘 정도 위로 들려 있는 기분은 사라지지 않았고, 그것을 본 모형비행기 수집가는 코트 속에 깊숙이 파묻힌 고개를 들지도 않은 채 이미 깊이 잠든 얼굴로 소리 없이 말했는데, 나는 그의 동공과 혀를 어느 순간 이후부터 단 한번도 볼 수가 없었으므로, 그 말은 그의 꿈의 세계에서 내 꿈의 내부를 향해 울리는 것 같았으며, 투명한 벽들을 관통하여 마음속에 자리 잡는, 마치 "마치 새처럼," 하는 두마디의 어휘처럼, 그렇게 들렸노라고.

밤이 염세적이다

······내가 이제 말하고자 하는 모든 것 중에서 그 어떤 것도 내가 당신을 떠나는 이유를 직접 설명해줄 수 있는 건 없을 것이다.

밤이 염세적이다. 밤이 무거운 신음을 토한다. 벽의 몸으로 둘러싸인 밤의 내부와 외부, 내부의 외부, 내부에 둘러싸인 외부, 그 밤에 관해서 이제 이야기한다. 내가 살던 나라는 벽으로 둘러싸여 있었다. 그들이 살던 나라, 수니가 살던 나라를 말하는 것이다. 책에서 바다에 관한 이야기를 읽는 순간부터 그들은 표류하기 시작한다. 방향을 찾지 못해 방황하는 사람들의 이야기. 사방에 아무것도 없다. 혹은 한가지가 너무 많다. 오직 점점 두껍게 쌓여가는 물뿐. 오직 압도하는 바다뿐. 오직 장벽뿐. 우리는 벽 안에서 이끼로 자라났다. 우리가 피와 맹세로 선서한 나라는 서서히 물속으로 가라앉으며 사라져가는 중이다. 남자와 여자와 물고기들의 나라. 그 벽에 대해서 계속해서 말한다. 어두운 분홍빛과 희미한 노랑이 뒤섞인 병든 색으로 불타는 태양의 머리가 그려진 벽이다. 그 벽을 눈앞에서 본다. 벽 아래 누운 자와 벽 뒤에 누운 자들을 본다. 죽은 자들이 벽으로 다시 태어나는 나라. 죽은 자들의 이끼로 뒤덮인 초록빛 나라. 공포에 대해서라면, 한없이 길게 글을 쓸 수 있다. 하지만 무엇에 관한 공포인지 불확실하다. 방향을 잃는 공포가 바다에서 방향을 잃어버렸다. 중요한 것은 그게 아니야, 지금이 밤이라는 것, 너는 영원히 밤을 산다는 사실이지. (반복해서, 에코) 밤을산다밤을살다밤을산다밤을살다 가늘고 축축한 빗방울이 내리는 밤의 차가운 혀, 미끈거리는 돌기들. 밤은 감각의 짐승을 풀어놓는다. 낮은 골목길들, 숨겨진 지하의 수로와 낮은 골목길들. 밤의 뱀이 어루만지는 눈먼 자들이 행복하다. 그런데 밤은 곧 수니이다. 밤은 수니를 낳았다. 수니는 밤의 혀끝에서 구토물과 뒤섞인 채 세상으로 나왔다. *내가 세상에 나왔던 것처럼 그렇게 죽게 해다오*, 하는 속삭임. 그래서 지금 저렇게 말하고 있는 것이다. 밤은 말한다, 그 입에서 어떤 달콤한 입김이 나오더라도 결국은 내용과 상관없이 절망일 수밖에 없는 것들을. 나는 노래한다, 나는 입맞춘다, 나는 손을 내민다와 비슷한 음절로써. 비슷한 음색으로써. 비슷한 기원으로써. 구별할 수 없게 비슷한 시기에. 나는 떠난다. 나는 유죄다. 나는 아프다. 나는 죽는다. 연약한 기계의 목구멍.

　이 글을 읽는 자는 누구든지 벽을 마주하고 있어야 하리라. 벽을 유심히 보아야 하리라. 벽 말고는 아무것도 마주 보지 말아야 하리라. 벽 말고는 다른 아무것도 없는 것처럼. 그것이 실재인 것처럼. 그리하여 마침내 그것이 실재가 되도록. 혹은 실재가 마침내 그것이 되도록. 벽은 벽을 반사하는 벽의 거울이며, 벽인 너에게 벽으로서의 너 자신을 보여주는데, 너무나 오랫동안 그렇게 바라보고 있으면, 벽은 곧 생명이며, 모든 노래의 구절이고, 벽은 곧 죽음이며, 모든 노래의 구절이고, 벽은 방향이자 지도이며 바다의 컴퍼스이고, 북극성이고, 바다의 바람이 실어온 연꽃 이파리인 것을, 바다의 바람인 것을, 바다인 것을. 연꽃의 바다인 것을, 이백년의 죄수, 태어나서 한번도 독방을 떠나보지 못한 오랜 방랑자가 이윽고 어떤 표정을 갖게 되는지 궁금하다면, 벽이 반사하는 네 얼굴의 벽면을 지켜보라. 혹은 수니의 얼굴을. 꽃이 피고 새가 운다,라고 사람들은 말한다. 하지만 그것이 무엇인가, 하고 수니가 되물었다. 왜 새는 카우츠카우츠 하고 울고 자동차는 오훙오훙 하고 울며 나는 꾸르르르르륵 하고 우는가. 잠들지 못하던 그 낯선 새벽에. 자신이 잠들 수 없었던 기억이 머릿속에 떠오를 때면 수니는 잠을 잘 수가 없다. 잠들지 못하리라는 예감, 잠이 고통을 불러오리라는, 잠의 꼬리가 잠의 목구멍에 틀어박히고, 잠의 구슬은 영원히 뫼비우스의 리본 위를 미끄러지며, 잠은 옷을 벗고, 잠은 벌건 숯불 위를 걸을 테니까, 그러면, 수니의 몸에 새겨진 수많은 문자들이, 오직 절망적인 악의를 품고 독살스럽게 활활 타오를 것이다, 수니가 말하기를 원하지 않았거나 혹은 말하고자 했던, 혹은 어떤 특별한 의도를 갖지 않은 채 말하거나 말하지 않았던, 소리 없는 문자들이, 날카로운 쐐기풀 모양의 활자들이, 혓바닥에 낙인찍힌 나뭇잎 기호들이, 소리의 임시적 모양들이, 단지 형체들이, 가혹한 테제들이, 삶에 대한 반란과 화형의 상징들이, 소멸의 약속들이, 그러므로 잠들지 말아야 한다, 죽을 때까지 문자를 잠으로부터 방어하리라, 혹은 사슬을 절렁거리는 자유로부터, 혹은 무겁고 구속적인 자유로부터, 혹은 무겁고 구속적이며 인공적인 무의식의 자유로부터. 이빨을 드러낸 '잠-자유'로부터.

그들은 11월 어느 날 '아인슈타인'에서 만날 예정이었다. 그날, 11월의 그날이 지난 다음에도 여전히 그 약속은 과거 속에서 미래로 유효하다. 앞으로 먼 어느 날에도, 그들은 아인슈타인에서 만나기로 되어 있었을 것이다. 그 호텔의 이름은 오래전에 아인슈타인이란 이름의 유명한 과학자가, 그러나 아직 오늘처럼 유명해지기 이전에, 하룻밤을 묵었던 곳이라고 해서 붙여진 것이다. 그런데 사실, 그런 이름의 호텔은 없다. 그것은 카페다. 게다가 같은 이름의 카페가 시내 여기저기에 산재해 있다. 그는 정말로 이 자리에 앉아 있었을까? 수니는 입을 다물었다. 수니, 또 거짓말을 했구나. 잠을 자다, 꿈을 꾸다, 신발을 신다, 울음을 울다, 거짓을 (거짓)말하다. 잠과 꿈과 신발과 울음과 거짓.

　그 호텔의 이름은 '공작'이었다. 그날 아침 창을 열자, 밤새 입자가 고운 비가 내린 다음 부드럽고 온화한 공기를 싣고 온 축축한 바람이 11월의 보리수 가지들을 검고 무겁게 만들어놓았다. 가지가 예언의 몸을 내려놓았으나 아무도 눈치채지 못했다. 검고 무거운 것들을 연상시키는 검고 무거운 모습들이 창밖으로 줄지어 가고 있다. 그것은 우산을 든 여인들이다. 아니, 우산을 든 여인들의 형체들이다. 젖은 머리카락이 드리워진 젊은 여인의 둥근 어깨와 풍만한 팔을 연상시키는, 스스로 이완되었으나 긴장을 불러일으키는 선과 묘한 미지근함으로 이루어진 차가움. 고운 김이 서리는 유리의 차가움. 누구의 것도 아닌 듯한, 더이상 누구의 것도 아닌 듯한 어떤 시간. 당신과 평행을 이루는 한 세계의 풍경. 무심(無心)과 무성(無聲)의 우아함. 그런 날 특유의 불확실한 냄새로 가득한 만추의 대기가 방 안으로 밀려들었다. 방을 나서기 전, 수니는 허리를 굽혀 천천히 신발끈을 묶었다.

수니에게 물었다. 이곳에서 뭘 하고 있느냐고. 이곳, 이곳이 어디라고 생각하느냐고 수니는 되물었다. 눈 덮인 성스러운 산이나 하염없고 정처 없는 깊은 강으로 가지 않고 왜 이곳으로 왔느냐고. 수니 너는 그날 밤 창밖에서 카우츠카우츠 하고 울던 크고 무거운 새가 아니었던가. 어부가 너를 손으로 잡아서 건져 올릴 만큼 맑고 환하게 빛나는 물속의 물고기가 아니었던가. 밤이면 창밖으로 지나가던 검고 검은 뒷모습이 아니었던가. 혹은 아침이 되자 피 묻은 날개만 남기고 훨훨 사라져버린 커다란 새들이거나. 그들이 날아간 자리가 아직도 허공에 수직으로 하얗게 얼어붙어 있는. 그러자 수니가 자리에서 일어서서 말했다. 나는 당신을 떠난다. 내가 이제 말하고자 하는 모든 것 중에서 그 어떤 것도 내가 당신을 떠나는 이유를 직접 설명해줄 수 있는 건 없을 것이다. 내 언어는 아주 오래전부터 말을 더듬는다. 음절과 단어는 소리와 의미에 걸려 부딪히고 넘어진다. 빌려온 의사(意思)는 비틀거린다. 말이 말을 잃는다. 전부가 잘못된 사전을 갖는다. 나는 틀리다. 내 말은 모두 틀리다. 그러므로 당신은 내 말을 뿌리내리지 못한 외국어로 이해해야 하리라. 허공에서 날리는 외국어의 먼지로 이해해야 하리라. 혹은, 오해를 피하기 위해서라면, 근본적으로는 전혀 이해하지 말아야 할 것이다. 그러나 결국은, 내 말은 마침내는 내 말이 아니고 말 것이다. 혹은, 마침내는 나의 외부에서야 비로소 내 말로 새로이 태어나게 될 것이다. 내 입에서 나온 말이 아니라 내 입에서 나왔다고 해석되어질 말이, 결국은 내 입에서 나오고자 했던 내 말이며, 앵무새의 소리에서 의미로, 포즈에서 행위로, 불안에서 신념으로, 그리하여 내가 추후에 정녕 이해하고 납득할 수 있게 되는 내 말이며, 그것을 위해 내가 변명하고 투쟁할 내 말이 될 것이다. 당신의 (무)반응을 통해서 나는 내 말을 다시/비로소 이해하게 되었다고 가정한다. 내 말은 틀리다. 내 말은 절대로 틀려야 한다. 그래야 내가 내 말로 다시 태어나 분명한 정체성의 제복을 부여받게 될 것이기 때문이다.(분명한 것은 언제나 분명하지 않은 것으로부터 부여되는 편이지.) 내 말 속에서 나는 죽는다. 그렇게 나는 산다. 올바르게 틀리기 위해서, 올바르게 죽기 위해서, 올바르게 나 아닌 것으로 되어 올바르게 내가 되어보려고, 나는 나 이전에 내 말을 원한다. 내게서 온전히 독립된 존재로서 내 말을 원한다. 서로의 노예도 감독관도 아닌. 구혼자도 애인도 아닌. 지금 나는 당신에게 말하는 것이 아니다. 나는 당신에게 **말함**을 한다. 이제 당신은 내 말 속에서 외(국)인이다. 벽 바깥의 사람이다. 내 말은 당신을 필요로 한다. 내 말을 이해하지 못하며 내 문법과 무관한 당신이 거기 있어야 한다. 내 말의 모순과 일치하면서 내 말을 부정하면서 내 말에 대항해서, 거기 바로 그곳에! 이것이 당신을 향해 바라는 내 필요와 갈망이다. 그 필요와 갈망이 얼마나 큰지 당신이 알 수 있다면! 당신이 없으면, 내 말은 내가 될 수 없다. 혹은 단지 나로서만 머물러버린다. 오직 이해받지 못함을 통해서만 이해가 가능한 종류의 이해에 도달하고자 한다. 태초에 사람들은 자기들의 나라에서 서식하는 앵무새 종의 울음소리를 본떠 자기들의 언어를 만들었다. 앵무새가 살지 않는 세계에서는 가상의 앵무새가 운다. 그 울음의 메아리가 해류를 따라 흘러가다가 컥스컥스 하는 이국적인 소리를 만들었다. 당신과 나는 모방의 앵무새를 모방한 말의 모방자들의 후기 베리에이션(variation)의 각각 다른 모방품인데, 당신의 경우 어떤 말도 하지 않고, 어떤 몸짓도 없다. 어떤 말도 할 필요가 없고, 어떤 몸짓도 할 필요가 없다. 그러니 나 또한 어떤 말도 없이, 어떤 몸짓도 없이 당신을 떠나는 것이 옳으리라. 사실, 내 말은 말이 아니다. 그것은 깜빡이는 전파에 불과하다. 전파는 약속이 없으면 앵무새만큼이나 무의미하다. 우리는 아무런 약속이 없다. 약속을 위해서 미리 약속된 공통의 약속의 약속의 말이, 우리는 없다. 우리는 참으로 고독한 앵무새이다.

내가 이제 말하고자 하는 모든 것 중에서 그 어떤 것도 내가 당신을 떠나는 이유를 직접 설명해줄 수 있는 건 없을 것이다. 남자와 여자와 물고기들이 있었다. 모두 입을 벌리고 있었다. 입안은 바짝 마른 텅 빈 동굴, 물이 증발해버린 구덩이이다. 불타는 태양도 있고, 머리 잘린 자들이 길에 누워 있었다. 항상 너무 덥거나 너무 추웠고, 너무 시끄럽거나 너무 적막했다. 먼지가 너무 많거나 질병이 너무 많았고, 먹을 것이 너무 없거나 관대함이 너무 없었다. 그들은 자유를 그리워한다고 스스로 생각했다. 겨울이 되면 깨진 창으로는 찬바람이 몰아쳤고 석탄은 난로의 몸체를 데울 화력조차 내지 못했다. 점심시간이 되면 놋쇠 주전자에 가루 코코아를 넣고 한꺼번에 끓였다. *나는 주전자가 아니다 나는 코코아가 아니다 나는 난로가 아니다. 그러면? 나는 주전자이다 나는 코코아이다 나는 난로이다.*

활자는 읽기 힘들었고 잉크에서는 악취가 났다. 각진 모서리가 닳아서 뭉쳐 보이는 알파벳 덩어리들. 단어의 덩어리들. 스스로는 섬세하고자 하나 어쩔 수 없이 둔탁하게 덩어리지게 된 그런 사랑의 시(詩)들이 해류를 타고 우리의 눈으로 밀려 들어왔다. *말해다오 뮤즈여, 수없이 많은 날들을 방황하고 다닌 남자들의 이야기를. 성스러운 도시 트로이를 멸망시킨 다음 그들은 얼마나 오래 길을 잃고 헤매었는가.* 십수년이 지난 후 우리는 '님펜' 호텔에서 만나기로 되어 있었을 것이다. 잊지 않기 위해서 우리는 그 이름을 각자의 수첩에 기록했다. 님펜. 뇝펜, 님?, 님휀, 님?, 님헨, 뇝헨, 뉘므퓨엔. 뉘므프흐헨. 뉘므헨. 니이흐. 니만드. 닉스. 오늘 당신들은 아무도 이타카를 떠나지 않는다. 대신 전쟁과 멸망에 소리치며 항거하기 위해 거리로 나섰다. 영원한 방황과 소멸, 이름 없음을 향해 돌을 던졌다. 삶 아닌 모든 것들을 향해 돌을 던졌다. (누가 첫번째 돌을 던졌을까?) 그중의 하나가 내 혀에 와 박혔던 것이다. 그래서 집으로 돌아갈 수가 없었다. 수많은 죽음의 가족이 들어찬 방 하나인 무덤에서 전쟁과 멸망이 재생된다. 그리하여 여전히 길 잃은 자들은 경찰이 자신들에게 나아갈 방향을 가리켜줄 수 있도록 행동할 수 있을 뿐이다. 소멸에서 멀리 있는 자들일수록 더욱 필사적으로 소멸에 저항한다.

그들에게 소멸은 친근하지도 친숙하지도 않기 때문이다. 없음은 네거티브이다. 그렇지 않은 나머지 자들은 춤춘다. 저항하지 않는다. 오직 춤출 뿐이다. 태생 노예의 부드러운 관절을 움직인다. 검은 바다를 춤춘다. 주인의 입이 노래한다. 세이렌을 두려워한다. 새와 물고기의 알람을. (악취 나는 잉크로 인쇄된 사랑의 시를 읽었다. 한 문장과 이어지는 문장 사이에 논리적인 상관관계가 희박할 때, 혹은 그 상관관계를 명백하게 해주기를 생략해버릴 때 — 그런데 그리고 그리하여 그러므로 그래서 그렇게 그런 이유로 그 때문에 그후로 그다음에 그때 그렇지만 그러나 그럼에도 불구하고 그래도 그즈음 그것과 관련하여 그사이 그러니까 그러면 그 그들 그들의 그것 — 당신들이 탄 배는 이타카로 갈 수 없게 된다. 혹은 인도로 가지 못한다. 혹은 일본으로 가지 못한다. 경고! 예상하지 못한 것이 우리를 가로막는다. 우리들 자신이거나.) 방을 나서기 전, 나는 허리를 굽혀 신발끈을 묶었다. 저녁의 어둠은 희미한 오렌지빛 광채와 함께 지상 낮은 곳까지 스며들었다. 그것이 저녁 창으로 스며들었다. 창으로. 창. 저녁. 어둠. 무엇인가, 아무런 소리도 나지 않으므로, 나는 뒤돌아본다, 불안이 뒤돌아본다, 멀리, 아주 멀리, 그러나 너무 멀리, 벽 저편까지. 벽. 저편. 밤.

이윽고 벽의 형기를 마치고 밖으로 나왔다고 생각했지만, 벽은 확장되고, 벽은 생장하여, 벽은 고통을 알고, 벽은 늙고, 벽은 한숨 쉬고, 벽은 울고, 그리고 벽은 울고, 벽은 시인이며, 벽은 쓴다. 나는 택시를 타고 호텔을 찾아갔는데, 그 이름은 '벨뷔'였다. 전화를 걸자 여인이 전화를 받았다. 그래요, 우리는 당신이 올 것을 이미 알고 있었답니다, 당신을 환영해요, 웰컴, 잘 왔어요, 당신이 어디서 왔는지도 들어서 알고 있죠, 그런데 놀라지 말아요, 놀라지 말아요, 우리는 그사이 너무 많이 늙어버렸거든요, 당신은 우리를 알아보지 못할지도 모른답니다, 정말이에요, 우리는 이제 두그루 나무처럼 보이지요, 서로 얽힌 채 죽어 있는 두그루 나무, 그리고 우리는 이제 더이상 일도 안 해요, 책도 안 읽고 음악회나 전람회도 안 간답니다, 운전도 물론 안 하고 먼 나라로 여행을 할 수도 없어요, 먼 나라는 다시 우리로부터 먼 곳으로 멀리 멀어졌고, 우리는 먼 나라를 이렇게 멀리서, 함께, 멀리 바라보는 거예요, 그런데 당신, 먼 곳에서 왔군요, 십이년이나 걸렸다고 들었어요, 사실, 솔직히 말해서, 우리는 이제 기억력도 많이 떨어졌어요, 머릿속에서는 바람 부는 소리만 들려오고, 낯선 앵무새 소리만 들려오고, 우리는 하루 종일 서로만 바라보지요, 서로에 관한 것 말고는 다른 일을 거의 기억하지도 못

해요, 친구들은 대부분 죽고, 아는 이들도 떠나, 기억해야
할 일이 그다지 남아 있지도 않거든요, 하지만 그래도 당
신이 우리를 방문해준다면 기쁠 거예요, 우리를 찾아와서
는, 문을 두드려줘요, 당신이, 당신의 발걸음이, 벽으로 다
가오는 소리가 들려요, 그런 당신이, 당신은, 그런데, 당
신……? 벽은 고통을 알고, 벽은 울고, 벽은 쓴다. 우리는
벨뷔에서 만나기로 되어 있었을 터였는데, 이상하게도 그
사이 어느 중국인 가족이 호텔을 사들였다. 중국인답게,
아이를 데리고 있는, 중국인 가족의 중국인 아이.

　어떤 것은 항상 너무 많았고 어떤 것은 또 항상 너무 부
족했다. 그러다 시간이 흐른 다음, 여전히 당신은 너무 많
았고, 그래서 나는 당신에 질식했으며, 또 어느 순간 당신
은 너무 부족했고, 그래서 나는 당신을 질식했다. 이 모든
질식에 대한 복종의 체위로 서서히 물속으로 가라앉는다.
물 위에 드러난 것은 당신의 이마뿐. 물 위에 드러난 것은
내 눈동자뿐. 오래된 목숨처럼 질기게 솟구치는 바다. 벨
뷔의 유리창 너머로 벨뷔의 거리 맞은편 벨뷔의 아케이
드, 물이 서서히 차오른다, 물결이 푸른 벽의 표면에서 넘
실거린다, 블루블라우블뤼블뷰에서. 벨뷔의 방으로 들어
가 눕는다. 중국인 청년이 주방에서 가져다준 사기주전자
에는 뜨거운 물이 담겨 있고 한구석에는 구식 세면대가 설

치되었으며 커다란 반달형 장롱이 있는 무성 시대의 방이다. 나란히 놓인 두개의 침대와, 기다란 낮잠 의자에 누워 잠이 든 의자의 낮잠 속으로. 우아한 머리 받침용 접시가 달려 있는. 방은 반쯤 물속에 잠겨 있다. 언제나 물속에 잠겨 있었던 부분과 언제나 물속에 잠겨지기를 기다리고 있던 부분과의 조우. 물의 표면과 눈동자의 경계가 투명하다. *실례지만 당신의 국적은 뭡니까?* 그때 머리 받침용 접시 위에 얹힌 중국인 세례 요한의 머리가 눈을 번쩍 뜨고 묻는다. 방은 다섯개의 물이다. 다섯개의 바다다. 나는 모든 것에 익숙하다. 내 연대기는 벽의 연대기이므로. 국가와 사회가 탄생한 이래 줄곧 채찍질을 당해온 사람들이 있다. 나의 도미나여, 밤마다 나를 더욱 뜨겁게 채찍질해다오, 내 상처에 기름과 소금을 뿌리고 제발 침대에서 더 많은 모욕을 다오, 음울한 자의 굴욕과 고통이 나를 미치게 만드니, 엉덩이의 시퍼런 멍을 자랑스럽게 드러내며 축제의 거리를 돌아다닐 수 있도록. 어떤 것은 항상 너무 많았고 어떤 것은 또 항상 너무 부족했으니, 나의 중국인 요한이여, 마지막으로 나를 적셔다오, 나를 담가다오, 나를 대신하여 보아다오, 내 밤을, 내 눈이 마지막으로 보게 될 것들을.

당신의 혀는 붉고 당신의 손가락은 희다. 당신의 배는

쾌락을 이해할 정도로 부드러우며 지혜로움이 넘쳐 꾸르륵댄다. 당신의 어깨는 온 하늘과 산과 바다를 받칠 만큼 튼튼하고 강하다. 당신의 왼편 어깨에서 강물이 넘쳐흘러 오른편 어깨의 붓다를 질식시킨다. 당신의 푸른 얼굴은 파도의 너울 사이로 나타났다가 사라지며 노 젓는 사람처럼 자연스레 잠시 멀어졌다가 다시 운명적으로 가까이 다가온다. 바다에 오기 전까지는 세계가 이처럼 너울대며 부유하는 물결 위에 떠 있음을 깨닫지 못하였다. 지속적인 지진, 부드러운 물결의 지진. 우리들의 존재는 오직 파(波)의 무한한 연장이 만들어낸 우연한 입자들의 연속 운동이니, 아무도 그것을 못 박지 못한다. 아무것도 단단한 것은 없어라. 아무 데도 단단한 벽은 없어라. 당신의 얼굴, 당신의 푸른 얼굴을 향해 손을 내민다. 닿고자 하는 것은 아니다. 밀어내고자 하는 것도 아니다. 당신은 날아갔다. 모든 것들 위로. 모든 것들. 이름을 가질 수 있는 모든 형상들. 이름을 가지게 될 모든 의미들. 세계가 당신으로부터 나온다.

수니는 여기서 잠시 입을 다물었다. 사람들도 입을 다물었다. 새들도 태양도 입을 다물었다. 그들은 가던 길을 계속해서 갔다. 새들도 물고기도 가던 길을 갔다. 그러다 그들은 길가에 누웠다. 육체가 점차 헐렁해지는 게 느껴졌다. 내 몸이 나에게 너무 커, 하고 누군가 중얼거렸다. 그것으로 끝이었다.

　그들은 글자를 배웠다. 벽의 알파벳을. 생애 첫번째 자모를 공책에 옮겨 적는 자들이 사막 한가운데서 먼바다로의 아득한 전쟁을 꿈꾸고 있었다. 그들의 허우적대는 집단 죽음이 사막을 더욱 기름지게 했다. 어느 날 눈을 뜬 수니는 그들 사이에 있었다. 수인들의 파도가 이 세계의 지평선을 가득 메웠다. 수인들은 학자처럼 쭈그리고 앉아 공책에 '영원히 죽지 않는다'라고 끝없이 반복해서 썼다. 반복은 효력이 있다. 이들은 다 어디서 온 것일까. 그리고 나는 또 어디에서 온 것일까. 다른 수인들처럼 수니도 공책과 연필을 쥐고 글자를 배웠다. 햇빛이 뜨거운 밤이 계속되었다. 그곳에서 시간은 아무 의미가 없었다. 영원과 파멸, 단 두가지 순간만이 존재했다. 섬광이 번쩍이는 구름 사이에서 채찍을 든 벼락 손이 내려와 그들을 내려쳤고 금빛 백조가 무시무시한 주둥이를 뱀처럼 내뻗어 늙은이들을 잡아먹었다. 바람이 불 때마다 쥐색 수인들의 무리는 파도가 되어 북쪽으로 그리고 남쪽으로 휩쓸렸다. 바람이 불지 않을 때도 그들은 왼쪽으로 그리고 오른쪽으로 스스로 흔들렸다. 바람에 흔들리나 바람은 없다. 이것이 본질이다. 다른 것은 없다. 모두 길고 긴 벽이었을 뿐. 왜 나는 이제껏 그 사실을 몰랐을까. 글자를 배우는 수니는 글자가 표현하는 모든 세계의 기꺼운 노예였다. 글자는 벽의 모양이고 벽은 글자의 모양이다. 글자는 상상이나 생각을 기호화하고 물질화했다. 수니는 글자를 배우기 이전에는 상상이나 생각이 거의 없거나 훨씬 더 단순하였던 걸 기억한다. 감각이 글자를 대신했었다. 어느 날 눈이 내렸다. 수니의 눈앞에 흰 개가 나타났다. 개는 수니의 차가운 손을 핥았다. 수니는 손을 오래오래 개의 혓바닥에 내맡기고 있었다. 손이 따뜻해진다는 최초의 느낌. 그러다 어느 순간 흰 개가 사라졌다. 눈은 계속해서 내렸고 손에 묻은 짐승의 미지근한 침은 빠르게 식었다. 개는 죽어버렸을 것이다. 그때 수니는 슬픔이란 단어의 형체가 떠올랐다. 수니의 의식이 그 글자를 반복해서 써나갔다. 그것이 수니 안에 쌓여 수니를 이루었다. 수니는 슬프다고 느꼈지만, 슬픔은 슬픈 수니의 것이 아니었다. 그것은 글자의 슬픔이었고 글자의 사전적 내용에 불과했다. 눈물을 흘리는 것은 수니가 아닌 글자 자신이었다. 수니는 'ㅅㅡㄹㅍㅡㅁ'이란 기묘한 기호로 표시되는 글자를 모르기 때문이다. 앞으로도 그럴 것이다. 오후에 수니는 전화를 받았다. 나는 수니 당신을 그리워하는 사람이오, 지금 당장 당신을 보지 않으면 나는 금방 파열하여 죽고 말 것이오, 오늘 하루 종일 내 글은 온통 혼란투성이여서 광증이 날뛰는 황야의 풍경과 하나도 다를 게

없소, 난 안에서부터 말라죽어가는 중이야, 그러니 당신이 필요해, 내 미라를 걸치고 다니는 내 폐허, 이 가엾고 이기적인 인간이 말이오. 그들은 외투를 입고 산책을 나섰는데 흰 개가 수니를 따라와 손바닥을 오래오래 핥았다. 그들은 책방에 들어가 책을 사고 과자상점에서 초콜릿을 샀다. 수니: 난 다음 주에 돌아가요. 그래도 내년에는 다시 돌아올 거잖아? 하는 대답. 내 중국인 요한의 머리에 물을 주는 것 잊지 말아요, 내 사랑. 그후로 십이년 동안 수니는 돌아오지 않았다. 수니는 거기에 없었는데, 없다는 것이 무엇을 의미하는지 알기 위해서 그 십이년이 시작되기 이미 이전에 없음을 엿보았다. 파열한 벽의 모범적인 알파벳들을. 푸름을 모르는 푸른빛들의 푸른 글자들. 십이년 동안 수니는 거기 없었지만, 수니는 늘 없음을 가지고 있었다. 수니는 없었는데, 없음을 이해하거나 이해하지 못하는 수니는 늘 자리를 바꿔가며 거기 앉아 있었다. 놀라울 정도로 아주 짧은 순간에만 수니는 살아 있었다. 우리의 삶은 눈먼 물고기였다. 놀라울 정도로 아주 짧은 순간에만 삶은 눈을 떴다. 그러므로 수니는 자신의 없음을 눈으로 보지 못했고 그 없음을 산 적이 없다. 십이년이 흐른 후 수니는 다시 전화를 받았다. 수화기에서 들려오는 먼 목소리: 나는 수니 당신을 그리워하는 사람이오, 지금 당장 당신을 보지 않으면 나는 금방 파열하여 죽고 말 것이오, 오늘도 하루 종일 내 글은 온통 혼란투성이여서…… 그들은 오랫동안 통화했다. 그들은 다시 만나 '오리온'에서 저녁을 먹고 우체통에 편지를 넣기 위해서 우체국에 들른 다음 다시 오리온으로 갔다. 십이년이나 계속된 맑고 차가운 겨울밤. 항상 겨울에만 있어왔던 수니는 이 밤, 이 겨울밤에 대해서 특별한 인상을 기억해야 한다는 것을 깨닫자 얼어붙는다. 수니는 이제부터 하게 될 일이 두렵다. 오리온의 홀에는 그사이 사람들이 많이 늘어나 있었다. 수니가 들어서자 그들은 수니를 쳐다보았다. 수니는 사람들과 탁자들을 헤치고 중앙으로 걸어 나갔다. 그리고 읽기 시작했다. 밤이 염세적이다. 밤이 신음을 토한다. 밤이…… 벽이다. 벽의 몸으로 둘러싸인 밤의 외부와 내부, 그 밤에 대해서 이제 이야기한다. 내가 살던 나라는 벽으로 둘러싸여 있었다. 벽은 기호로 가득 찬 석판이었고 잔혹한 처형과 형벌 집행이 이루어지는 장소이기도 했다. 검열당한 비밀의 편지였다. 내 목소리는 벽으로 둘러싸여 있다. 목소리는 벽을 기어오르지 못했다. 우리는 먹을 것을 받았고 매일 우유 그릇을 씻었다. 나는 춤춘다. 셀 수 없이 많은 물이 넘실거린다. 내 목소리는 우유 그릇의 가장자리도 넘지 못했다. 심지어는 내 병든 목구멍조차도 넘지 못했다. 밤이 되면 자신의 목구멍에서 나는 거친 흐느낌을 들었다. 내 혀를 벽에다 못 질하는 소리가 들려왔다. 망치질하는 노예들이 노래를 불렀다. 그리고 수니는 이어서 말했다. 나는 당신을 떠난다. 내가 이제 말하고자 하는 모든 것 중에서 그 어떤 것도 내가 당신을 떠나는 이유를 직접 설명해줄 수 있는 건 없을 것이다. 남자와 여자와 물고기들이 있었다.

물속에서 흘러가는 시간의 속도는 임의적이다. 우리는 물고기의 자의식 속으로 들어간다. 십이년 동안 목소리가 없는 수니. 벽에 매달린 수니의 혀. 수난은 달콤한 굴종이니, 내 혀를 잘라다오, 아니면 내 머리나, 그리하여 나를 없애다오, 내 시간을, 내 기억을, 내 해석을, 내 말을 없애다오. 그들은 나를 재판했다. 종신형을 받고 감옥에 들어갔다. 그들이 나에게 부과한 처형의 이름은 '없음'이었기에 나는 없는 채로 없음을 살았다. 없음은 없음의 체류 허가를 갖지 못하여…… 살 수 없었다. 십이년이란 세월이 흘렀다. 그리고 이떤 사람들이 말했다. 이젠 충분하다, 인간이 인간의 목숨을 배반한 인간을 처벌할 수 있게 허용된 인간의 시간은 그것으로 충분하다. 그러니 사면. 벽 속의 벽. 벽 속의 벽 속의 벽. 벽 속의 벽 속의 벽 속의 깊은 물 아래의 벽. 속. 의 없음. 나는 오직 말을 갖지 않은 물고기의 언어로 말할 수 있을 뿐이다. 어떤 사람들은 새가 되어 솟구친 다음 날아갔다. 자기 자신의 보이지 않는 목숨과 부딪치기. 쿵 하는 둔중한 울림과 함께 물과 하늘의 푸른색이 그들을 감싸안았다. 그림자와 빛과 솟구침의 예리한 잔해, 색채, 유해. 그들의 이름이 벽에 적혀 있다. 함께 쾌락을 나누었던 감각의 동지들, 침묵하는 은밀한 결사대원들의 이름. 그 이름을 모르는 그들의 이름, 촛불에 녹아버린 이름들의 기호인 이름, 오랫동안 감옥에 갇혀 있었으며, 자신의 생을 감옥이라고 선포하기를 두려워하여 차라리 혀를 잘라내고 말을 잊/잃어버린 자들의 소리 없는 이름, 그들은 꿀보다도 달콤했으니, 잘린 혀는 끊임없는 그리움을 잊지 못한다. 날카로운 손끝이여 피부여 입술이여 목과 어깨여 등 가운데 움푹 파인 채 흐르는 느슨한 계곡이여 열린 구개부여. 어느 순간 자신도 모르게 떨려오던 동굴과 목구멍의 무수한 무수한 무수한 현. 어둠의 나비떼가 허공의 무게에 눌려 일으키는 예리한 파(波)의 장. 수니는 계속해서 말한다. 교감은 오직 육체적인 것이다. 교감은 육체를 벗어나 말하지 못한다. 내 육신이 없음을 선택한 동안 내 말은 절름거리고 레코드판은 긁히며 활과 버드나무가 거칠게 스치고 검은 옷을 입은 밤의 사람이 내 어둠의 그림자를 밟는다. 시제란 가소로운 것, 그것은 벽을 넘지 못한다. 사면은 가소로운 것, 그들이 나를 사면했으나 나는 사면되지 않았다. 햇빛이 비치는 밝은 한낮, 목이 잘린 내 시체가 나를 내려다본다. 길을 가다가 공회당 벽 위에 걸린 내 시체를 올려다본다. (예전에 나는 그것을 시계탑이라고만 생각했었지.) 나의 나여, 너는 지금 어디 있는가.

호로디 호로아 호로흐. 시내와 변두리를 뒤덮은 벽들. 침묵하는 벽들 노래하는 벽들 묘지와 병원의 벽들 극장의 벽들 지하에서 솟아난 크리트프의 벽들 그루프티 디스코의 벽들 물과 돌의 벽들. 비명의 벽들. 벽들은 비명을 지르는 대신 **비명**이라고 비명을 외친다. 아니, 그들은 아무런 소리도 뱉어내지 않았다 단지 벽들이 **비명**이라고 비명을 외치는 것을 들을 뿐이다. 아니 들은 것이 아니다 단지 벽들이 **비명**이라고 비명을 외치는 것을 들었다고 감각할 뿐이다. 뫼비우스의 벽들을. 말 속에 갇힌 것들은 허무하여라 말은 비명의 대체물이니 그들은 재갈 물린 노예처럼 비명을 삼킨다. 당신의 말, 우리의 말, 세계의 말, 파도치는 속삭임들, 그윽하게 가슴을 치는 웅변과 위대하고 현명한 잠언들(그러나 필연적으로 지루하기도 하지 말의 재료가 말이 아니기만 하다면!), 헤엄치는 물의 노래들. 내 가슴으로 와서 해체를 종용하는 물의 말들. 나는 만물에게 설득(해체)당했다. 나는 나를 설득당하게 놓아두었다. 내 팔이 나를 느슨하게 하였다. 물에 사로잡히는 이 달콤함. 수

용성으로 풀려가는 나. 마침내 자유를 개의치 않아도 될 것 같은 물의 자유로움. 그들이 나를 잡고 눌러댔으나 나는 끊임없이 솟구치고 있다는 기분이 들었고 또 그것은 사실이기도 했다. 나는 솟구치고 있었다. 추락하듯이 솟구쳤다. 나는 물이 되었다. 물속의 거울처럼 내 안을 들여다보라. 거꾸로 선 해안의 풍경이 아지랑이 속에 가물거린다. 파아랗게 맑은 물과 흰 모래, 병영과 군인들, 소리 없이 헤엄치고 있는 1970년대의 여인과 물고기들. 졸고 있는 이른 오후의 아득함. 1970년대 휴전 상태의 어느 날(나는 그날의 일을 우연히 엿들었다 병렬하는 세계들이란 단어를 발견하고 엿들은 일에 대해서 소리 내어 말할 때는 자신의 어떤 병렬하는 부분을 처형하는 기분이다 그러나 내가 원한 건 처형당하는 거였는데 형리의 점심시간 가자미구이를 드시겠어요 드셨어요 들어가세요 밖으로 안으로) 나는 그 속으로 풍덩 뛰어 들어갔고 거울이 깨어지며 비늘이 온몸에서 피어났다. 금속의 비늘이 온몸을 저몄다. 붉은 전기톱 날이 돌아가는 아가미의 목구멍.

　사람들이 말했다. 나는 수니라고. 집으로 돌아오면 전화벨이 울리고 수화기에서는 하나의 목소리가 흘러나온다. 나는 수니 당신을 그리워하는 사람이니 오늘도 하루 종일 내 글은 온통 혼란투성이여서…… 나는 간다. 그리고 그럼으로써 비로소 나는 가지 않는다 공중전화 부스 안에서 ─ 아, 이 세상의 모든 전화기가 세속의 숫자와 신용카드로 작동된다는 것은 얼마나 다행한 일인지 게다가 세속의 말까지 통화를 이루는 통화가 가능함 ─ 다시 그 목소리를 듣는다. 그런데 중국인 요한의 목이 말했다. 나는 살로메라고. 십이년 전과 다름없이. 살로메에 대한, 살로메의 사랑을 노래했다. 비늘을 벗겨내자 눈이 물이 되어 흘렀다. 살로메는 이 도시에, 그리고 저 도시에, 벽 안쪽에, 벽의 바깥에, 물고기의 몸을 입거나 바람의 몸을 입고, 어느 날은 비행기를 타고 가다가, 승무원의 지시를 못 들은 척 무시하고 창을 잠시 열었는데, 그때 창밖으로 살로메가 지나가는 걸 보았다. 요한의 목을 옆구리에 안고 있었다. 편재하는 금빛의 여인(들). 살로메는 최후의 노래를 부르고 있었다. 살로메: #오, 요하난, 마침내 난 당신의 입술에 입맞추게 되었군요. 씁쓸한 이것이 피의 맛인가요 사랑의 맛인가요.* 헤로디스: *저 여인을 죽여라.*** 그 살로메와 살로메 사이. 밤이 지나가고 밤이 찾아왔다. 호텔 리셉션에는 낯을 익힌 중국인 청년이 앉아 있었다. 그 청년에게서 이번에는 뜨거운 물주머니와 시집을 하나 빌려왔다. 가장 마지막 페이지의 시는 백사십이개의 'ㅓ'와 그 한가운데 자리 잡은 하나의 '너'로 이루어졌다. 나는 중간중간의

'ㅓ'를 펜으로 지우고 다시 시를 읽어보았다. 그러자 실패한 스도쿠처럼 슬프고 일그러져 보이는 ㄴ ㅓ.

수니는 읽기를 멈추었다. 아마도 노트가 거기서 끝난 것이리라. 수니는 자리로 돌아왔다. 사람들은 식사를 계속했다. 수니는 타이 양념을 발라 요리한 새우를 주문했다. 라디오용 낭송 방송극 극본 같군요. 아니에요, 방송용 라디오낭송 극본이랍니다. 하지만 의사가 내게 새우를 먹지 말라고 말하더군요, 콜레스테롤 때문에. 의학계는 놀랄 만큼 다양한 이론이 말해지는 곳이니까요. 콜레스테롤 수치가 사실상 우리 몸에 관해서 아무것도 말해주지 못한다는 말을 읽은 적이 있어요. 난 새우에 대해서 말하고 있는 건데 새우는 어떤가요, 새우가 하는 말도 무시해버릴 수 있을까요. 새우는 말을 먹으니까요 내 말이 내 머릿속에서 뿌리를 내리고 자라는 게 느껴져요 말의 이파리가 두피를 뚫고 나온답니다 그럴 때 새우가 와서 내 말을 먹어버리죠. 두통이 있다면 아스피린도 있는데. 어떨 때는 두통이 말까지 퍼져요 말이 두통을 앓아요 그럴 때면 잠들지 못해요. 새우를 많이 먹어서 그런 거라면…… 하지만 새우는 혀가 없어서 말을 못하거든요. 그렇다면 새우는 어떻게 당신의 그것을 먹는가요? 말을? 오직? 혀 없는 입으로? 그렇다면 입 없는 혀가 무엇을 할 수 있겠어요? 말을. 오직.

수니: 어째서인지 이유는 명확히 알 수 없으나 나는 한동안 길을 걷다가 벽이나 담장이 보이면 무조건 카메라로 찍는 행위를 반복하곤 했다. 벽들은 내게 무언가를 연상시켰다. 벽 건너편 보이지 않는 곳에는 나와 똑같은 모습의 '나'가 카메라를 손에 들고 서성이고 있는 것이다. 무엇일까 하염없이 솟구치는 이것은, 하는 생각에 사로잡힌 채. 비일상적으로 길고, 필요 이상으로 높은, '장벽'이라고 이름 붙일 만한 그런 종류의 과도한 벽은 더욱 뭉클했다. 내가 가장 좋아한 종류의 벽은 테두리에 불꽃 모양을 한 태양의 머리가 부조로 장식되어 있거나 금빛 글자가 새겨진 것들이었다. 하지만 아무런 장식도 없고 아무런 의미도 없이 그냥 기능만을 염두에 두고 세워진 듯한 단순하고 남루한 벽들도 내 발걸음을 잠시 멈추게 하기에는 충분했다. 내가 묘지로 산책을 가는 것은 순전히 묘지의 벽들을 구경하기 위해서이다. 내가 발견한 가장 아름다운 벽과 이끼들이 그곳에 모여 있었다. 무늬와 얼룩. 특히 대도시의 오래된 묘지의 벽들은 습하고 아름다웠다. 그곳은 죽음의 밀도가 높았고 경쟁과 분주함이라는 현대 도시적 일상 속에서 태연하게 시치미를 떼고 자신을 숨긴 모습이었다. 그리고 죽음의 생물학적 냄새가 났다. *영원히 죽지 않는다.* 묘지에서 나를 사로잡은 글자들이다. 모두들 영원히 살아갈

것처럼 살고 있지만 불멸의 삶은 오직 그곳 묘지에만 존재했다. 삶이 이토록 **고요했었다니**, 새로운 경험이었다. 나는 내가 방문한 묘지의 벽들을 카메라로 찍었다. 아래로 숙인 태양의 머리와 시퍼런 이끼의 얼룩들. 그 벽들은 나를 내려다보는 어떤 얼굴이었다. 그러던 어느 날 사고로 나는 내가 찍은 벽 사진들을 모조리 잃어버렸다. 그러자 주술에서 풀려난 것처럼 혼자가 되었다. 며칠 뒤 다른 도시로 갔다. 길을 걷고 있는데 가는 비가 내리기 시작하다가, 빗방울이 점점 굵어졌다. 이상한 도시였다. 일직선으로 난 주도로가 하염없이 길게 이어지면서, 중소 규모의 박물관들과 지금은 사용하지 않는 옛 관공서가 즐비해 있었지만, 기묘할 정도로 사람의 모습이 보이지 않았다. 바람이 불어와 젖은 깃발이 무겁게 펄럭였다. 거리 전체가 비에 젖은 철로처럼 검은 금속성으로 번득거렸다. 이것은 쇠의 벽이다라는 생각이 들었다. 나는 비를 맞고 있는 쇠붙이 광대였다. 쇠붙이처럼 움직이지 않는 것이다. 나는 점점 커졌다. 비를 맞고 무섭게 자라나는 쇠붙이 광대 광대 쇠붙이였다. 내 발은 쇠붙이 뿌리가 되어 아스팔트 깊숙이 내려갔다. 승객이 하나도 타지 않은 지하철이 내 발등을 밟고 지나갔다. 도시 전체가 철커덩철커덩하는 소리를 냈다. 나는 철근으로 이루어진 쇠탑, 쓸쓸한 전신선으로 둘둘 감긴 중계소였다. 네가 원한 게 바로 이것이 아니었던가? 병렬과 편재, '나'와 존재의 노이즈. 어디선가 나비 한마리가 날아와 허공의 내 얼굴 근처에서 팔랑거렸다. 나비의 날개 위에 영원히 죽지 않는다라고 쓰인 게 보였다. 내 머리 주위로 쇠붙이 불꽃이 조용히 타오르기 시작했다.

중국인 요한의 머리: 오랫동안 바다를 흘러 다녔다. 바다에 떠 있으면 바다가 땅을 삼키고 더욱 솟구쳐 올라 하늘마저 삼켜버리는 광경을 볼 수 있다. 파도는 너울을 만들고 상승과 하강을 반복하는데 반복되는 상승과 하강의 절댓값이 점차 전체적으로 상승하기 때문이다. 바다는 부풀어 오른 땅이다. 그렇게 오랫동안 흘러 다니던 중 어느 날 우연히 해안에 도착하게 되었다. 사람들에게 발견되었다. 마침 해안에서 피아노 콘서트가 열리고 있었기 때문이다. 사람들은 내가 어디에서 왔는지 궁금해했다. *실례지만 당신의 국적은 뭡니까?* 잘 차려입은 신사 숙녀 들이 주위에 몰려들어 조심스럽게 물었다. 나는 아무런 대답도 할 수 없었다. 나는 뭐라고 말해야 할지 몰랐고, 피곤한데다가 말할 수 없이 울적했기 때문이다. 손발과 머리가 무거웠다 내 표류가 그리웠다. 나는 모래 위에 얼굴을 댄 채 연미복을 입은 피아니스트가 해변을 걸어가는 걸 지켜보았다. 악보가 바스락 소리를 내며 접혔다. 처음에는 예절 바

르던 사람들이 시간이 지나자 대담해졌고, 내 옷을 들춰보면서 상표에서 나에 관한 힌트를 얻어보려고 했다. 그러나 아무것도 알아내지 못했다. 나는 죄인이거나 추방된 자였다. 말 못하는 슬픔의 고아, 아니면 피아노 치는 자였다. 사람의 발을 가진 언어였다. 그리고 내가 그 자리에서 일어서 바닷물이 뚝뚝 흐르는 옷자락을 끌고 피아노로 다가가 건반을 두드린다면 첫번째 음이 끝나기도 전에 사람들은 나를 바다의 파도에서 태어난 *피아노맨*이라고 부르리라. 그리고 내가 어떤 사람이고 어디에서 왔는지 알아내기 위해 전세계의 기차 시간표와 전화번호부를 뒤지리라. 그들은 모른다, 내가 내가 아닌 것 내가 오지 않은 곳 내가 원하지 않는 것 내가 모르는 것 내가 하지 않은 것 나와 연결되지 않은 문장 내가 입지 않은 옷과 쓰지 않은 모자 내가 생각하지 않는 것 내가 부르지 않은 노래 내가 하지 않은 말로 이루어져 있음을. 나는 그러한 언믹스드 컴파운드 (unmixed compound)임을. 내 성분과 요소 들은 언믹서블 (unmixable)임을. 사람들이 나를 사랑하는 이유는 내가 그들의 또다른 병렬의 삶을 가시적인 육체로 대변해주고 있기 때문이다. 숭고함과 잔혹함이 서로 융화하지 못하고 있는 가공된 의사(pseudo)-삶. 그 안에서는 불과 얼음이 공존하며 삶은 죽어 있고 죽음이 살아 있다. 이야기의 마지막과 처음은 연결되며 실타래처럼 안으로 꼬여 들어가 땅의 표면을 형성한다. 이야기가 시간과 실체를 창조한다. 의사-가 실재를 창조한다. 그런 삶을 그들은 의사-소유한다. 그렇게 한 사람은 하나의 삶 속에서 두번 태어나고 두번 죽는다. 사람들이 나를 사랑하는 이유는 내가 그들에게 또다른 병렬의 삶을 연상 가능하도록 해주기 때문이다. 나는 모든 이들의 (정확히 말하자면 모든 삶의) 도플갱어이며 나는 숭고하게 부풀어 오른 나 아닌 것이다. 내 눈꺼풀은 투명하다. 나는 바다가 세상을 삼키는 꿈의 장면을 수없이 보았고…… 나는 온몸이다. 온갖 몸, 온-것들의 전체 몸이다. 그들은 내 몸을 보고 사랑에 빠진다.

수니: 신문을 펼치니 피아노맨의 이야기가 나와 있었다. 사람들의 관심은 그가 어디에서 온 누구인지에 쏠려 있다. 말 못하는 남루한 아이, 신분증도 돈도 없고, 피아노를 치는 아이. 호텔의 리셉션에 앉아 있던 중국인 남자는 젊은 청년으로 보였지만 이미 아내와 아이가 있었다. 아이가 '아빠'라고 하는 말을 들었다. 나는 그 호텔의 이름뿐 아니라 주소까지도 선명하게 기억한다. 열쇠가 필요한 구식 엘리베이터가 있었고 손님들이 아침식사를 하는 식당을 지나 컴컴한 복도를 한참 따라가면 왼편에 주방이 나왔다. 나는 밤중에 뜨거운 차를 마시기 위해 주방에 가서 물

을 끓여 보온병에 담아와도 되느냐고 물었다. 그러나 그 청년은 주방은 손님들에게 공개되지 않는 장소이니 필요한 것을 요청해달라고, 그러면 자기가 가져다주겠다고 했다. 말하지는 않았지만 나는 사실 밤새 내내 깨어 있었다. 정확히 새벽 5시에 빵가게에서 금방 구운 빵을 배달해주는 것도 잘 알고 있었고 쓰레기 치우러 오는 사람은 5시 반에, 신문은 그 이후에 배달되는 것도 매일 듣고 있었다. 중국인 남자는 목요일과 금요일에만 근무했다. 일주일에 세 번이나 리셉션 담당자가 바뀌었다. 그러나 그의 중국인 가족은 아침식사 때면 늘 창가 커다란 테이블을 차지하고 있었다. 그런 그가 어째서 표류하던 상태로 해변에서 발견되었고, 말도 못하고 이름도 모르는 정체불명의 기억상실증 환자로 보도가 되는 건지는 모르겠다. 사람들은 그를 피아노맨이라고 불렀다. 아침식사 식탁이 해변에 있었다. 규칙적인 물결이 밀려왔다 밀려가기를 반복했다. 파도는 거의 없었지만 귓가의 바람 소리는 거셌다. 리넨 식탁보가 깔린 식탁 위 한가운데에는 쟁반에 담긴 중국인 요한의 머리가 올려져 있다. 커피와 빵과 꿀은 늘 먹는 평범한 것이지만 그것이 없다면 살 수가 없다. 꿀 항아리 입구에 검은 바다모기들이 잉잉거리며 몰려들었다 — 어째서 벌이 아니고 모기인 거지? 벌써 해는 높이 떠올랐다. 중국인 요한의

머리는 잠시 수영을 하고 오겠다며 식탁의 쟁반 위를 떠
났다. 나는 두시간 동안 그를 기다렸다. 커피는 식었고 빵
은 딱딱해졌으며 꿀은 말라버렸다. 더이상 아무것도 달콤
하지 않았다. 나는 그가 익사했을지도 모른다는 생각이 들
었다. 아니면 반대편 해안까지 갔다가 ─ 오, 과연 그렇게
나 멀리 갈 수 있었을까! ─ 아랍 군인들의 총에 맞았을지
도 모르는 일이다. 군인들은 언제든지 총을 쏠 준비가 되
어 있으니까 어떤 경우라도 그는 다시 돌아오지 못하며 어
쩌면 나는 경찰에 신고하는 게 옳으리라. 하지만 나는 말
을 하지 못하며 사고가 날 경우 어떤 번호로 전화해야 하
는지 알지 못한다. 이 나라에서는. 이 나라라고? 이 나라의
말? *무엇인가를 한번 마음먹었다면, 다른 무엇인가를 더
이상 마음먹지 않을 자신이 있느냐구! 아니!* 그런데 지금
읽고 있는 게 페터 한트케인가요? 페터 한트케인데요. 사
람들 앞에서 뭔가를 읽는다는 건 질색이야, 음이 맞지 않
거든, 써놓은 글이 음률이 하나도 맞지 않고 그렇기 때문
에 이 뜻과 저 뜻이 혼동되어버리거든. 도대체 말은 누가
만들었을까. *자신의 의지대로 결혼하지 않고 아이를 낳은
여인들이 자신의 의지대로 돌보지 않은 아이들과 타인의
의지대로 결혼하고 아이를 낳은 여인들이 타인의 의지대
로 돌보지 않아도 되는 아이들과 자신의 의지대로 결혼하*

고 아이를 낳지 않게 된 여인들이 자신의 의지대로 돌보지 않게 된 아이들과 타인의 의지대로 결혼하고 아이를 낳지 않게 된 여인들이 타인의 의지대로 돌보게 된 아이들과 자신의 의지대로 결혼하고 아이를 낳은 여인들이 타인의 의지대로 돌볼 수밖에 없게 된 아이들과 타인의 의지대로 결혼하지 않고 아이를 낳지 않은 여인들이 자신의 의지대로 돌볼 수 있게 된 아이들과…… 말은 의지와는 상관없이 점차 솟구친다는 점과 원칙적으로 방향이 없다는 점 때문에 바다일 수밖에 없다. 글자가 아니라 문장을 읽어야 하는데, 그런 상태로는 도저히 불가능하다는 것을 사람들 앞에 서서야 비로소 깨닫게 되는 거지. 그러므로 지금의 내 말이 혼란스러운 나를 포함한 사람들은 생명을 가진 오류에 대해서 오래오래 숙고해보아야 한다. 그러므로 지금 내 말이 명백하게 들리는 나를 포함한 사람들은 오류의 생명에 대해서…… 가입 신청서를 집어들어야 한다.

다시 늦은 밤 수니, 오리온에서: 나는 오랫동안 밤에 살았다 밤이 되면 생활이 잠이 든다 철학자와 범죄자 들이 산책을 나서며 고양이와 부엉이가 사랑에 빠졌을까. 나는 오랫동안 밤에 살아(ㅆ따) 밤이 되면 생활이 잠이 든(다) 철학자와 범죄자 들이 산책을 나서며 고양이와 부엉이가 사랑에 빠져(ㅆ을까). 읎따! 읎까! 읎따! 읎까! ……당신을 처음 만났을 때 당신이 말하기를, (나에게,) 당신 목구멍 속에 살고 있는 당신의 앵무새는 왜 항상 그런 소리를 문장 마지막에 내는지 참으로 신기하게 생각했었답니다! 그래서 난 내 목구멍 속의 앵무새를 끄집어내어 보여주었다. 오, 그런데 그건 말 못하는 물고기가 아닌가.

수니(잠시 뒤): 예를 들자면, '피아노맨이 피아노를 친다' 같은 문장을 두시간 뒤에 돌아온 중국인 요한의 머리에 이어 붙여줘요.

오리온의 사람들(합창): 중국인 요한의 머리에 이어 붙여줘요.

수니(오리온을 떠나기 직전): 나는 오랫동안 밤에 살았다. 형체 없는 밤, 오직 표면만을 가진 밤의 내부-몸을 살았다. 그것은 처음에는 분명 처형이었으나 곧 내 나라 내 몸이 되었다. 나는 영원한 등록을 마쳤다. 고향이 어디냐는 물음에 나는 밤이라고 대답했다. 그 오랜 시간 동안 당신은 없었는데, 당신이 없음은 내 없음으로 인한 반사적 사건이었기에, 당신을 원망하지는 않았다. 거울의 반대 방향, 네거티브를 향해 헤엄치다보면 당신의 분량은 역으로 과도했다. 나는 그 속에서 몇번이고 질식할 때까지 숨을 멈추고 있곤 했다. 사랑은 모순의 일인극이다. 민감하고 선명하게 각인되는 사랑일수록 더욱 그러하다. 사랑은 외국어 낭송극이다. 사랑은 새로운 말과 언어를 만들고 그것들을 드러내려고 몸부림친다. 행위는 늙어가나 말은 매일 새로운 장소에서 새로이 태어난다. 특별한 사랑은 특별한 벽의 언어이다. 나는 당신에게, '당신의 말을 이해할 수 없어요' 하고 말하고 당신은 나에게, '당신의 말을 이해할 수 없군' 하고 대답한다. 그 하나의 문장 말고 다른 것은 필요하지 않다. 벽의 감옥에 갇히기 전에 나는 그것을 전혀 몰랐다. 그토록 분명한 것을 왜 몰랐을까? 그동안 당신은 일기에 기록했다. 십이년의 수인 수니, 이 세상에서 가장 가엾은 여인. 그러나 가엾은 당신, 당신은 내가 벽의 언어를 터득하면서 발견한 세상을 알지 못한다. 밤이 내 몸 안에 들어와 내 정신의 라이트모티프(Leitmotiv)가 되었던 그것을. 병렬하는 밤의 삶으로 이윽고 옮겨 오게 된 것을. 그러던 어느 날 밤은 더이상 허공으로 이루어진 맑고 희박한 시간이 아니었다. 그것은 돌기와 점막의 솟구치는 바다, 꿈틀거리는 에서의 건축물이었다. 말의 혀가 그 속으로 파고들어간다. 밤–삶과 죽음 모두에 등을 돌린 채 그 모두와 평행하게 동반하는 무좌표의 비선형 라인. 아무도 그것을 보지 못한다. 내 말은 그곳에서 나온다. 아무도 그것을 듣지 못한다. 검고 무거운 나라의 사랑이 끝났다. 그래서 이제, 오, *요하난, 마침내 난 당신의 입술에 입맞추게 되었군*

요. 그리고 이제, 나는 말한다, 더이상 말이 없다.

---

* 오스카 와일드의 원작을 토대로 한 리하르트 슈트라우스의 오페라 『살로메』 중 살로메의 마지막 아리아 「오 마침내 난 당신의 입술에 입맞추게 되었군요」에서.
** 살로메의 아리아에 이어지는 헤로데스의 마지막 대사. 이것으로 오페라가 끝난다.

새처럼 꿈처럼 존재의 숲을 가다

한기욱

    2000년대 이후 배수아 소설은 주목할 만한 변화를 보여주었다. 특히 소설형식의 혁신이 그러한데, 가령 "선명한 스토리에 의존해서 진행되는 글을 내게서 가능한 한 멀리 두고 그 사이를 뱀과 화염의 강물로 차단하고자 했다"(「작가의 말」, 『에세이스트의 책상』, 문학동네 2003)는 발언대로 근년의 배수아 소설에서는 스토리보다 '뱀과 화염의 강물'이 더 두드러져 보였다. 그렇지만 이야기의 요소가 사라진 것은 아니다. '선명한' 이야기는 부재하지만 '뱀과 화염의 강물'에 차단된 이야기의 토막들이나 그 강물에 떠다니는 이야기의 편린들이 사뭇 눈부시다. 형식상의 혁신과 더불어 이런 이야기의 파편들을 어떻게 받아들이느냐가 관건이다.

바로 이전에 출간된 장편『북쪽 거실』(문학과지성사 2009)에 이어 이번 소설집『올빼미의 없음』에 묶인 일곱편의 중단편에서 선명한 이야기를 차단하는 것은 꿈 혹은 몽환의 요소이다. 이런 요소가 무시로 들어오는 바람에 작품이 사뭇 난해해지고 암시적이 된다. "오직 이해받지 못함을 통해서만 이해가 가능한 종류의 이해에 도달하고자 한다"(303면)는 작중화자의 발언이 시사하듯, 이들 단편에서 통상적인 방식의 이해를 구하는 것은 허망한 일이 되기 쉽다. 그렇다고 일체의 이해를 포기하라는 뜻은 아니다. 여기서는 기존 방식의 이해가 불가능함을 자각할 때만 도래하는 새로운 종류의 이해를 거론한 것인데, 그것이 무엇인지는 그의 소설언어를 '겪어보지' 않고서는 알 수 없다.

배수아의 이번 소설들은 '언어는 존재의 집'이라는 말을 새삼 실감하게 한다. 그의 언어적 혁신은 이런저런 발상을 소설에 적용해서 얻은 결과가 아니라 존재적인 차원의 변화를 동반하는 문학적 분투의 결과로 여겨진다. 이번 소설들에는 인간 주체가 언어를 통해 말하는 것이 아니라 사물과 언어의 새 영역이 열리면서 언어 자체가 말하는 경지가 두드러지는데, 그 때문에 소설의 언어는 더욱 낯설어보인다. 이번 소설들은 말하자면 기존의 지도가 도움이 되지 않는 낯선 언어의 숲으로의 초대이다. 그 숲에 들어온 사람은 필시 길을 헤맬 테지만 배수아의 긴 호흡과 낯선 감각의 언어가 빛을 발하는 순간을 조만간 맞이하게 된다.

기억과 환(幻)의 세계

흔히 사람의 심적 세계를 의식과 무의식으로 양분하지만 양자 사이에는 불확실한 접경지대가 있다. 무의식의 통로로 여겨지는 꿈을 비롯하여 백일몽, 환상, 실언, 기억 등이 이 회색의 접경지대에 출몰하는 요소들이다. 초기부터 배수아의 소설에는 이런 접경지대의 요소와 더불어 몽환적인 분위기가 있었지만, 그것이 부쩍 늘어난 것은 그가 선명한 이야기와 플롯 중심의 소설 유형에서 벗어나면서부터이다. 지난 소설집 『훌』(문학동네 2006)에서 접경지대의 무의식적 요소가 의식적인 요소와 백중세를 이뤘다면 이번 소설집에서는 전자가 후자를 압도할 만큼 비중이 커졌다.

「양의 첫눈」과 「북역」은 둘 다 '기억과 환상'을 중심으로 전개되지만 결정적인 국면에서 서로 대조적이다. 「양의 첫눈」에서 주인공 양은 오래전의 연인 미라에게서 그를 만나고 싶다는 편지를 받고 "승낙도 거절도 아닌 어정

쩡한 답장"(55면)을 쓴다. 그러고는 낮에 호숫가에 갔다가 일광욕을 즐기는 수영복 차림의 키 큰 남녀의 몸을 엿보게 된다. 여기까지가 의식의 영역에 속한다면, 이런 관음증적인 행위 도중에 소환되는 양의 기억들은 어디에 귀속되는지 불확실하다. 양의 기억은 "뒤엉킨 무의식의 먼지 속에서 곰팡이처럼 조금씩 살아나"는(63면) 듯하기 때문이다. 사실 이 소설의 대부분은 양의 내면 어딘가에서 발원하는 기억의 연쇄이다.

기억의 첫째 고리는 양이 호숫가 남녀를 어느 해 겨울 한 생일 파티에서 만난 적이 있다고 생각하는 데서 시작된다. 양의 기억은 그들의 수줍어하던 모습과 때마침 내리던 그해의 첫눈과 베란다 문 사이로 보이는 밤 풍경에 집중된다. 양은 "낮에는 자신의 개성을 드러내지 않으면서 천박한 햇빛 속에서 시치미를 떼고 있다가 밤이 되면 이윽고 아주 다른 존재가 되어 모습을 드러내는 굴뚝들과 지붕들의 실루엣"에(62면) 매혹당하여 "심장이 장난감 화산에 의해서 날카롭게 관통되듯이 기분 좋게 얼얼하면서 축축해지는 이율배반적인 쾌락"(65면) 속으로 빠져든다. 겨울밤 풍경에 대한 양의 지각과 반응은 미학적인 동시에 성애적인 것이다. 호숫가 남녀를 생일 파티 남녀와 동일한 커플로 확신하는 것도 그들 특유의 "배타성과 극도의 수줍음의 육체"(60면) 때문인데, 이런 육체가 첫눈 내리는 지붕과 굴뚝의 이미지와 결합되면서 양에게 심미적인 엑스터시를 안겨준다.

기억의 둘째 고리는 집주인이 빌린 책을 양이 대신 반납하러 갔다가 도서관 견습생인 젊은 에드문트를 알게 된 일이다. 양은 에드문트와 가까워져 그의 생일날 도자기인형을 선물하러 그의 집으로 찾아가지만, 이 인상적인 회상은 여기서 중단되기 때문에 둘 사이가 동성애 관계로 발전했는지는 알 수 없다. 하지만 양이 적어도 에드문트의 수줍어하는 육체와 어린아이 같은 얼굴에서 미적 전율을 느꼈음은 분명하다. 에드문트의 육체적 특성은 앞선 남녀의 배타적이고 수줍은 육체와 연관되는 동시에 양이 언젠가 지하철에서 만난 한 초등학생의 "자의식 제로 상태"의(71면) 아름다움을 연상케 한다.

양의 기억을 통해 은밀하게 드러나는 또 하나의 사실은 양이 시적인 슬픔의 상태에 도달하여 눈물을 흘리기를 갈망하는 딜레탕트적인 인물이라는 것이다. 아무 데나 메모를 하며 문장을 수집하는 양의 취미도 그런 습성의 하나인데, 수수께끼 같은 마지막 장면의 의미를 헤아리는 실마리가 된다. 양이 키 큰 남녀의 그림자가 일렁이는 벽에 책의 문장을 옮겨 적는 장면, 가령 "나는 슬픔의 굴뚝 청소부

지요, 나는 울어요, 울어요, 울어요……"라고(84면) 쓰면서
눈 쌓이는 지붕의 굴뚝 곁에서 키 큰 남자의 환영을 보는
장면은 문장 베껴 쓰기를 통해 다시 불러낸 기억들로 환
의 세계를 짓는 행위로 보인다. 가설적인 슬픔에 도달하기
위해 기억의 변조가 이뤄지는 현장이기도 하다. 양의 내면
은 고감도 미감과 성애의 세계이자 가상의 슬픔만이 허용
되는 작위와 고립의 세계인 셈이다. 이처럼 양의 감수성이
극도로 미학화된 것은 양이 타인과의 온전한 관계를 회피
해온 것과 무관하지 않다. 타인에 대해서 양은 기본적으로
관음증적이니 그 내면 풍경은 어찌 보면 "폐허와 같다"(53
면). 양은 현대 독일 작가 보토 슈트라우스(Botho Strauss)
처럼 줄곧 고립적인 생활을 추구해왔으니, 팔년 만에 만나
는 미라야말로 상호관계의 끈을 가졌던 유일한 인간인 듯
하다. 여러 고리의 기억의 환을 통과한 양은 미라가 다가
올 때에야 "마침내 자신이 눈물을 흘릴 시간이 다가왔음"
을(85면) 깨닫는다.

　「북역」의 화자 '그'에게도 기억과 백일몽 같은 요소가
의식의 세계를 압도하는 듯하다. 은퇴한 그는 양처럼 문학
적 감수성과 미적 감각이 발달한 사람이며 숱한 기억들로
내면의 풍경을 짓는다. 그는 한 여인을 떠나보내려고 북역
의 플랫폼에서 함께 기차를 기다리지만, "1970년대 어느

여름 한 도시의 기억"(89면) 속의 한 여인과 이주일 전에 처음 만난 지금의 여인을 혼동하고 있다. 그에게는 전자가 원형이요 지금의 여인은 (그후 그가 만난 모든 여자들 역시) 그 분신과 같다. 그에게는 기억과 현실의 뒤섞임 혹은 기억의 변조가 예사로 일어나는데, 가령 지금의 여인과 북역에서 헤어졌음에도 불구하고 함께 기차를 타는 상상을 하고 그 상상을 기억하기도 한다("매번 기억의 최종에 이르러서는, 그는 여인의 손을 잡고 함께 기차에 올라타곤 했다", 102면). 사실 그의 자아는 의식 안팎에 대한 통제력을 놓아버린 면이 있는데, "무심히 지나쳐온 풍경들인 모든 사소한 세계의 조각들이 (…) 의식 속으로 한꺼번에 침범해 들어"오는(91면) 것에 제동을 걸기보다 그런 흐름에 자신을 맡기는 쪽이다. 하지만 북역에서 여인에게 작별의 키스를 하는 순간처럼 "제발, 이대로 멈추어!"라고(같은 곳) 마음속으로 절규하는 '절대적 순간'이 있다.

소설의 사건은 그의 기억들 틈새에서 간헐적으로 진행된다. 북역에서 헤어진 여인이 얼마 후 그와의 재회를 간청하는 편지를 보내지만, 그는 답장을 쓰는 대신 에이즈와 쓰나미로 인한 고아들에게 영어를 가르치러 치앙마이 인근의 고아원 — School for Life — 을 찾아간다. 그런데 여기서 제기되는 물음은 그녀의 편지를 받자마자 "미칠 듯한 수줍은 두근거림"을(113면) 느꼈던 그가 왜 "편지를 다 읽기도 전에" 그녀를 만나지 않기로 선택하는가이다(114면). 여기서도 인물됨이 하나의 실마리가 된다. 그는 양처럼 오랫동안 미적 감각을 단련하여 "나뭇잎들의 몸짓과 말을 알아"들을(93면) 정도로 공감력이 뛰어나며 더없이 감미로운 몽환의 상태로 빠져드는 경향이 있다. 하지만 그의 의식의 흐름에는 양의 경우와는 다른 리듬, 이를테면 죽음을 암시하는 리듬이 섞여 있다. 가령 자살한 독일 유대인 투홀스키(Kurt Tucholsky)의 문장에 집착하며 자신이 그 자살자처럼 "돌이킬 수 없는 어떤 병적 상태"에(95면) 이르렀는지 반추한다. 게다가 "세상의 모든 기차가 하나의 주소로만 향하는 그 북역"에는(112면) 죽음의 기운이 서려 있지 않은가. 그 때문인지 북역은 마치 피안으로 떠나는 출발지 같다.

다행히 그에게는 죽음의 리듬만이 아니라 성찰의 순간도 희망의 계기도 있다. 그는 과거에 "여인들 자체가 아니라 그런 내밀한 관계만이 불러일으킬 수 있는 독특한 감정의 인식"을(125면) 더욱 즐겼던 자신의 행태와, 그로 말미암은 딸 안과의 불행한 인연에 대해 반성한다. 그리고 평생 동안 '단 한번의 노래'를 찾아 헤맸지만 "사실 가장 중요하고도 아름다운 것은 (…) 어쩌면 우리가 이미 모두 다 알고 있는 그 사실 중에 그냥 있는 건지도"(같은 곳) 모른다는 것을 깨닫는다. 이런 성찰의 순간에 초점을 맞추면 오지의 '생명의 학교'를 찾아가는 것은 새로운 주체로 거듭나는 여정이라 할 만하다. 이 여정에는 상징적인 죽음도 포함된다. 그는 학교 입구에서 누런 진흙강을 따라 절망적으로 떠내려가는 "거미의 생각으로 화(化)"하여 "사지를 허우적거리면서 필사적으로, 그러나 헛되게 죽음에 저항"한다(128면). 하지만 죽음을 통해 비로소 "거미의 절망, 거미의 세계"를(같은 곳) 깨닫는 순간 북역에서 출발한 그가 드디어 종착지인 피안에 당도한 듯한 느낌이다.

「양의 첫눈」과 「북역」은 주요 인물들의 내밀한 의식을 따라가는 '의식의 흐름'이 서사의 주된 흐름을 형성하고 있다. 이 섬세한 흐름은 기억의 생성과 변형을 기록하고 은폐된 욕망이 드러나는 순간을 포착한다. 그런데 이 섬세함이 냉정한 인식이나 자각을 뜻하는 것은 아니기 때문에 주체가 언어를 통해 전달하는 내용보다 언어 자체가 암시하는 것에 초점을 맞출 필요가 있다. 가령 에드문트의 홍조가 눈동자에까지 번지는 모습을 양은 "마치 해가 지고 있는 하늘을 파란 유리구슬 안에 담아 눈앞에서 바라보는 듯한 느낌"이라고(74면) 표현하는데, 여기서 드러나는 것은 에드문트의 수줍은 모습뿐 아니라 양 자신의 미학화된 의식과 에드문트에 대한 욕망이다. 양이 심미적 엑스터시를 느끼는 순간이나 기억을 변조하여 환각을 만들어내는 장면, 혹은 「북역」의 '그'가 때때로 휩싸이는 '절대적 순간'은 모더니즘 문학에서 흔히 구사되는 현현(顯現, epiphany)을 연상케 한다. 하지만 여기서는 이것이 삶의 진실이 불현듯 현시되는 순간이라기보다 오히려 주체의 은밀한 욕망이 충족되는 순간이거나 원형적이고 절대적인 미에 대한 집착이 표출되는 순간에 가깝다. 이 의식의 흐름은 주인공의 '내적 독백'의 기능을 수행하지만, 1인칭이 아닌 3인칭 화법을 구사함으로써 인물의 관점에 대한 비판적 거리를 확보하고 있다.

꿈과 죽음, 글쓰기와 새로운 관계

이번 소설집에서는 꿈, 기억, 환상 등 몽환의 요소가 강화됨에 따라 '현실'이라 불리는 객관세계가 안정적인 기반을 잃고 상대화되는 경향이 두드러진다. 꿈과 현실의 경계가 모호하고 기억은 자아의 무의식적 욕망에 의해 수시로 생성·변조된다. 게다가 인과론을 거스르는 시공간대의 설정이 '현실'의 자명성과 실체성에 근본적인 의문을 제기한다. 선형적 시간관이 파괴되는 예는 지난 소설집의 「회색 時」에서 이미 선보였지만, 이 소설집의 「어느 하루가 다르다면, 그것은 왜일까」에서는 현실의 시공간에 가상의 시공간까지 중첩된다. 가령 주인공 '김씨의 부인'은 "동시에 세개의 방에서 살고"(196면) 있는데, "첫번째는 서울에, 두번째는 신혼여행을 갔던 상하이에, 그리고 나머지 한개는 그녀 자신이 가서 살고자 원했으나 결국 한번도 갈 수 없었던 먼 도시에" 있다. "아침마다 그녀는 상상 속에서 세계의 방의 창을 활짝 열고 세개의 저마다 다른 도시의 햇빛과 소음을 받아들"인다(200면). 비록 상상이지만 세개의 공간에서 동시에 사는 방식이다. 뿐만 아니라 기억이 주체를 옮겨다니는 이상한 전이도 일어난다. 가령 김씨의 부인은 "누군가 다른 사람의 ─ 언젠가 열쇠를 잃어버린 ─ 기억 속으로 잠시 들어와 있다는 생각"을 하는가 하면 "다른 사람의 기억이나 상상이 주인을 잃고 허공을 떠돌다가 어느새 그녀의"(209면) 기억의 방으로 들어와 있다는 생각을 하기도 한다.

이처럼 선형적 인과론과 실체론적 세계관이 깨어진 곳에서는 단일한 플롯의 선명한 이야기가 불가능해진다. 이야기의 파편화는 불가피한데, 그 파편들을 이어 붙인다고 해서 완결된 이야기로 복구되지 않는다. 그런데 이 이야기

파편들 혹은 일화들이 무의식에서 발원하는 우화적인 이야기와 때론 병치되고 때론 결합되면서 상징적인 의미를 낳는다. 「양의 첫눈」과 「북역」의 경우 이런 무의식의 이야기는 기억과 환상 속에 은밀히 기입되지만 「올빼미」「올빼미의 없음」「무종」에서는 주로 꿈을 통해 나타난다. 주목할 것은 이들 소설의 인물들이 모두 글 쓰는 사람들이라는 점이다. 차이점이 있다면, '양'과 「북역」의 '그'가 문학 애호가에 머문다면 후자 소설들의 화자 '나'는 이미 작가인데 빼어난 작가가 되려고 분투한다는 것이다. 사실 후자 소설들은 '글쓰기에 대한 이야기'의 일종이며, 그 이야기의 한가운데 꿈과 죽음이 놓여 있다.

　「올빼미」의 서사는 작가인 '나'와 비평가인 '너'가 꿈과 글쓰기에 대해 논하는 한편 '나'가 한때 '연애 감정'에 빠졌던 두 유명 작가 중 '첫번째 작가'를 찾아가는 여정이 주된 흐름을 이룬다. 꿈은 "근본적으로 처음부터 아무것도 아닌"(17면) 경우기 많다는 '나'의 주장에 대해 '너'는 "꿈은 분명히 어떤 것"이며 "어떤 심리적인 의미"를(18면) 갖고 있다고 반박한다. '너'가 부쳐준 '두번째 작가'의 인터뷰 기사에도 꿈에 대한 언급이 있다. 글을 쓸 때 어디에서 영감을 얻느냐는 질문에 그는 과거에는 아름다운 여인들에게서 얻었지만 "이제 나에게 영감을 주는 존재는 (…)

결코 예상하지 못한 방식으로 나를 엄습하는 것들입니다. 나는 그것을 미리 대비하거나 계산할 수 없어요. 마치 꿈처럼……"이라고(20면) 답한다. '너'가 밑줄을 그어 강조한 "마치 꿈처럼"은 합리적인 사유로는 파악되지 않는 존재의 어떤 경지를 가리키는 듯하다.

　꿈에 대한 사변과 토론 사이사이에서 회고되는 장면들도 사뭇 인상적이다. 가령 화자가 '첫번째 작가'를 찾아가서 사심 없는 환대를 받는 대목이 그렇다. "매년 이맘때 이 도시를 방문해서 이 집의 문 앞에 적힌 내 이름을 읽어줘요. 내 이름이 있으면, 나는 여기 살고 있는 거니깐. 그러면 망설일 필요 없이 문을 열고 들어와 가방을 내려놓고 여기서 한두주일 지내요."(43~44면) 이 만남과 환대가 중요한 것은 화자가 가족, 고향, 국가, 민족 등 기존의 공동체적 유대로써가 아니라 오로지 글 쓰는 사람끼리의 우애로써 새로운 관계를 시작하기 때문이다. '너'가 창밖 나무에 앉은 올빼미 한마리가 '너'의 방을 지켜보는 모습을 사진 찍어 '나'에게 부치는 행위도 그런 의미를 갖고 있다. 그것은 "꿈속에서인 듯 갑작스레 특별하여 고래처럼 육중하고 느리게 존재 자체를 깊이 숨 쉬고 싶은 순간"을(48면) 포착한 '너'가 오로지 그 순간을 '나'에게 전하려는 순정한 마음에서 나온 것이기 때문이다.

하지만 이런 일화들은 소설의 무의식 층위에서 발원하는 우화적 이야기와 겹쳐볼 필요가 있다. 특히 서두의 꿈속에서 나를 따라다니던 "축축하고 커다란 파충류 한마리"가(9면) 곧 사라지고 대신 말미에서 올빼미 한마리가 의식의 세계에 또렷이 나타나는 구도가 의미심장하다. 초반에 "나는 다시 꿈속으로, 서점 안으로 들어갔다"는(12면) 구절이 암시하듯 꿈의 이야기는 '서점' 즉 글쓰기/읽기에 관한 것이다. 리비도를 표상하는 축축한 파충류가 서점으로 들어가서 "육체의 정적"을(47면) 배운 듯한 지혜의 올빼미 ─ 글쓰기의 빼어난 경지 ─ 로 바뀌어서 나오는 것이다. 파충류에서 올빼미로 화하는 중간단계에서는 두 꿈이 암시적이다. 하나는 "언젠가 내 손안에 쥐어진 작고 노란 아름다운 새"의 꿈이다. "깜짝 놀랄 만큼 힘차게 느껴지던 날갯짓과 피부 아래서 파르르 긴장하며 떨리던 근육의 감촉, 그 조그맣고도 폭발적인 꿈틀거림"을(13면) 가진 새는 화자의 여린 듯 맹렬한 창조적 생명력을 연상시킨다. 또 하나는 "끔찍하게 흉한 배설물"에(33면) 관한 꿈이다. 화자는 "독하고 씁쓸한 맛"의 "큰 배설물 덩어리"를 토해놓고 남들이 볼까봐 전전긍긍하다가 "입을 새의 부리 모양으로 만들고" 그것을 도로 집어먹으려 한다(31~33면). 마치 글쓰기 수련 도중에 뛰쳐나갔다가 욕망의 속내만 드러낸 것을 부끄러워하는 듯이. 올빼미는 화자의 이런 시련 후에야 찾아온다. 그렇다면 말미의 올빼미 엽서는 글쓰기 스승이 제자에게 보낸 인정의 징표와도 같다.

「올빼미」의 후속편인 「올빼미의 없음」에서도 꿈에 대한 '나'와 '너'의 토론은 계속되지만 '너'(외르크)의 죽음이 소설의 중심에 놓인다. 다양한 이야기 파편들 가운데 화자가 외르크의 장례에 참석하고, 친구인 베르너와 함께 죽음에 대한 문답식 토론을 이어가는 애가(哀歌)조의 사설이 주된 흐름이다. 애도의 가락에 꿈과 글쓰기에 관한 사색적인 흐름이 따라붙는데, 이는 '너'가 보낸 편지와 '나'의 답장, '나'의 일기장, '너'와 '나'의 대화 등에서 회고의 형태로 이어진다. 이 두가지는 외르크의 죽음의 전후 맥락을 따라가며 그 사건의 의미를 새겨보는 의식적인 흐름들이다. 마지막으로 이 흐름들 사이로 죽음의 암시가 언뜻언뜻 출몰하여 때론 섬뜩하고 때론 영묘한 무의식의 흐름을 형성하는데, 이것이 사실상 소설의 분위기를 지배한다.

애도의 서사는 이렇다. 가령 베르너가 "외르크는 흙이 될 것이다. 그렇게 하여 그는 우리의 이 무한한 전체, 거대한 순환의 일부로 되돌아가는 것"이라고(164면) 하면, 화자는 "단 한번이라도 (⋯) 그를 현실로 감각하고 싶다"고 (166면) 애절하게 호소하는가 하면 "외르크는 이제 앞으로 영원히 없게 되는데, 이 없음이란 무엇인가, 없음이란 어디서 오는 것인가"라고(170면) 힐문하듯 항변한다. 베르너가 슬프되 차분하게 죽음이 대자연의 일부임을 강조한다면 화자는 한 생명의 '없음'을 이해하지도 용납하지도 못하며 그런 만큼 발본적인 물음을 던진다. 화자가 죽음에 이처럼 거세게 반발하는 까닭은 그에게 외르크의 죽음이 그만큼 특별하기 때문이다. '외르크 없음'의 상태란 베르너의 표현처럼 "이 세상에 존재하는 모든 슬픔 중 단 한가지인 유일한 종류의 슬픔, 그 무엇과도 비교 불가한 상실"이다(140면). 외르크는 화자에게 글쓰기(문학)의 스승이자 친구인데, 글쓰기를 수행의 일종으로 본다면 외르크와 화자 사이는 범상한 관계가 아니다. 사실 둘의 관계는 문학적 부모 자식의 관계("너의 문학적 아이라고 할 수 있는 베르너와 나", 142면)로, '살과 피'의 관계로 언급되며, 탁월한 스승에 대한 '영향의 불안'(anxiety of influence) 같은 것이 화자에게서 느껴지기도 한다. 게다가 베르너와 달리 화자와 외르크의 관계에서는 남녀 간의 좀더 내밀한 흐름까지 감지된다. 요컨대, 이 애가는 화자에게 외르크가 규정할 수 없는 어떤 소중한 존재임을 인지하는 과정이기도 하다.

토론과 사색의 서사는 카프카의 『꿈』이라는 책과 꿈의

문학적 가능성을 중심으로 간헐적으로 형성된다. 화자는 외르크가 보내준 카프카의 『꿈』을 받고 "내가 언젠가는 쓰고 싶다고 생각하던 형식과 매우 흡사한 책"이라고(133면) 평하며 카프카의 꿈의 세계에 대한 "마치 쌍둥이와 같은 동질의 마음"을(138면) 토로한다. 흥미로운 것은 꿈에 대한 '나'와 '너'의 생각이 「올빼미」 때와는 바뀌어 있다는 점이다. 가령 "나는 꿈이 상상과 문학이라고 굳게 믿은 반면, 너에게 꿈은 자신의 누설이자 철저한 분석의 대상"이다(같은 곳). 이제 '나'가 꿈의 문학적 가능성에 대해 적극적이라면 '너'는 지극히 회의적이다.

　무의식의 이야기는 외르크가 자기 집 옆의 전나무가 베어져서 그 위에 앉아 있곤 하던 올빼미가 다시는 오지 않을 것이라는 소식을 전하는 작품 초두부터 시작되는지 모른다. '올빼미의 없음'이라는 현실을 지적한 것뿐이지만 누구보다 외르크 자신이 글쓰기 경지에 대한 비유로서의 '올빼미'를 닮아 있기 때문에 이는 '외르크 없음'의 전조로 느껴진다. 어쩌면 이런 암시는 이미 「올빼미」에서부터 시작된 것이다. 유람선에서 화자가 화장실에 가려고 갑판 아래로 내려가려고 하자 외르크는 "자기를 홀로 내버려두고 떠난다면 결코 용서하지 않겠다"고(46면) 터무니없이 격한 반응을 보인다. 한편 「올빼미의 없음」에 산재하는 죽음의 암시들 중에 빠뜨릴 수 없는 것은 두가지이다. 하나는 카린의 집에서 외르크가 떠날 때 화자가 그를 붙잡을까 말까 망설이다가 그만두고, 그가 타고 갈 지하철의 승객들의 "부연 차창 너머로 마주 보이는, 얼어붙은 치즈처럼 창백한 유령의 얼굴들"을(146면) 상상하는 대목이다. 하계의 섬뜩한 모습과 "영원히 늦을 일이 없는 세계"의(147면) 유현(幽玄)한 분위기를 적실하게 포착한 장면이다.

또 하나의 암시 장면은 베를린의 슈프레 강변에서 일어난다. 외르크는 강 건너 숲가의 산책로를 바라보며 화자에게 "저 길을 한번 잘 살펴보라. 혹시 내 어머니가 유아차를 밀고 오는 모습이 보일지도 모르니 (…) 1938년 당시, 어머니가 유아차에 나를 싣고 종종 산책에 나섰던 그 숲이니까"라고(176면) 장난기 어린 충동적 발언을 한다. 이내 화답하는 화자의 즉흥적인 반응이 너무 천연덕스러워 섬뜩하다. "그렇다면 우리 여기서 기다려요. (…) 당신의 어머니가 당신을 데리고 산책을 나올 때까지 말이에요. 난 오래전 당신 어머니도, 그리고 어린 아기인 당신의 모습도 너무나 보고 싶어요."(176~77면) 그러자 외르크는 놀란 표정으로 "무슨 엉뚱한 상상"이냐고(177면) 나무라며 자리를 뜬다. 독일의 전래 믿음에 따르면 어린 시절의 자신의 모습과 마주치면 그것이 그가 곧 죽게 된다는 의미라는 베르너의 설명이 없더라도 이 장면은 왠지 섬뜩하다. 마치 영험한 무당의 비범한 주문(呪文)을 대할 때처럼. 외르크는 여기서 "보이지 않는 화살이나 번갯불에 맞은 듯"(178면) 치명적인 타격을 받는다. 이 대목에는 화자의 문학적 아버지인 외르크에 대한 부친 살해의 상징적 제의가 암시되어 있다. '나'는 문학적 아버지인 '너'의 부재를 욕망하고, 그 욕망이 실현된 지점에서 "걸어라, 울어라, 그리고 써라"라고(174면) 되뇌며 홀로 새 길을 가는 것이다.

새처럼 꿈처럼

「무종」은 이를테면 스승을 여읜 이후의 '나'가 시도한 새로운 글쓰기인 셈이다. 물론 전작처럼 여기서도 꿈과 기억 같은 접경지대의 요소들이 압도적이며 비선형적 시공간에 대한 관심도 집요하다. 그러나 전작들과 구분되는 것은 이 작품에는 꿈과 죽음과 글쓰기에 대한 사변적인 논의가 없는 대신 그런 주제들을 각각의 특성에 맞게 구현하는 솜씨가 탁월하다는 점이다. 무의식과 접경지대를 파고드는 배수아의 끈질긴 실험이 여기서 어떤 경지에 이르렀음을 실감할 수 있다. 작품은 크게 세 부분으로 나뉜다. 처음은 화자가 모형비행기 수집가와 함께 무종의 탑을 찾아가는 현실 같은 꿈 이야기이고, 중간은 화자가 유럽을 여행하면서 셋방을 구하러 다닌 경험을 회고하는 이야기이며, 마지막은 다시 꿈 이야기로서 처음의 이야기와 연결된다.

작품의 절반 이상을 차지하는 꿈 이야기는 처음에는 현실인지 꿈인지 모호하다가 점점 꿈속으로 빠져들 때의 야릇한 감흥을 생생하게 보여준다. 무엇보다 끝없이 이어지는 긴 복문이야말로 카프카 소설에서처럼 낯선 공간에서 계속 길을 헤매는 듯한 기분을 자아내는 데 주효하다. 낯설고 기이한 느낌의 꿈속 풍경을 포착하는 감각적인 이미지와 비유도 큰 몫을 한다. 가령 "소매가 없는 얇은 코트를 걸친 사람들"이 "마치 새들이 얼어붙은 땅에서 먹이를 찾을 때 그러듯이 (…) 탁탁 가볍게 뛰는 스텝을 밟으며"(264~65면) 종종걸음 치는 광경이라든지 "불 꺼진 집들이 활 모양으로 휘어진 보행자도로를 따라 배부른 거인들처럼 죽 늘어"선(263면) 낯선 도시의 풍경이 그렇다. 모음이 풍부한 음악적 언어를 사용하며 검은 얼굴색이 여러번 변하는 외국인 운전사와 그를 계속 타박하며 신경질을 부리는 모형비행기 수집가가 생생하게 다가오는 것도 낯설지만 적실한 감각적 언어들 덕분이다. 이처럼 꿈의 호흡과 어법을 닮은 긴 복문의 문장을 한순간도 미적 긴장을 늦추지 않은 채 한페이지 이상씩 끌고나갈 수 있다는 것이 놀랍다. 한편의 긴 산문시와도 같은 이 부분은 한국문학에서 희유한데, 오래전부터 모국어의 친근함과 편안함에 안주하기를 거부하며 자기만의 새로운 언어를 찾으려 애써온 배수아의 끈질긴 노력이 맺은 값진 결실로 보인다.

가까스로 무종의 탑에 도착한 화자와 모형비행기 수집가는 옆 건물의 이탈리아 식당에 들어가 식사를 하지만 거기서 일어나는 일은 "아직은 그 어느 사건도 시작되기 이전"이다(269면). 이 기이한 비현실의 시공간(꿈속의 미래완료시제) 속에서 모형비행기 수집가는 "사실은 식당의 의자가 아니라 파일럿의 좌석에 앉아 있는 것"이며 "그의 비행기는 추락하는 중"이다(271면). 그는 추락하는 비행기의 조종사였던 혼령이며, 사실 화자 자신도 여기서는 새처럼 종종 걸음 치는 유령 같은 존재이다. 말미에서 화자의 그런 발걸음을 지켜본 모형비행기 수집가가 코트 속에 고개를 깊숙이 파묻은 채 "그의 꿈의 세계에서 내 꿈의 내부를 향해 울리는"것처럼 "마치 새처럼"이라는(294면) 말을 소리 없이 전하는 대목은 이심전심의 순간처럼 느껴진다. 만약 모형 비행기 수집가가 외르크의 다른 모습이라면, 화자는 꿈속에서 스승인 외르크의 혼령을 다시 만나 격려와 축복의 말을 들은 것이다. 마치 단테가 저승에서 그의 스승 베르길리우스를 다시 만나서 그러했듯이.

  단기 셋방을 구하러 다니던 시절의 회상 부분은 여러 일화들이 섬세한 필치로 실감 나게 그려져 있어 배수아의 수준 높은 사실주의 묘사력이 돋보이는 대목이다. "마치 꿈속에서 또다시 꿈을 꾸듯이, 여행지에서 다시 여행을 떠나온"(279면) 듯한 감흥을 불러일으킨 보덴 호숫가 별장 방문도 꽤 인상적이지만, 독일의 한 문학 단체가 제공하는 빌라에 찾아갔을 때의 몽환적 경험을 빼놓을 수 없다. 화자는 장시간의 여정 끝에 한밤중에 문제의 빌라에 도착하는데, 홀로 비를 맞으면서 한동안 선 채로 "이것이 내 집인가, 이것이 내 꿈인가"(281면) 하는 몽환의 상태에 빠져든다. "마치 오래전에 꾸었던 꿈속으로 잘못 미끄러져 들어온" 것처럼 화자가 서 있는 현재가 현실감을 잃고, 나는 "길을 잃을 나와 그 나를 지켜보고 있을 나"로(같은 곳) 분리되면서 방으로 올라가기도 전에 이미 그 방을 본 듯한 야릇한 경험을 한다. 이처럼 상상과 꿈(백일몽)과 기억과 차시 등이 뒤섞인 혼돈의 상태는 「어느 하루가 다르다면, 그것은 왜일까」에서도 맞닥뜨렸지만, 여기서는 그 특이한 상황이 실감 나게 제시되어 있어 혼돈의 느낌보다 마치 꿈과 현실, 의식과 무의식의 영역이 서로 스며드는 듯한 기이한 느낌을 준다.

또 하나 주목할 것은 화자가 프랑크푸르트 홀바인 거리의 집에서 머무는 동안 주인 부부의 초대로 그들의 주말 정원에 갔을 때 주인여자가 들려주는 이야기이다. 그녀는 집 정리를 하다가 객지에서 고생하던 1960년대의 학창 시절에 오빠가 자기에게 보낸 편지들을 발견하여 다시 읽는데, "과거에 미처 몰랐던 미세한 감정들"이 "시간을 관통하여"(287~88면) 자기 앞에 하나하나 되살아나는 경험을 한다. 편지의 내용은 그리 대단한 것이 아니지만 크게 감동한 그녀는 그런 마법 같은 경험을 가능하게 한 요소들을 나름으로 추측한다.

지금 다시 살아 돌아오는 그러한 일상적 말과 장면 들은 오랜 시간을 거친 다음에야 비로소 발휘되는 어떤 성분들로 충만하고, 그것은 이제 오빠와 내가 일흔을 전후한 나이이며, 우리가 곧 서로에게 보이지 않게 되리라는 것, 어쩌면 그 순간이 머지않았을지도 모른다는 차분한 예감과 닿아 있는 것도 사실일 텐데, (같은 곳)

생생한 감동과 "격렬하면서도 고요한"(290면) 행복감을 불러일으킨 이 '사건'에는 결국 과거, 현재, 미래의 일들이 모두 개입되어 있다. 당시에 오빠는 의식하지 못했겠지만

"오랜 시간을 거친 다음에야 비로소 발휘되는 어떤 성분들로 충만"한 말을 편지에 썼고, 그 말의 성분들이 오랜 시간에 걸쳐 충분히 발효된 상태로 현재의 여동생에게 찾아온 것인데, 오빠와 자신이 머지않아 죽을 것이라는 여동생의 예감은 그 발효성과 연결되어 있다. 그녀는 오빠의 일흔세번째 생일날 그중 하나의 편지를 낭독함으로써 오빠에게 그 감동과 행복감을 오롯이 전달한다. 이 이야기는 한 나이 든 여인이 죽음을 앞둔 오빠에 대해 느끼는 애틋한 감정이 진솔하게 묻어나는 일화이지만, 한편으로는 문학(시)이 무엇인지를 묻는 질문처럼 느껴지기도 한다. 말하자면 글쓰기/읽기의 본질을 묻는 이야기인데 여기에 낭독에 대한 관심도 겹쳐 있다. 그녀는 "무엇보다도 그토록 오랜 시간의 저편에서 다시 등장했음에도 불구하고 변함없는 현재성을 유지하고 있는 인간의 마음이란 것"에(289면) 대해서도 경의를 표한다. 글쓰기/읽기의 마법과 같은 감동을 말과 시간과 기억, 그리고 인간의 마음이 합쳐서 만들어낸 조화 같은 것으로 추측하는 주인여자의 생각은 주목할 만하다.

이 이야기를 할 때 주인여자의 의식이 맑았을 뿐더러 그때의 주변 환경도 지극히 청정했으니, "공기의 싸늘함과 태양빛의 따뜻함이 각자의 성격을 분명하게 유지한 채로 혼재하는 독일 전나무의 기후 아래서, 정원의 통나무 식탁에 앉아 뜨겁게 끓인 커피를 마시며"(286~87면) 주인여자는 이야기를 시작한 것이다. 이 일화는 맑고 또렷한 의식 속에서 마법처럼 꿈처럼 시가 찾아오는 순간을 명징한 언어로 포착함으로써 앞의 몽환의 경험과 대조를 이룬다. 여기서는 기억이 「양의 첫눈」이나 「북역」에서처럼 무의식의 욕망과 연결되어 환의 세계를 만드는 데 동원되는 것이 아니라, "오랜 시간을 거친 다음에야 비로소 발휘되는 어떤 성분들"을 발효시켜 인간의 마음이 "변함없는 현재성을 유지"하도록(288~89면) 하는 데 일조한다. 깨어 있는 의식의 세계에서 '꿈처럼' 도래하는 시적인 순간을 이렇게 방불하게 포착한 일화는 흔치 않을 것이다.

이번 배수아 소설들은 무의식의 접경지대를 탐색하며 의식 중심의 실체론적 사유와 인과론적 시간관을 혁파하는 실험을 더 깊고 치밀하게 수행한다. 하지만 이것이 깨어 있는 의식의 핵심적인 중요성을 무시하는 것은 결코 아니다. 주인여자의 일화가 암시하듯, 오히려 이 실험은 순간순간 깨어 있는 의식으로 글쓰기/읽기(문학)의 본질을 묻는 것을 핵심으로 삼고 있다. 이번 배수아 소설집에서 무엇보다 주목할 것은 존재와 사물의 심층에 대한 탐구가 글쓰기에 대한 발본적인 물음과 결합됨으로써 또다른 차원의 소설적 활력이 생겨나고 기존의 경계를 넘어서는 비범한 언어와 표현들이 가능해진다는 것이다. 한국문학은 배수아로 말미암아 긴 호흡의 복문의 가능성에 눈뜨고 낯선 감각의 독특한 표현을 중요한 언어적 자산으로 인식하는 계기를 얻었다. 그가 앞으로도 삶과 죽음, 의식과 무의식을 가로지르며 새처럼 꿈처럼 존재의 숲을 가기를 기대한다.

韓基煜 | 문학평론가

배수아 작품 어때? 하는 질문을 많이 받았다. 난해하고 지루하여 못 읽겠다는 독자의 불평을 들을 때 나는 그야말로 우리 문학의 진정한 자존심이라 여겼다. 배수아 소설이 바깥으로 넘어갔다고 하는 소리에도 나는 그가 소설 이외의 것을 써본 적이 없다고 생각한다. 만약 문학 바깥이라는 게 존재한다면, 배수아의 소설에는 수렴되어 있을 뿐이다. 그의 표현을 빌면 그에게 문학은 종교이자 영혼일 테다. 그는 이야기를 방목하는 작가가 아니다. 여러 독법이 있겠으나 나는 그가 서사를 물려놓은 자리에서 복원해내는 최초의 감각이 늘 경이롭다. 관념과 물리, 사물과 사람에 마음이 닿아 생기는 지점에서 아주 색다른 감각을 틔운다. 나는 그것을 '공명하는 감각'이라 이르고 싶다. 가슴과 배를 밀착하여 확보한 최대 면적에서 그의 언어는 떨고 있다. 그의 시선은 아주 높거나 낮다. 그 중심 없는 몇겹의 시선이야말로, 진정한 경계 넘기이자 우주적 상상력일 테고, 배수아의 언어는 아주 특별한 여로를 통해 그 심급에 닿은 것 같다. 인생에 대해 예지력이 뛰어난, 서툰 여행자여, "걸어라, 울어라, 그리고 써라."

전성태 소설가

|수록작품 발표지면|

올빼미……『문학동네』 2007년 여름호

양의 첫눈……『창작과비평』 2004년 겨울호

북역……『현대문학』 2006년 3월호

올빼미의 없음……『문학동네』 2009년 여름호

어느 하루가 다르다면, 그것은 왜일까……『작가세계』 2007년 가
    을호

무종……『창작과비평』 2009년 가을호

밤이 염세적이다……『문학사상』 2008년 2월호